中共宁夏区委组织部 编

王建宏 张文攀 著

山河深处

SHAN
HE
SHEN
CHU

听宁夏驻村工作队讲乡村振兴的故事

黄河出版传媒集团
宁夏人民出版社

图书在版编目（CIP）数据

山河深处：听宁夏驻村工作队讲乡村振兴的故事 / 中共宁夏区委组织部编；王建宏，张文攀著. -- 银川：宁夏人民出版社，2023.6（2023.10 重印）
ISBN 978-7-227-07831-9

Ⅰ. ①山… Ⅱ. ①中… ②王… ③张… Ⅲ. ①新闻报道－作品集－中国－当代 Ⅳ. ①I253

中国国家版本馆 CIP 数据核字（2023）第 116536 号

山河深处
听宁夏驻村工作队讲乡村振兴的故事

中共宁夏区委组织部 编
王建宏　张文攀 著

责任编辑　马　丽　赵　亮
责任校对　闫金萍
封面设计　姚欣迪
责任印制　侯　俊

黄河出版传媒集团
宁夏人民出版社 出版发行

出 版 人　薛文斌
地　　址　宁夏银川市北京东路 139 号出版大厦（750001）
网　　址　http://www.yrpubm.com
网上书店　http://www.hh-book.com
电子信箱　nxrmcbs@126.com
邮购电话　0951-5052104　5052106
经　　销　全国新华书店
印刷装订　宁夏凤鸣彩印广告有限公司
印刷委托书号　（宁）0027594

开本　720 mm×980 mm　1/16
印张　24
字数　260 千字
版次　2023 年 6 月第 1 版
印次　2023 年 10 月第 2 次印刷
书号　ISBN 978-7-227-07831-9
定价　58.00 元

版权所有　侵权必究

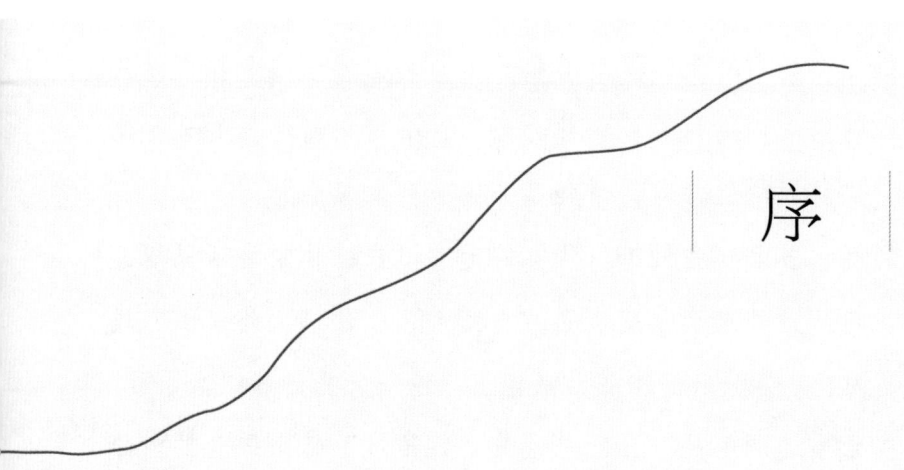

序

习近平总书记强调,要派强用好驻村第一书记和工作队,注重选拔优秀年轻干部到农村基层锻炼成长。总书记的重要指示,饱含深情、寄予厚望,为驻村帮扶工作指明了前进方向,提供了根本遵循。

2021年6月,宁夏第四轮1487个驻村工作队4587名第一书记和工作队员积极响应组织号召,告别家人,奔赴黄河两岸、六盘山区,在生机勃勃的广阔天地,在瓜果飘香的田间地头,在干净整洁的农家小院,以智慧为笔、以汗水为墨,奋力描绘乡村振兴的壮美画卷。

两年来,同志们把他乡当故乡,视百姓为亲人,在大山深处、群众炕头,在街头巷尾、牛棚羊舍,在项目工地、文艺广场,用脚步丈量宁夏山川,走遍了1963个行政村(社区)

的每一个犄角旮旯，坚定而执着地勾勒出属于这个伟大时代最刻骨铭心的助村富民"热力图"，书写出新时代的鱼水深情，淬炼了党性修养，增强了为民服务本领。

第一书记和驻村工作队员们走家串户，拉家常话里短，一步步从"外来客"变成了"自家人"、从"门外汉"变成了"内行人"，只因脚底沾满泥土。他们既当党建"指导员"又当矛盾"调解员"，既当政策"宣传员"又当产业"辅导员"，既当民情"调查员"又当对外"联络员"，只因心中装满百姓。大家争取项目资金、创办专业合作社、组建"老年红歌队"、兴建儿童活动室……一来一往间、一言一行中，和群众的距离近了、感情浓了、关系铁了。"共产党好！驻村干部亲！"是困难群众得到及时救助后发出的肺腑之言。

"如果没有来，就不会对乡村振兴情有独钟"，"这里成了我的第二个家，村民都是我的亲人"，"将心比心、以心换心，才能赢得民心"，"环境艰苦，工作辛苦，生活清苦，心情酸苦；苦中有乐，累中有乐，服务群众有乐"，"以真心换真情，换来了越来越多村民的信任和支持"……这是他们的心声，更是他们成长的见证。

持续选派驻村第一书记和工作队是党中央总结运用打赢脱贫攻坚战经验，着眼巩固拓展脱贫攻坚成果，全面推进乡村振兴作出的一项重要制度安排。今年以来，宁夏回族自治区党委组织部研究策划，同光明日报社宁夏记者站共同推出专栏，精心采写了100多名第一书记和工作队员的驻村故事，从第一人称的视角，以亲历者讲述的方式，把如梭的岁月讲得格外精彩生动，把火热的实践讲得格外动人心魄。一个个富民项目的推进、一件件惠民实事的办理、一起起矛盾纠纷的化解……展现了他们在家长里短中接受锻炼、在一枝一叶中砥砺成长的最美瞬间。这些色彩斑斓的故事，不一样的是跌宕坎坷的情节，一样的是一心为民的不变初心。细细品读，让人感动、给人启迪，如沐春风、倍感温暖。

他们的故事，只是万千驻村干部在乡村振兴的历史舞台上播洒汗水、倾情奉献的缩影。高山大河间，更多的"他们"默默无闻，躬耕不辍。

两年的驻村时光，对每一位驻村干部来说，或许是人生中的短短一瞬，但对那些需要帮助的困难群众来说，却是记忆中的永恒。借此机会，向所有参与驻村工作的同志们致以最崇高的敬意！

感谢《光明日报》和王建宏、张文攀两位同志为本书的采编出版付出的艰辛努力，以及长期以来对宁夏脱贫攻坚和乡村振兴工作的大力支持。

第四批驻村工作即将收官，第五批驻村工作队将接过接力棒，奔赴乡村振兴第一线。自2015年以来，宁夏已连续选派4批次共1.5万名驻村第一书记和工作队员在脱贫攻坚、乡村振兴一线当"尖兵"、冲在前,发挥了重要作用。在两批驻村工作队轮换之际,出版这本图书,以期为新一轮驻村工作提供启迪和借鉴,激励广大驻村工作者在乡村振兴的广阔舞台上大展才华、大显身手,努力把拼搏奋斗的"辛苦指数"变成人民群众的"幸福指数",在希望的田野上书写新时代驻村干部助力乡村振兴的精彩华章!

宁夏回族自治区党委常委、组织部部长 石岱
2023年6月

目录

1. 旱天岭三访李玉梅 // 001
2. 柔新村的"霜"除掉了 // 004
3. 站好最后一班岗 // 008
4. 警官书记"闯关记" // 012
5. 从"门外汉"到"老把式" // 016
6. 同心"同德"谋振兴 // 020
7. 90亩的"新讲台" // 024
8. 月牧路"变脸" // 028
9. 摩托车成了流动"办公室" // 031
10. 端掉头顶"水盆子",端稳致富"金碗碗" // 034
11. 我成了"全科兽医" // 037
12. 村里兴起直播经济 // 039
13. 斗渠引得活水来 // 042
14. "兵书记"的"新战场" // 046

15. 农货出村啦 // 049

16. 农毛渠穿上了"石盔甲" // 053

17. 盐碱滩成了丰产田 // 056

18. 创造"鸡"遇 "啄"出新路 // 060

19. 三个女将一台戏 // 064

20. 这个"蔬菜营销员"我来当 // 068

21. "皓首书记"的乡村振兴工作簿 // 071

22. "村货"变"网货" // 075

23. "养殖+光伏",移民村走上"羊光"大道 // 078

24. 让群众的"需求清单"变成"幸福清单" // 081

25. 驻村,重在"助村" // 085

26. 认了一村的亲戚 // 089

27. 前行在梦想和现实之间 // 093

28. 上河湾,振兴路上大道无垠 // 096

29. 一分好,收获十分暖 // 100

30. "爱管闲事"的新村民 // 104

31. 闲置的帮扶车间重启啦 // 108

32. 又是"脚不沾地"的一天 // 112

33. 人人都在为更美好的生活忙碌 // 116

34. 路灯亮了,乡亲们的心儿暖了 // 119

35. 跟种子较劲 // 123

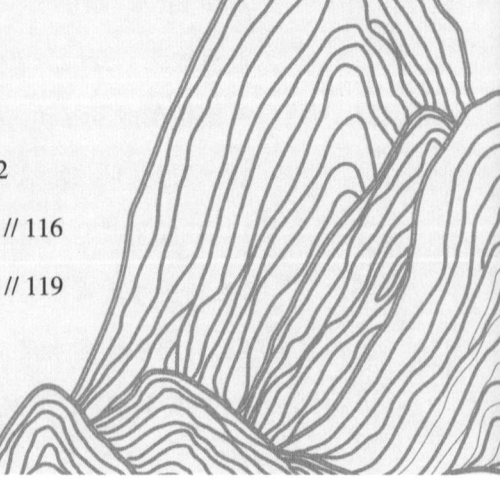

36. 黄沙窝，金沙窝 // 126

37. 脱下"工装"换"农装" // 129

38. 有一种称赞叫"嫄僳" // 132

39. 大家亲切地称我们是"托尼老师" // 135

40. 那些"鸡毛蒜皮"就是我的"工作清单" // 138

41. 点亮"心灯"，架起"心桥" // 141

42. 少了"书生气"，多了"乡土味" // 145

43. 变"杜"乐乐为"众"乐乐 // 149

44. 钱包"鼓囊囊"，还得脑袋"亮堂堂" // 153

45. 牛圈，也与全球互联啦 // 156

46. 老杨驻村有"秘籍" // 160

47. 急难愁盼逐一销账 // 163

48. 笔记本上，那些"密密麻麻" // 166

49. 没有枪林弹雨，也要冲锋陷阵 // 169

50. 黑了皮肤，红了樱桃 // 173

51. 最后6公里打通了 // 176

52. 缝纫机终于转起来了 // 180

53. 班子强了　车间旺了 // 184

54. 乡亲们说我驻村驻成了金丰人 // 188

55. "团结村不团结"的问题解决了 // 192

56. 寻找驻村的"幸福密码" // 195

57. 我在村里当调解员 // 199

58. "楼中村"的振兴事 // 202

59. 从"涣散村"到"示范村" // 206

60. 小蘑菇,"致富伞" // 210

61. 一起"竹斋眠听雨" // 213

62. 我给孩子们教音乐 // 217

63. 黄渠"清"了 // 220

64. 导航搜不到的村庄上了"云端" // 223

65. 警务室搬进了村里 // 227

66. 兴旺村越来越兴旺 // 230

67. "3500 米"的承诺兑现了 // 233

68. 向规模化要效益 // 236

69. 当我吃了村民的闭门羹 // 240

70. 把驻村生活写成了诗 // 244

71. "耍"出乡村新风貌 // 247

72. "村企合作"蹚出致富新路子 // 251

73. 联合社造血记 // 255

74. 自制的民情卡连通了群众心 // 259

75. 田间地头的骑行小队 // 263

76. 村子住进了我心里 // 267

77. 羔羊唱响增收曲 // 271

78. 老年饭桌又开门了 // 275

79. 山沟沟里的"葱"书记 // 278

80. 跑成了"泥腿子" // 282

81. "菜园"提地力 // 285

82. 李家庄"牛"起来了 // 288

83. 我和娃们有约定 // 292

84. 我带孩子们研学游 // 295

85. 真心，换来真"新" // 299

86. 好想法都"变现"了 // 302

87. 让"非遗之花"在乡村绚丽绽放 // 305

88. 村民增收，我乐开了花 // 309

89. 照进生活的那束光 // 312

90. 小厕所，大文明 // 315

91. 人人有活干，家家有钱挣 // 318

92. "娃娃脸"办事"杠杠的" // 321

93. 红沟梁村"圈粉"了 // 325

94. 把移民村的故事讲给世界听 // 329

95. 我教村民念"牛"经 // 333

96. 我把微信名改成"六盘情" // 336

97. 销路畅了，底气足了 // 340

98. "老班长"的冲锋路 // 343

99. 帮移民讨薪 // 346

100. 在乡村这块"磨刀石"上打磨自己 // 349

101. 后庄村成了"后花园" // 352

102. "老黑书记"的电动自行车 // 356

103. 南台"说法" // 359

104. "摄影书记"定格乡村美好 // 363

105. 认真答好每一道难题 // 366

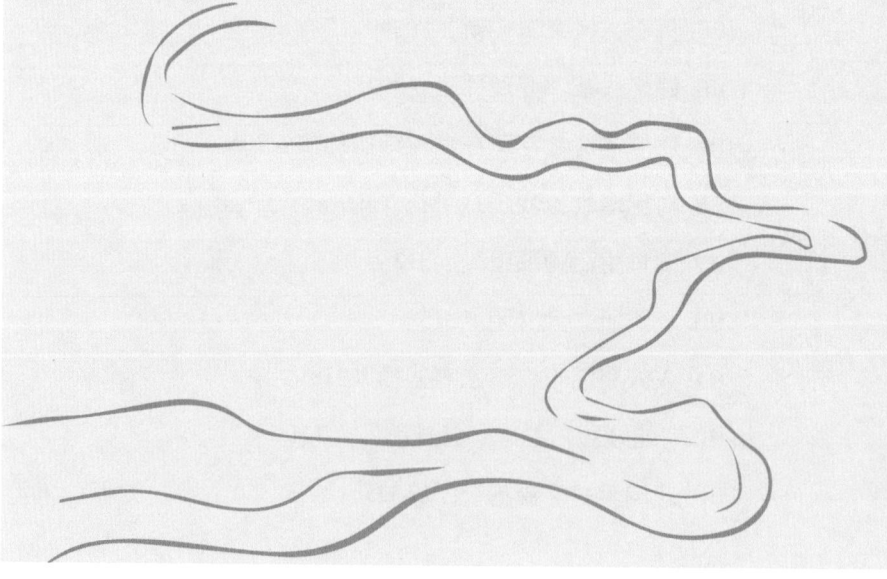

1. 旱天岭三访李玉梅

讲述：宁夏回族自治区人大常委会机关派驻吴忠市同心县旱天岭村
　　　第一书记　冉永安

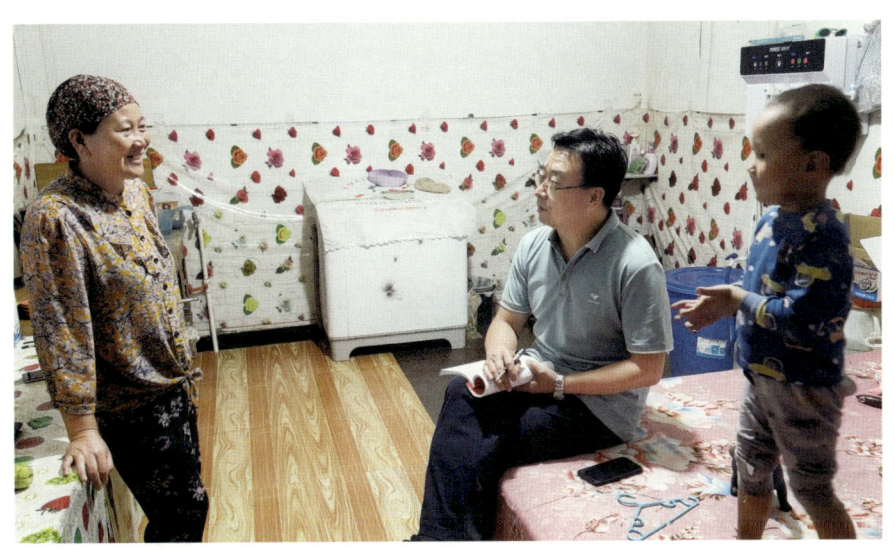

▲ 冉永安（中）入户了解村民收入情况

2020年8月，宁夏的天气异常炎热，地处中部干旱带的同心县旱天岭更是热浪滚滚，村部周围的几棵柳树也"渴"得没精打采，耷拉着脑袋。正在翻阅资料的我,突然听到当时的驻村第一书记闫军在院子里急促地喊:"指导员,指导员,你过来一下。"

多年前,我在武警宁夏总队银川市支队某中队任政治指导员,闫军是一名排长,尽管我俩不在同一个中队,但他见到我时一直称呼我"指导员"。后来我俩前后转业到同一个单位,他依然称我部队时的职务,"指导员"成了他对我特有的称呼。

我来到闫军办公室,他急切地给我说:"指导员,咱们村里李玉梅的大儿子马小忠患有梦游症,误把铝质断签吞进肚子了,在自治区人民医院抢救后,因为住院费不够停了药。咱们机关给的经费还有一点,是不是帮扶一把?"

我才驻村三天,连村子的方位还没有弄明白。但我深知救人要紧,果断支持帮扶。

闫书记通过电话征求抽调外县参加考核的队员黄汝鹏的意见后,带着我和村里的民政干事马其林来到李玉梅家。

李玉梅是2019年从河西镇红旗村搬迁到旱天岭的,育有两儿一女,丈夫马赛以打工为生。长子马小忠患有癫痫、梦游症、肝炎和肾病综合征。

2020年7月的一天,马小忠的梦游症犯了,半夜起来把他小姨用来织毛衣的铝制的断签子吞进了肚子,7天以后,腹部急痛的他被送往银川的医院。手术费对一个农民家庭来说是一笔很大的开支,李玉梅两口子东凑西借总算给孩子做了手术,但术后马小忠的伤口红肿不愈合,向外流血脓等分泌物,医院多次下了病危通知书,于是就发生了前面的一幕。

闫军说明了情况,便将5000元递给李玉梅,让其抓紧送到医院贴补住院费。当李玉梅捧着驻村工作队送来的"救命钱"时,激动地说:"共产党好!驻村工作队亲!"

马小忠出院了,却因身患多种疾病需常年服药,李玉梅家成了驻村工作队关注的重点户。

2021年3月,我和队员黄汝鹏再次来到李玉梅家,发现大门紧锁。从邻居家打听,原来马小忠又因患有十二指肠粘连在进行手术治疗,这给以打工为生的家庭又带来一次"经济危机"。

回到村部,我向村"两委"的同志介绍了李玉梅家的遭遇,多次和村"两委"班子成员商议协调,在政策范围内给马小忠申请12000元的大病救助,以解燃眉之急。

当年6月,驻村工作队轮换时,我接过了驻村第一书记兼工作队长的重担,李玉梅依然是工作队关注的重点户。

2022年9月,我和队员魏润宝再一次来到李玉梅家,李玉梅看到我们后,热情招呼我们进屋坐。当我问到马小忠的病情时,她高兴地说:"恢复了,现在去西藏一边打工,一边用藏药进行治疗。"

"他那样的体质,在西藏打工能行吗?"我问。

"能行,他爸和他在一起,有个照应。现在小忠的癫痫病好多了,偶尔也会发作,但没有以前那么严重了。"她说。

当我问到家里还有什么困难时,李玉梅说:"冉书记,没有什么困难了,党和政府的政策很好,孩子和他爸打个工,我在家带孙子,还可以喂几只羊,生活能过得去。"

听着李玉梅真诚朴实的话语,我心里总算是踏实了。

2. 柔新村的"霜"除掉了

讲述：宁夏中卫市沙坡头区乡村振兴局派驻沙坡头区东园镇柔新村
第一书记　王生才

▲ 王生才（左）入户排查群众生产生活中的困难和需求

"书记，我家田又被淹了，庄稼人一年到头靠的就是这点子地么。""就是的，我家门头的地才淌了两次水，又淤住了，这个田咋种呢么。"……初夏清早，小小的村委会办公室里，十几个群众肩并着肩，大家你一言我一语的埋怨声让村党支部书记黄泽华眉头紧锁。

这是我到柔新村的第一天。虽然有几年脱贫攻坚的"实战"经历，但面对这样的阵仗，还是有些手足无措。把群众安抚送走后，黄书记坐在办公室发愁，不断翻动着笔记本，纸张哗哗作响。"王书记你看，咱们村的耕地低洼盐碱化严重，部分农田沟道长期淤积，排水不畅，堵塞严重，有些过去还能长粮食的农田已经种不出粮食了，农民连田都种不了了，怎么振兴乡村？"黄书记一声声叹息和发自内心的无奈，让我深深体会到农民的艰辛，也让同为农民子弟的我心情沉重、五味杂陈，倍感驻村责任重大。"走！咱们去田里看看，不能这样干等着！"这是我初来村上说的第一句话。此后，我踏遍了柔新村的每一条沟道、每一寸田垄。

在接下来的一个月时间里，黄书记带着我对柔新村每条沟道、渠道实地进行排查，让我对柔新村的情况有了大致了解。柔新村紧邻城区，总面积320.2公顷，耕地2955亩，总户数460户1382人，人均耕地原本就不多，加之土地盐碱化，可种植土地面积更是逐年减少，土地板结、大批良田减产歉收给农民造成了极大的损失，同时土壤盐碱化严重侵蚀了沟、渠，许多沟道内杂草丛生，农作物秸秆和田埂防风林断枝四处散落，冲毁的沟板堵塞沟道，水脏污不堪，部分砌护好的灌溉斗渠、农渠水泥板破损严重，无法正常使用。靠近乌玛高速和北干渠的农田稀稀拉拉地杵着几根玉米秆，农田表面白花花的盐碱像霜一样压在全村人的心头。一道道阻塞的沟道，一条条破损的灌溉渠，让柔新村的发展寸步难行。看着眼前的这一幕，我深知这几道坎跨不过去，带领群众致富的抱负无疑是梦幻泡影。

　　道阻且长，行则将至；行而不辍，未来可期。初步掌握农田淤积沟道、破损渠道等水利设施情况后，我和村"两委"班子主动联系中卫市农业农村局、水利设计院的专家，经过几番实地考察调研，研究制定盐碱地改良的具体措施，同时在派出单位和东园镇党委的支持下，不断修改完善实施方案，终于在多方共同努力下，柔新村清理淤积沟道、修缮破损渠道等建设内容被列入2021年东园镇非贫困村基础设施补短板项目。而这998.04万元项目资金，随着时间的流逝，伴随着工程进展的加快，逐渐变成了柔新村被硬化的7条道路、砌护的23条沟道以及越发畅通的24条渠道，破败失修的基础设施焕发新生。

　　伴随着项目的成功实施，盐碱地排水沟道得到了彻底的清淤、疏通，大量碱水排出了耕地，土地盐碱化得到了有效控制。短短的几个月里，以前无法种植的耕地也种上了青贮玉米，一片金色给这片曾经荒芜的土地带来了希望。作物产量稳步提高，来村上洽谈流转土地的种植大户、企业逐渐增多，地租从400元1亩逐步提高到700元1亩，每年增加土地流转收入40多万元。有了稳定的收入，粮食增产增收，村民种植农作物的积极性被充分激发，越来越多进城务工的群众回到田里，村民有了盼头，幸福的笑容也多了起来。

　　我深知，村上目前的集体经济还是很薄弱，发展的关键是要培育壮大适合当地的主导产业，延长产业链，激发内生动力。在有限的驻村时间里，我准备继续动员，让党员顶上去，男女老少动起来，通过开展宣传教育，传授劳动技术，介绍致富经验，营造勤劳致富的浓厚氛围,让村民高高兴兴参与乡村振兴,自己动手,发家致富。

　　脚上沾满了多少泥土,心中便沉淀了多少真情。在柔新这片土地的奔波中,我的心也好像盐碱地被清水浇灌一般安静了下来。博观而约取,厚积而薄发,我相信柔新村会带着我们每个人的殷殷期望,茁壮成长!

3. 站好最后一班岗

讲述：宁夏石嘴山市平罗县水务局派驻平罗县渠口乡渠口村第一书记
　　　彭造谦

▲ 彭造谦（右）与老党员曹生录共享喜悦

2021年7月，经组织安排，58岁的我到石嘴山市平罗县渠口乡渠口村担任驻村第一书记。

从内心激动万分地走进渠口村，到经过一段时间入户走访、熟悉村情，我觉得肩头又沉了一分。我深知作为第一书记要多倾听村民的呼声、了解村民的期盼、解决村民的诉求，让驻村更助村，助村更暖心。

第一次到渠口村五队熟悉情况时，村口围坐的10多名村民得知我是驻村第一书记后，纷纷反映行路难问题。心直口快的村民王秀珍说："无论啥书记，不给我们办实事，就不是好书记。"我愣了一下，随即就和同行的村干部实地勘察，五队这条路，路面没硬化、狭窄且高低不平，春种秋收时农用机械通行困难，雨天雪天积水严重，确实影响10多户村民出行。

王秀珍的那句话深深地刺激了我，驻村书记的一言一行，在村民眼中代表着党和政府的形象，于是我默默下定决心，路一定要修，"好书记"一定要当。

我在走访调研中了解到，村里的团结支渠年久失修，支渠破损导致5个村民小组3000亩耕地灌溉难。我与派出单位县水务局及县农业农村局等单位多方沟通，了解到财政局有相关支农项目，便与乡镇党委领导班子积极沟通、进行申报，最终争取到了财政局140余万元的支农项目资金，用于团结支渠的改造。

在团结支渠改造项目施工时，我提出可以利用拆除的旧砼板、废料铺设五队路基，不用发愁建筑垃圾无处堆放，还能减少修路成本。路和渠的问题一下子都能解决，这不是两全其美嘛！同时我还争取到交通部门施工铣刨料，对该路面进行铺设碾压，确保村民安全出行。

"如今路修平了，车走稳了，我们种田也安心了，彭书记这个事真是办到了大家的心坎上啊！"渠口村的丁洪江笑着对我竖起了大拇指。

记得第一次参加村党支部党员大会，会后，老党员曹生录面色沉重地对我说："彭书记，我是1965年入党的，但现在档案找不到了，系统上入党时间登记的是1995年入党，党龄才20多年，我心里实在不是滋味，你能不能帮我向组织反映反映，把党龄更正一下？"

作为一名党员，我十分了解老爷子此时的心情，他早年是从新桥村迁入渠口村的，党员档案不知何时丢失，入党介绍人也已过世，重新核实确有困难，但看着老爷子期盼的目光，我没有理由拒绝。会后，我向乡党委领导做了汇报，经分管领导向县委组织部同志反映情况、协调沟通后表示只要能找到证明材料，就能帮曹老爷子实现心愿。听到这个消息，我也非常激动。我和本村及乡人民政府的两名同志利用3天时间，找熟人、找线索，走访10余人核实情况，并形成证明材料上交乡党委，最终将曹老爷子的党龄更正了过来。

2022年，建党101周年之际，渠口乡党委为光荣在党50年的老党员集中颁发了纪念章，曹生录也在其中。80岁的老爷子虽然步履蹒跚，但精神矍铄、容光焕发，从领奖台下来，老人家捧着纪念章激动地拉住我的手说："太感谢你了，这下我也没有啥遗憾了！"

西北大地的春日从不温柔，走在乡间的小路上，乡亲们说我这黝黑粗糙的脸、沾满泥土的鞋，一看就是个农村干部，哪里像个"城里人"啊！我想这是我带领群众修农渠、防疫情、参与环境整治、让村级集体经济收益增加 10 万元的"功勋章"。

"彭书记，如果不是您要退休，我们一定要申请让您继续驻村。""彭哥，渠口村就是您的家，将来退休了，欢迎常回来看看。"……这是村干部和群众时常挂在嘴边的话。看着大家一张张热情的笑脸，听着一句句淳朴贴心的话语，我感动不已。剩余的驻村时间里，我一定站好最后一班岗，为渠口村村民继续办实事、办好事。

4. 警官书记"闯关记"

讲述：宁夏回族自治区监狱管理局派驻银川市西夏区贺兰山西路街道同阳新村第一书记 姜晓珠

▲ 姜晓珠在村里的产业园区了解灵芝生产情况

早上8点多，村民马金梅照顾老人孩子吃了早饭，收拾完家务后，赶到村头的杞里香车间上班。从家到车间，5分钟路程，既能照顾家里，每月还有3000多元的稳定收入。相比刚搬来时大清早挤小面包车去外面打零工，马金梅特别满足。这两年，在同阳新村，用工企业多了，不少人就在家门口就业。看到村里越来越有生机，回想起驻村的点点滴滴，我感慨万千。

2021年7月，自治区监狱管理局派我到银川市西夏区贺兰山西路街道同阳新村担任驻村第一书记。那个夏天，刚踏上这片陌生的土地，便开启了我的同阳"闯关路"。

第一关就是"方言关"。同阳新村是个移民村，2012年第一批宁夏南部山区彭阳县生态移民搬迁入住，如今同阳新村已安置生态移民3000多人。因村民大多说方言，给我这个"外乡人"带来极大困难，听不懂老乡说的话还怎么开展工作，这可着实把我急坏了。还好我有"通关法宝"——扯磨，我开始走村入户晒日头，有事没事往村民家跑，逮着空子就和大家聊，渐渐地我不仅能听懂，张口就是"彭阳那地的"，也跟村民越来越熟络。方言讲得溜，老乡就会觉得亲近，这不，第一关过了。

这期间，我了解到同阳新村没有好的产业项目，许多村民把土地流转后，年富力强的劳动力都外出打工了，只剩下老人、妇女和儿童，他们的生计成了村里的大问题，这也是我面临的第二关"发展关"。

2022年春节前夕，我对接联系了一项辣椒分拣的活儿，需要大量劳务。1月19日晚上，我在村民群里发布了一条招工启事，希望闲着的村民都去干。消息一传出，第二天老百姓齐刷刷聚到了村部小广场，热情如同鲜红的辣椒般火热。时至今日，那天的场景还经常萦绕在我的脑海，每每想起我总会热泪盈眶，那是老百姓对致富增收的热切向往。后来，我们陆续引进了编蒜、纸盒加工、排球缝制等手工项目，招工启事越发越多，260多名村民在家门口上岗就业，日子越来越红火。

村民的身边事解决了，但同阳新村可持续发展还是远远不够，因此我与村"两委"打造"同心向党、共沐阳光"党建品牌，创建"企业有困难、支部去协调，企业要招人、支部去落实"联农带农长效发展机制，通过联合经营、入股分红等形式与公司开展村企长期合作，创新了"一地多金"发展模式，村集体经济连续两年突破百万元。

乡亲们对我越来越信任，我打心底里也越发热爱这份事业。当然，"通关之路"任重道远，其中还有一个关卡就是"治理关"。村子里的老人妇女在家门口就业了，我们对外出务工的村民也格外关心。我了解到大多数村民受文化水平限制，不会也不善于用法律知识维权，遇到事情不是托人找关系，就是上访找领导。有一次接到电话，村里几户村民拦路阻碍施工，我们第一时间赶到现场稳住大家情绪，详细了解事件缘由，原来是拖欠工程款造成的，我们协调双方各派代表现场调解处理，最终妥善解决了问题。这件事情引发我的思考，怎样帮助村民更好地解决纠纷呢？

我们把发挥新时代枫桥经验、建立常态化调解机制作为提升村级治理的一件大事来抓，成立"同心向阳"调解工作室，联合村里的法律顾问，不定期组织村民参加劳务雇佣、合同常识等专题培训，还通过乡村大喇叭、微信群、法律服务机器人开展普法宣传。

两年来，我和我的队员先后帮助村民解决3起工伤案件，调解6起邻里纠纷，还依法依规解决了让村党支部头疼多年的营业房管理和互助社欠款遗留问题，为村集体挽回经济损失10余万元。2022年全村没有发生一起违法犯罪案件和治安案件，现在的同阳新村基本能做到大事小情不出村，村民的安全感和幸福感显著提升。

两年时光，"过关斩将"换来的是"大事小事找姜书记"，这是村民对我的信任和亲赖，也是我此生最大的幸福。我喜欢这里，天地广袤、阳光正好；我喜欢这里，民风淳朴、幸福安定。我相信，只要不忘初心、真情相伴，我和同阳新村一定还会有更美好的故事。

5. 从"门外汉"到"老把式"

讲述：中色（宁夏）东方集团派驻石嘴山市惠农区燕子墩乡海燕村
　　　第一书记　颉维胜

▲ 颉维胜（右）就养殖园区建设征求群众意见

2021年7月1日,我带着驻村工作的两名队员到海燕村报到。盛夏的中午烈日当空,村党支部书记何鹏带着我们熟悉村情。

"颉书记,咱们村是惠农区最大的生态移民村,光脱贫户就有260户,任务很艰巨,难题也很多!"何书记笑着的脸突然绷了起来:"不过,你们驻村工作队来了,我心里的大石头也就放下了。"看着他又慢慢恢复的笑容,我内心却渐渐被愁云笼罩了——虽然我已经准备好了以最好的状态来履行自己的职责,但作为一个没有接触过农村工作的"门外汉",我生怕让海燕村的老百姓失望。

"路虽远行则将至,事虽难做则必成。"与其瞻前顾后等着问题来,不如全心全意主动找上门。在接下来的几个月里,我带着两名队员开启了"找问题"模式。白天遇到群众扎堆晒太阳,就趁机召开"房前屋后讨论会";晚上睡不着觉,就索性和村干部促膝长谈。在大家你一言我一语的扯磨中,群众急难愁盼的烦心事浮出了水面,村干部束手无策的棘手事也现出原形。

说到老百姓的烦心事,其实更多的就是一些长期没有解决的特殊困难。这里提到的"特殊"主要体现在这些困难通过常规的政策很难覆盖解决。比如,村民姚虎祥筹资搞肉羊养殖,令他没想到的是肉羊被野狗咬死,自己又没有买保险;70岁的退伍军人马维海老人,因自身原因导致兵龄登记错误,之前8年津贴发放不足的损失没有渠道进行弥补;等等。

问题就摆在眼前,总得给老百姓一个交代。正当大家愁眉不展时,队员余强想出了个点子:利用派出单位资源,建立长效帮扶机制。最终,在派出单位的大力支持下,我们成立了中色东方"扶危助困"专项基金,注入初始资金2万元,专门用于为海燕村群众解难帮困、暖心服务。随着基金的成立,各类特殊困难也迎刃而解。"小颉书记,你们治好了困扰我两年多的心病!"马维海老人用颤抖的双手拉着我不停道谢。看到他脸上洋溢的幸福笑容,我更加坚定了将帮扶基金持续做下去的决心。

老百姓的烦心事解决了,村干部的棘手事照样不能马虎。海燕村作为惠农区巩固拓展脱贫攻坚成果的主阵地,一项极为重要的任务就是常态化开展月度收入统计分析和系统录入,对数据异常家庭做到早发现、早帮扶。然而,这项常态化的工作本来就任务重、难度大,再加上村干部缺乏数据处理的技能,无疑让整个工作雪上加霜。面对这个村"两委"一直都啃不动的"硬骨头",企业出身的我首先想到的就是要推行精细化管理。

"凡事预则立,不预则废。"面对高频率的收入统计分析和大批量的数据系统录入,如何确保工作高效和数据精准成为我们又一项重要工作。一方面,队员霍静伟发挥特长,一个"收入自动录入程序"应运而生,彻底解放了劳动力,工作效率大幅提升。另一方面,我们以建立扎实的脱贫户信息数据库为基础,在自治区率先创新设计出通过大量基础数据自动智能映射而成的"一表清"收入台账,彻底实现数据表格化,表格信息化,信息智能化,让收入相关工作拥有了高效和高质量双保险。在2022年的"后评估"工作中,海燕村的胸有成竹和高度自信正是得益于此。

"驻村工作队这个'一表清'做得好,老百姓的情况一看就清清楚楚,这个要好好推广。"石嘴山市领导在巩固拓展脱贫攻坚成果同乡村振兴有效衔接工作推进会上高度认可此项工作,给予点名表扬。

在短短的一年多时间里,海燕村脱贫人口收入较上一年增长了14.5%,驻村满意度高达99.1%,工作队相关工作得到7家媒体平台累计19次报道,我也从一个无人问津的小伙子变成了家喻户晓的"小颉书记",从一个"门外汉"变成熟悉农村工作的"老把式"。

6. 同心"同德"谋振兴

讲述：宁夏回族自治区党委组织部派驻吴忠市同心县河西镇同德村
　　　第一书记　雷利军

▲ 雷利军（中）与驻村工作队员查看枸杞长势

2021年6月，新一轮驻村工作队调整后，我接过驻村第一书记的接力棒，第二次来到同心县河西镇同德村，这一次，为的是乡村振兴。三年前，我还是同德村的一名驻村工作队员，那一次，为的是脱贫攻坚。

同德村是"十二五"期间同心县建成的最大生态移民村，安置了来自县内东部山区3个乡镇11个村的6310名群众。搬出大山之前，多数村民都过着靠天吃饭的日子。

2018年4月驻村第一天，我半天都没找到同德村村委会，那时村里到处都是土堆、草堆、砂石堆，进村的道路坑坑洼洼，村委会的广场满地沙土。走进办公室，脱落的墙皮、破旧的桌椅……每到下雨天，跑风漏雨更是常事。那一刻，我失望了，但我告诉自己不能动摇，必须咬紧牙关走下去，因为身后还有6300多双眼睛盯着自己。

于是，我们先从完善村部基础设施入手，整修村部房屋，硬化村部广场、新建文化长廊、建成水冲厕所。这一年，同德村建起了占地900平方米的扶贫车间，引进了服装加工企业，让村上留守妇女就近务工。

"第一书记"不是耀眼的光环，而是组织沉甸甸的信任和村民眼巴巴的期待。2021年6月担任驻村第一书记后，我总琢磨着要为同德村村民办几件实事。

面对2021年的严重旱情，我带领驻村工作队多次往返区、县水务部门，协调供水工程项目，在全村开了三个出水口，安装了节水灌溉设施，保障了全村的绿化用水；有的村民还发展起了庭院经济，水费都由村集体买单。"做梦也没想到能用免费的自来水浇树种菜、饮牛饮羊！"村民马生龙激动地说。

这几年，一些村民利用自家庭院发展肉牛养殖尝到了甜头，但养殖圈棚不足却成为制约村民扩大养殖规模的短板，人畜共处、环境污染也直接影响着"人居环境综合整治示范村"的创建。了解这一情况后，我们经过入户走访、座谈交流和深入调研，决定利用村子南部50亩闲置土地建设肉牛养殖"出户入园"项目，从根本上解决养殖圈棚不足、人畜共处、环境污染的问题。经过半年多的不懈努力，经自治区发改委申报，由国家发改委投资862万元的同德村肉牛养殖"出户入园"以工代赈示范项目在2022年顺利实施，不仅解决了长期困扰村民的养殖圈棚不足、环境污染等问题，还就地解决了近100人的就业问题。当看到村上养殖大户"出户入园"后脸上流露出的幸福笑容，我才感到自己没有辜负组织的信任和村民的期待。

两年来，我带领驻村工作队员刘伟、马彦龙，先后跑过20多个厅局单位，协调172万元的资金和物资，主要用于发展壮大村集体经济，帮助困难村民改善生活条件。争取资金近14万元，帮助村上52名新考录困难大学生圆了大学梦。先后将25万元的爱心礼包送到560名小学生手中，鼓励更多学生用知识改变命运。面对多轮疫情的冲击，我们争取近20万元的防疫物资，为打赢疫情防控阻击战提供了有力保障。

3年的驻村生活，我深深体会到，只有时时怀着一颗公道之心，事事做到一碗水端平，才能干好基层工作；只有抓住基层党建这个乡村振兴的"牛鼻子"，才能牢牢把握正确政治方向，引领乡村振兴；只有抓住产业发展和群众增收这个关键，才能做好乡村振兴这篇大文章；只有做到支持不排斥、帮干不包干、补台不拆台、干事不整事，才能处理好驻村工作队与村"两委"之间的关系，从而打造一支带不走的工作队。

同德村见证了我的成长与进步，我也见证了同德村的发展与变化。同德村的村名，寄托着来自不同地方的移民搬迁到一起后，同心同德谋发展的美好愿景。过去10年，在各级党委和政府的关心帮助下，经过干部群众的共同努力，同德村的振兴梦正一步步由美好愿景成为生动实景，相信同德村的明天一定更加美好。

7.90亩的"新讲台"

讲述：宁夏银川科技学院派驻银川市金凤区良田镇园林村第一书记 李洋

▼ 李洋（左）在温棚里和村民聊草莓销售情况

"老于，最近棚子收成咋样？"3月20日一大早，我刚回村上，就匆匆赶到温棚园区，向于海学询问吊瓜种植收入情况。"李书记，我这个棚今年头茬就卖了4万多元，这茬我还有信心，这可比打工强多了。"于海学一边点着花，一边笑着说。自从一队温棚园区建好以后，留在村里的人越来越多，村民的钱包也越来越鼓，脸上的笑容也越来越多了。

2021年7月，我来到金凤区良田镇园林村，开启了驻村生活。曾经的三尺讲台是我教书育人、实现梦想的地方，如今我的讲台更大了——90亩田。在这里，我传道授业、"文理包揽"，一心一意谋划村里的发展。

园林村位于银川城郊，村集体经济发展总体较好，但有一个突出的问题——各队发展不平衡。尤其是一队，产业发展最为薄弱，村民收入更是年年吊车尾。在走访中，我得知一队有近90亩的闲置土地，而且土质肥沃，但由于一队村民大多外出务工，撂荒多年。我想，这是可流转、可规模化经营的一大资源呢！正当我准备在这90亩"新讲台"上大做文章时，却被现实的"教棍"狠狠鞭挞了一顿。因土地撂荒多年，上层最肥沃的地层已经被挖空，达不到种植标准，想搞规模化经营，土地回填、测量、基础设施配套等问题长期难以解决，这条路子走不通。

但我不能眼睁睁看着发展机遇打水漂，好好的土地资源却成了制约发展的烫手山芋。自此，这90亩地怎么种就成了我的"新课题"，我也开启了"备课"之旅。我利用派出单位优势，请农业领域专家到一队指导，寻找解难题的金点子。在多方论证下，我们找到了答题思路：回土建棚，通过修建温棚园区来盘活闲置土地资源。

方向定了，干就是了！我配合村"两委"，全力谋划一队温棚园区建设。相关部门跑了一遍又一遍，建设方案改了一稿又一稿，总算是有了比较满意的结果。方案审批通过，就差最后一步——确认各家土地数量，按照建设方案分配搭建温棚的土地。然而，在最后的节骨眼上，村民们不干了。

"我不想搭了，也赚不了多少钱，还费时费力。""这个角度完全不合理，一点采光都没有。""还是搭个暖棚吧，这温棚不顶用。"……入户时，村民们你一言我一语，有的觉得效益不高，有的不认可温棚结构。在这块贫瘠已久的土地面前，大家纷纷打起了退堂鼓。

面对村民的疑虑，我们驻村工作队和村"两委"一户一户"过筛子"、讲政策、解疑惑。有的村民认为暖棚效果比温棚好，我们就详细介绍三代日光温棚的优势；有的村民觉得建设角度不合理，我们就耐心解释温棚建设参数的科学依据；有的村民资金有困难、不想搭建，我们就帮忙联系贷款……过程很艰辛，村民们一次两次难以说服，我们就一直入户、一再劝说。村民们最终被我们的诚意打动了，纷纷同意建设温棚园区。村里老大爷也竖起个大拇指对着我说："小李还真是个老师，讲的话就是有道理，做起群众工作来很有一套啊！"

2021年，在疫情防控任务繁重的情况下，我带领驻村工作队与村"两委"一手抓疫情防控，一手抓产业项目，带领村民一起清理耕地、铺盖棚膜、铺设滴灌设备……天天一身泥巴一身汗，有时累得筋疲力尽，但想想村里未来的发展，我觉得这些付出都是值得的。

经过全村人的不懈努力，2021年底，园林村一队温棚园区23栋三代日光温棚终于建成，园区占地面积89亩，总投资近900万元。园区建成后，主要种植小吊瓜、西红柿、芹菜等，一期建设温棚年收入200余万元，每栋温棚年纯收入近9万元。在产业带动下，群众年人均收入也提升到了如今的17500元。

授人以鱼不如授人以渔。两年的时间，我在这90亩"新讲台"上不断书写着乡村振兴的梦想，解答着一道道攻坚克难、增收致富的难题。这就是驻村的意义，这就是我扎根这片土地的意义。

8. 月牧路"变脸"

讲述：宁夏银川市交通运输局派驻银川市兴庆区月牙湖乡海陶北村
　　　工作队员　马存福

▲ 马存福（左）和村干部现场查看月牧路沿线路基路面平整情况

万水千山不忘来时路，树高千尺根深在沃土。我本是交通人，对道路有着特殊的情感。2021年7月，组织派我到兴庆区月牙湖乡海陶北村开展驻村帮扶工作，自此，也开启了我与月牧路的故事。

月牧路南接244国道，向北延伸约9公里，沿线串联起了月牙湖乡7个移民村，是通往海陶北村的必经之路。记得那是个下雨天，我们驾车到村里报到，在244国道急促的车流中好不容易躲过了来来往往的货车，跟着导航提示拐到了月牧路，原以为可以安静地在雨声中感受乡间小道的悠长和惬意，不承想这条必经路却让我们更加惊悸不安！

不足4米宽的路面，坑洼不平，客货车量丝毫不差国道，一路走走停停，还要赶在对面客货车急速"扑来"之前挤进旁边小路口，更要时刻提防路两侧紧挨的民居巷道突然"蹿"出人或车来，加之雨天行车视线不开阔，就这样，原本20分钟可以到达的路程我们足足行驶了近1个小时，终于"抖"到海陶北村。

到村部谈及这段遭遇，村支部书记叹了口气："这条路确实挺破旧，却是村民们外出的唯一通道，可以说，月牧路就是村民们的'生活路''致富道'。"

这句话点醒了我。要致富，先修路，乡村振兴，修路先行。没有畅通的公路，就没有一个又一个乡村的振兴，条条大路勾连起来的，不仅是便捷的交通环境，更是村民对美好生活的希冀。当目睹、亲身感受了这条"生活路""致富道"时，我们心里便有了数。

接下来，我们联合村"两委"成员深入月牧路沿线居民家中，逐户走访问计问需。针对村民反映的出行难问题，及时整理反馈至乡政府，同时积极协调派驻单位银川市交通运输局及兴庆区交通运输局，多次实地调研月牧路路基路面及其沿线设施状况，在推动月牧路改拓宽工程项目落地、资金支持和按期开工方面出力使劲。

上下一心，同向而行。在我们的不懈努力下，月牧路拓宽改造工程终于在2022年9月顺利动工，历经一个冬季的沉淀积蓄，目前已进入建设加速阶段，预计2023年4月底前可实现提前交付使用。

眼望月牧路建设热火朝天，入户调研走访的时候，老乡们也给予了我们驻村工作最大的肯定。我听到最多的一句话就是："咱们这个工作队干得好，给老百姓办了件大实事，给你们点赞！"在老乡们热情的招呼声中，我们心里也感到热乎乎的。旧貌新颜，月牧路的拓宽，延展了百姓的生活和安全；初心润情，月牧路的更新，彰显了我们驻村工作队的初心使命。

月牧路，我和它的故事才刚刚开始，这是驻村的起点，也是承诺的兑现。回想两年驻村时光，眼前的月牧路仅仅是驻村这段美好经历的一个缩影，从解决发展党员问题到配齐党支部班子，从夯实党建基础到谋划产业发展，从争取资金帮扶到补齐基础设施短板，我们驻村工作队牢记初心使命，撸起袖子、扑下身子、踩稳步子，以"扶上马再送一程"的责任感扎实履行好乡村振兴"指导员"角色。海陶北村仅用一年时间就完成了软弱涣散基层党组织整顿出列，并被评为兴庆区2022年度"抓乡促村、整乡推进、整县提升"党建工作示范村。

离别在即，有眷恋也有不舍，这条宽敞通达的月牧路倒映着交通人挥洒的汗水和最深的牵挂。而我愿做一颗扎根黄土大地的铺路石，把人生最美好的奋斗篇章留在基层一线，在满蕴希望的田野上绽放绚烂之花。

9. 摩托车成了流动"办公室"

讲述：宁夏青铜峡市农业农村局派驻叶盛镇龙门村第一书记　张辉

▲ 张辉骑摩托车走村入户

"想在退休前再为老百姓做点事。"2021年7月刚从青铜峡市农业农村局到叶盛镇龙门村驻村时，我就立志把农业科技知识教给乡亲们，增强村民的致富本领，提高群众收入。

刚到村上，为更加深入了解群众的所期所盼，我几乎每天骑摩托车行驶50多公里，往返于6个村民小组之间，把村民的急难愁盼问题写在本子上、记在心里头，一年时间写满了两本驻村日记。对我来说，这辆花6100元钱买来的摩托车，不仅是我出行的亲密"战友"，更是我驻村帮扶的流动"办公室"。有时候村民碰到我，会亲切地叫我一声"摩托车书记"。

"我们村各方面资源条件挺好的，但是跟余桥、蒋滩等村比起来还是比较落后。村里想发展产业，但一直找不准方向。"龙门村党支部书记陈开春满面愁容地说。

"不过有你这个农业专家在这，我们一定能把龙门村的产业干好。"听他这么说，我深感自己责任重大。

产业兴则农村兴，产业旺则农村旺。为了带领龙门村群众蹚出一条致富路，经过深入调研和多方考察，我和村"两委"决定利用龙门村交通便利、地势平坦、土地肥沃、水源充足等有利自然条件，集中流转土地400多亩，种植西瓜、鲜食玉米等经济作物。种植期间，我经常到田间地头，与村"两委"班子成员、村民一同顶着炎炎烈日施肥、播种、除草，及时解决种植过程中出现的难题，带领群众走出了一条规模化、标准化种植精品瓜果蔬菜的产业路，村集体经济纯收入达到55万余元，比2021年增加了近25万元。

为进一步发展壮大村集体经济，在镇党委的牵线搭桥下，依托龙门村水利文化、农耕文化和观光生态园等资源，我和村"两委"盘活闲置宅基地和"农家乐"，引进社会资本1000万元，积极开展水产养殖、亲子研学基地、儿童沙滩乐园等项目建设。目前，这些项目正在加快推进，建成后将推动龙门村成为集农业种植及深加工、生态农业观光、农事活动体验、农业科普培训等于一体的乡村旅游重点村，争取带动龙门村2023年集体经济收入突破100万元。

村集体经济发展的难题解决了，村民的忧心事照样不能马虎。"书记，您帮忙看看我家西红柿的种植情况，不仅个头小、光泽差，产量也低。"面对一队村民李志军的求助，我立即赶往种植地块，了解了西红柿生长情况后，建议使用氮磷钾比例更合理的水溶肥。

后来，李志军家的西红柿不仅品质好了，产量也提高了将近50%。为了普及农业技术知识，我还为本村和周围村的种植大户举办了西红柿病虫害防治讲座，现场为村民解答疑问。听过讲座后，村民们都说，有了技术指导，种植西红柿心里踏实多了。有时候遇到村民采摘西红柿忙不过来，我会在天亮之前赶到田间地头，帮大家一同采摘。

个别群众生活困难，除了积极对接相关部门和企业申请相关补助政策外，2023年初还我从自己工资中拿出1000元慰问了困难群众。

心怀责任，才能走得更远。在短短一年半的时间里，我在村里已经骑行了20000多公里，靠着摩托车走遍了龙门村的每个角落，看到村子发展得越来越好，群众日子过得越来越顺畅，我觉得一切都值得。

10. 端掉头顶"水盆子"，端稳致富"金碗碗"

讲述：宁夏水利厅派驻石嘴山市平罗县红崖子乡红翔新村第一书记 刘刚

▲ 刘刚（中）和驻村工作队员在日光温室大棚四期工程施工现场讨论施工方案

每年一进入汛期，红翔新村党支部书记朱成学一定是满面愁容。可 2022 年以来，他的愁容舒展了。

"家里根本待不住，得出去巡逻啊！不只是我，所有的村干部全部扑在外面，24 小时轮值，就怕洪水再来一次。"朱成学说，一到七八月，村里上上下下神经高度紧张，忙得脚不沾地。

朱成学清楚地记得，2018 年 8 月 31 日一大早，村里的大喇叭就喊起来，让村民转移。他跑到村头一看，好家伙！2 米高的泥石流，像堵墙一样从红崖子山那边向村里直直"压"过来，没一会儿就把农田"吞"了，还好通知得快，所有人都安全撤离了……但是 3000 多亩农田被毁、蔬菜粮食绝收，村内道路交通、人畜饮水、农田水利、公共服务等基础设施都遭到严重破坏，经济损失达 900 万元。

2021 年 7 月，我被派到石嘴山市平罗县红崖子乡红翔新村驻村。了解到村庄防洪存在的"痼疾"，我片刻不敢耽搁，迅速形成调研报告提交至自治区水利厅。厅里高度重视、多次实地调研，总投资 1200 万元的"二道沟防洪治理工程"项目在红翔新村顺利开工。

工程建设期间，在工地务工的村民禹四十高兴地说："再也不怕洪水来了，我们一定保证质量，赶在汛期来临前完工。"

"多亏了工作队，这么多年头上顶着的水盆子终于放下啦！"朱成学笑着说。至此，困扰村民多年的洪水灾害问题被彻底解决。

别看我们现在做起农村工作游刃有余，初来乍到时，连跟群众最基本的交流都是一道坎，有时真的感觉"水土不服"。我和几名派驻队员边干边学，脚踩泥土、耳贴大地、扑下身子，深入了解村情、民情，才逐渐融入村"两委"班子，融入红翔新村的大家庭。

乡村振兴，关键是产业振兴。村里发展大棚种植，但村民种植的积极性不高。"我在园区打工一年收入6万元，比承包大棚好，种大棚太麻烦，咱也不懂技术。"村民王长青说。

该如何提高群众种棚的积极性，成了摆在我们面前的一道难题。此时工作队员赵鹏、马赛提议："村党支部和工作队带头加入大棚种植管理，是否可行？"此言一出，村干部们一致响应。

"红翔新村党建引领温棚示范区"就此诞生。2023年，村委会和驻村工作队分别种植管理大棚2座，从栽苗、除虫、施肥等田间管理开始，向农科院专家请教，同时也向群众宣传科学高效的田间管理技术，带动了20户村民种植大棚39座，还成功注册了"宁北钢葱"商标。

"自己赤膊上阵才知道种棚不容易！不过，看到乡亲们在我们带领下丰收赚钱，心里美得很！"驻村工作队员李斌和尉佳宁说。

"通过村委和工作队的引领示范，我的思想观念转变了、信心也足了，今年我鼓起勇气承包了7座大棚，预计能收入10多万元。"王长青喜滋滋地说。

做给村民看、带着村民干、帮着村民赚，支部带动、干群联动、工作队带头发展壮大村集体经济，2022年村集体收入达到46万元，红翔新村党支部也在2022年获得"五星级基层党组织"称号。

看到村庄处处生机勃勃、欣欣向荣，我们觉得再苦再累就一个字——值！

11. 我成了"全科兽医"

讲述：宁夏固原市泾源县农业农村局派驻大湾乡苏堡村第一书记
　　　王必强

▲ 王必强在养殖圈棚里给羊诊断疾病

2023年2月的一天，我正组织村干部集中学习，六组村民康发海打来电话，说他家的一头安格斯牛吃草后发生肚胀，不知如何处理。我安顿好学习的事，立刻带上听诊器、体温计、套管针、药品等"装备"直奔老康家。

根据多年经验，我迅速判断出这是急性瘤胃鼓气症状，必须先进行瘤胃放气，如果不及时处置会引发窒息死亡。我用瘤胃穿刺技术，用力把套管针扎进瘤胃，气体顺着套管不断放出，牛的肚子也塌陷下去了。随后，我又给牛胃注射了药物，叮嘱老康平时一定要注意饲养管理。

老康热泪盈眶，感动地跟我说："家里的收入全靠这些牛了，要不是你，我又得损失一两万元。"原来，老康以前养牛也发生过牛胀肚疾病，由于治疗不及时，十多分钟，一头牛就死了。

几年前，老康家里养了两头黄牛，日子过得很清贫。近年来老康在政府支持下把黄牛换成了5头安格斯牛，我从饲养管理、防疫到配种全程跟踪服务，2023年老康家又出栏了5头牛，净收入4万元。

如今，老康家里18头安格斯牛长得膘肥体壮，小牛犊在牛棚里活蹦乱跳。养牛使老康尝到了甜头，他笑呵呵地说："有'牛大夫'的帮助，我的牛是越养越好了。"

几年来，老康靠养牛不仅还清了贷款，还购置了家电、小汽车，一家人的日子过得红红火火。

12. 村里兴起直播经济

讲述：宁夏中卫市职业技术学校派驻中宁县大战场镇石喇叭村第一书记 薛勇

▲ 薛勇（中）和村干部讨论农联直播基地规划

驻村一开始，我就想着要为群众做些事情，哪怕再小的事情，只要能给村子发展、村民生活带来帮助和变化，那么两年的驻村就没有白过。如今，让我欣慰的是，这两年光阴真的充实又值得。

所谓民富才能国强，身为驻村第一书记，帮助群众想出个好路子、让大家过上好日子，是一项重要任务。石喇叭村的好路子在哪里？直播经济是我们探索的方向。

发展直播经济，得益于群众带来的灵感。刚开始驻村，我带领工作队在入户走访中发现，很多群众没事在家刷手机的时候，喜欢到社交平台直播间展示自己的日常生活、才华和爱好，有分享自己收集的毛主席像章的，有展示拉二胡、做绣球的，关注量少则几百、多则上万。看着大家的作品，我真正体会到什么是"高手在民间"。闲暇之余玩直播是休闲娱乐的一种方式，那么，能不能让群众通过直播来增加收入？

我初步设想，在村上建一个直播带货场地，让更多群众通过网络直播带货带动特色产业发展，同时鼓励群众在自家搭建直播平台，拓宽农产品销路。这一想法很快得到了大家的认可。2022年3月，石喇叭村农联直播基地开始建设，从设计图纸到实地测量，从初步计划到中期调整，从前期建设到后期完善，从短期布局到长远规划，无不凝结着工作队、村"两委"和直播爱好者的心血与汗水。经过努力，由三个室内直播间和两个室外直播点组成的农联直播基地于2022年6月下旬全面建成。与此同时，一些直播爱好者利用家中空闲房屋也搭建了属于自己的室内直播间，购置了直播设备、悬挂了直播背景、放置了带货产品。一时间，网络直播带货成为全村群众关注的焦点。

在农联直播基地建设的同时，我们紧盯网络直播新业态新模式，在镇党委的支持下，成立了网红党支部，主播们争相将自己的带货产品摆放在党支部活动室，我深刻感受到直播群众对党建引领新业态发展的迫切渴望和美好憧憬。从2022年9月到2023年4月，网红党支部联系了专业的网络公司，面向全镇网络主播开展了3次直播技术培训，通过系统培训和技术交流，让全镇主播相互推粉、合作直播，扩大了我们网络主播的知名度。

闲暇时间，我与很多主播聊天，原来网络直播带给群众的收入远远超过我的想象：长山头村的"南小芳枸杞旗舰店"枸杞销售年收入15万元，同村的"银洋爱秦腔"通过拍秦腔段子年收入10万元左右，大战场村的"被子哥"每年销售被子收入超过40万元，石喇叭村的"养羊的尕媳妇"牛羊销售年收入接近百万元……网红党支部还十分重视大政方针、乡村文化的宣传：元丰村的"90后"村党支部书记李杏梅以网络直播的形式开展答疑解惑，将党的方针政策宣传给广大群众；红宝村借助网络直播，以农民合唱的形式唱出党的光辉和人民幸福；石喇叭村的非遗传承人李淑英老师通过直播展示自己团队制作的剪纸作品。

通过直播经济在石喇叭村的兴起，我认识到，蹚出个好路子让群众过上好日子，是我们驻村干部永恒的课题。

13. 斗渠引得活水来

讲述：宁夏回族自治区政府研究室派驻银川市永宁县闽宁镇武河村
第一书记　张虎

◀ 张虎（左）和村党支部书记马宁在桃园里了解桃子新品种长势

武河村是闽宁镇最南边的一个自主移民村，面积13.4平方公里，居住着2161户9225人。多年来形成了以酿酒葡萄为主，优质桃、经果林、玉米种植和牛羊养殖共同发展的产业格局。

2021年7月以来，自治区政府研究室开始帮扶武河村，同时也开启了我为期两年的驻村工作。因为来自区直机关单位，乡亲们对我们期望很高，希望我们能切实给村里解决难题、带来变化。

初来乍到，人生地不熟，真有点"老虎吃螃蟹无从下手"的感觉。我入的第一户是马生科家。85岁的马生科是第一任村书记，说起过去，话匣子就关不上了："当年我领着几十户人，顶着漫天的黄沙，搭着站不直的窝棚，硬是在这荒沙滩里扎下了根，晴天土一身、雨天泥一身、风能吹走人，这都能克服，就是这水一直是个头疼事……"

武河村没水，是什么原因呢？原来，当初武河村增加9027亩耕地后，一直靠20年前闽宁三级扬水泵站下属北三斗渠灌溉，因年代久远，部分渠道渠底混凝土板破损严重，断裂、脱落、边坡坍塌增加和渗漏等问题突出，再加上亩产数增加，北三斗渠已经没办法满足灌溉需求。慢慢地，灌溉用水问题导致群众矛盾突出，影响群众发展种植业积极性。只有解决了用水难这个"卡脖子"问题，武河村才有"活路"。

"为有源头活水来"，搞清楚了问题所在，那就对症下药。经过多方走访，广泛听取了群众意见后，我们驻村工作队就开始统筹谋划北三斗渠的修复改造项目。我深知要想成功争取到项目资金，项目书是直接切入点，而客观真实、有理有据的论证又是关键点。通过反复讨论、实地踏勘，分层次召开项目论证会，终于形成《永宁县闽宁镇北三斗渠改造工程项目建议书》，也因项目建议书论据充分、论证有力，在大家的共同努力下，最终争取协调到了第二批中央发展水利资金 200 万元和永宁县配套资金 20 万元。

"斗渠引得活水来"，2023 年 1 月，北三斗渠修复改造工程如期展开，预计 5 月底就可以完工。村民们得知这个消息时，奔走相告、欢呼雀跃，喜悦的心情溢于言表。困扰武河村经济发展多年的灌溉用水难题马上就要从根本上解决了，压在我心里的石头也要落下了。我深深地感受到武河村脱贫群众自立自强、不等不靠、努力奋斗过好日子的精气神，还有洋溢在脸上的对党和政府扶持帮助的感恩之心。

我们帮助武河村村民树立起了品牌理念，先后更新葡萄优质品种马瑟兰 300 亩、赤霞珠 1400 亩、蛇龙珠 300 亩、梅鹿辄 150 亩。酿酒葡萄种植面积累计 2150 余亩，葡萄总产量 2737 吨，每亩年产值可达 8000 元，种植户亩均纯收入 4000 余元。组长王金贵还当起了葡萄销售经纪人，不但拓宽了销路还把每公斤多卖了 1 元钱，种植户们乐得合不拢嘴，武河村成了散户参与程度最高的酿酒葡萄专业生产村。

2023 年村里 868 亩优质桃长势喜人，预计 2024 年达到丰产期。眼下，武河村正在加速集聚以桃园为依托的庭院经济、文化旅游和民宿餐饮为一体的一二三产业融合发展动能，初步形成有地区特色、体现乡村价值、乡土气息浓厚的农旅融合发展雏形，打造属于自己的春天。

如今，武河村已彻底改变了"风吹沙石跑"的过去，放眼望去，阡陌纵横、瓜果飘香、牛羊肥壮,庭院美丽、村庄整齐、道路宽阔。穿梭在乡间的小路上,时而涌上心头的是解决乡亲们急难愁盼问题后的笑逐颜开。持续巩固拓展脱贫攻坚成果同乡村振兴有效衔接里融入了乡亲们更多获得感、幸福感、安全感,我想这就是驻村干部的职责和使命。

14. "兵书记"的"新战场"

讲述：宁夏中卫市委组织部派驻海原县郑旗乡郑旗村第一书记　张华

▲ 张华（左）到村民家里了解情况并制定帮扶措施

从部队转业以后，我到郑旗村驻村。尽管出身农村，但是初上"新战场"的我内心还是十分忐忑，毕竟隔行如隔山，带领群众增收致富和练兵备战有天壤之别。经过近两年的摸爬滚打，总算没有辜负党组织和群众的期望，我也感悟出一些驻村之道。

记得刚到村上第一天，与上一任驻村书记交接工作时，他带我去了监测户李得全家。一进门，映入眼帘的除了一方土炕和一口木箱，没有别的物件。李得全正值壮年，却因病卧床，高额的医疗费用使本就不富裕的家庭雪上加霜。生活的重担压在妻子何女旦一个人身上，既要照顾病人，又要照看几个女儿，她满脸愁容，坐在炕沿上一脸无助。

了解了他们家的情况，一股悲戚之情涌上心头。古人云："善为国者，爱民如父母之爱子、兄之爱弟，闻其饥寒为之哀，见其劳苦为之悲。"

上任驻村书记把帮扶李得全的重任交给了我，我必须要做点什么。首先要解决的就是生活兜底的问题，我和村支书多次找相关领导汇报情况，为李得全和4个年幼的女儿申请了低保，又专门召开村防返贫监测专题会，为李得全发放光伏救助资金3000元以解燃眉之急。

再访李得全时，他的脸上总算有了些许笑容："张书记快坐，我最近好多啦。"但我知道，帮扶李得全一家只靠低保和救助金还远远不够，几个女儿在上学，只靠妻子一个人务工，恐怕孩子会有辍学的风险。思来想去，我联系上了以前部队的老战友，想让他们在郑旗村资助一批学生。战友们听到这个消息都很积极，很快，报名参加资助活动的就达到二十几人，这是我始料未及的。激动之余，我和队员立即着手对接学校、走访家庭、确定资助对象。经过不懈努力，21名郑旗中小学生收到了教育资助金，其中就有李得全家的 3 个女儿。听到孩子们说"张叔叔，快喝茶"时，我感到无比欣慰。

对李得全家的帮扶，只是驻村工作的冰山一角。郑旗村有常住人口 680 余户近 3000 人，其中 331 户是脱贫户，如此大的人口基数，一度让我和队员感到"压力山大"。为了摸清民情底数，我和队员顶着酷暑挨家挨户走访，队员老田甚至因此旧病复发，不得不住院治疗，他好几次打趣我："你这是在拿部队的铁脚板，锤炼老干部的脚底板。"

付出总有回报，经过近两个月对 13 个自然村的走访入户，我们基本掌握了郑旗村的情况，心里有了底，这样开展起工作就有的放矢。立足村情，我们和村"两委"制定了郑旗村产业发展计划，协调资金 70 余万元进行基础设施建设。两年来，郑旗村集体经济经营性收益实现了"零"的突破，年收入达到 40 万元左右。

又是一年春来，东风拂柳，万物拔节生长，欣欣向荣。近两年的驻村经历有苦有累，但更有希望和感动，在乡村振兴的号角声中，郑旗村必然更加美好。

15. 农货出村啦

讲述：宁夏文化和旅游厅派驻中卫市中宁县太阳梁乡德盛村第一书记
　　　刘玉华

▲ 刘玉华（中）和驻村工作队员走访入户

2021年7月，组织选派我到中宁县太阳梁乡德盛村担任驻村第一书记，开展驻村帮扶工作。

德盛村是自治区"十一五"易地扶贫生态移民安置村，面积7.7平方公里，总人口757户3122人，有1515名劳动力。全村脱贫户114户456人，脱贫不稳定户、边缘易致贫户、突发严重困难户监测人员10户36人，全村耕地面积6324亩，2022年全村人均纯收入11380元，主要支柱产业为枸杞种植、庭院养殖业和劳务输出，有农村专业合作社2个。

通过走访入户，我了解到，德盛村农特产品种类丰富，但缺乏包装设计和品牌意识，产品品质虽好，却卖不上好价钱，销售渠道不畅。群众大多外出务工，年龄稍大一点的大多在家闲着，有致富的愿望却没有致富的思路，村集体经济收入来源也较为单一。

怎样才能让产品出村变现？我想到了当下流行的网红直播带货。于是，建一个集产品包装设计、品牌宣传、网红直播带货等多功能于一体的产品展销中心迫在眉睫。不仅如此，我还想到了利用德盛村4000多亩桃园、2000亩枸杞基地的资源优势，逐步完善旅游基础设施，发展乡村旅游业。

想法一出，很多村民不理解，认为发展乡村旅游根本不可能实现。游客会来吗？来了看什么、吃什么、玩什么、买什么？

2022年7月，为了拓宽发展文旅产业思路，我与包村乡领导、村"两委"班子到文化旅游产业发展较为成熟的银川红玛瑙枸杞基地、稻渔空间，以及剪纸、刺绣、手工编织等非遗手工基地进行观摩学习。我们了解到，银川红玛瑙枸杞基地对种植的80亩枸杞作了精心设计包装，打造了品牌，大力发展枸杞观光旅游业，年收入达2000万元；稻渔空间则利用稻田，建设相关旅游基础设施，精心设计包装自己种植的大米，每斤大米卖到了28元；剪纸和刺绣等非遗手工基地，能将一双手工刺绣鞋垫卖到120元……观摩学习后，我们兴奋不已，开始思考，探讨交流。德盛村种植2000多亩枸杞，年收入不到100万元；种植的4000多亩青贮玉米，每亩年收入不到1000元……守着这么好的特色资源，别人能干成的，我们咋就干不成？几番讨论，大家坚定了德盛村发展乡村旅游业的想法。

统一了发展思路，可是新问题又来了。铺这么大的摊子，钱从哪来？村集体每年也就20多万元的收入，发展乡村旅游需要基础建设投入，得想尽办法再引资。

于是，我带着方案回到派出单位，向单位领导汇报了德盛村现状和今后整合农副产品、建设文旅产品展销中心、逐步完善旅游基础设施、发展乡村旅游业的思路，领导鼓励我们大胆往前走，还给我们指出了旅游专项资金支持的方向。

一个多月后，文化旅游产品展销中心40万元建设资金到位了，包含游客服务中心、手工编制车间、非遗工坊等的文化旅游产品展示中心开始建设。建成后，我们整合了枸杞、精品桃、纯粮食醋、纯胡麻油、林下鸡、黑鸳鸯绿皮鸡蛋，以及烫画葫芦、剪纸等非遗文化产品，每天进行直播带货，2022年接待游客3000多人，有效解决了特色农产品销售难等问题，农货出村的同时还带动了600多名群众就近务工，增加移民群众收入。

转眼间，驻村已近两年，我和驻村工作队团结村"两委"班子，找准产业发展路子,帮助村集体经济翻了一番,村庄面貌焕然一新。看着日新月异的德盛村,我很欣慰,期待这两年打下的基础能推动德盛村集体经济进一步发展,给群众带去更多实惠。

16. 农毛渠穿上了"石盔甲"

讲述：宁夏银川市永宁县人大常委会办公室派驻永宁县胜利乡许旺村
　　　第一书记　高峰平

▲ 高峰平查看农毛渠砌护施工进度和质量

"水渠修好了，灌溉再也不用发愁了，今年肯定有个好收成。"在永宁县胜利乡许旺村，看着正在施工的农毛渠，村民们喜笑颜开。

2021年7月，我到许旺村开展驻村工作。在走访调研中，我了解到许旺村五、六、七队有18条总长8595米的农毛渠，这条渠是条泥土渠，由于一直未砌护，渠里泥土淤积、杂草丛生、漏水严重，灌溉功能大大降低。"每年开春灌溉农田，连水都淌不过来，"村支书方长军说，"这条渠牵扯到329户农户1000余亩农田灌溉问题，村民意见很大，但没办法，没有资金啊！"

水渠不淌水怎么行，还怎么发展经济，村民钱袋子还怎么鼓起来？农毛渠的问题成为我上任遇到的第一个困难和挑战。多年来，许旺村因农户拆迁搬迁遗留问题较多，加上村内基础设施比较薄弱，申请的各类项目资金都投入到道路硬化、安装路灯这些地方，根本没有"闲钱"管修渠。

但修砌农渠直接关系灌溉，关系老乡的生计，这事等不得。我与村支书商量后，就开始了"修渠大业"。我多次向永宁县人大主要领导、乡镇党委书记反映情况，同时，与上级部门多次沟通协商争取改造砌护及配套设施项目资金。功夫不负有心人，在永宁县2022年"一事一议"项目上，我们终于成功申报修砌农渠项目，争取到改造砌护及配套设施项目资金99万元。

春耕备耕正当时。2023年3月，许旺村农毛渠砌护工程正式动工，施工期间我经常去现场看进度、查质量，生怕哪里做得不好给后期带来不便。经过前期基础处理、沟槽开挖、砌块砌筑和填土平整，农毛渠一改往日的"泥头土脸"，穿上了"石盔甲"，不仅庄稼喝足了，还节省了不少水。"过去每到春耕补水施肥的时候，灌溉就成了问题，之前的土渠多处坍塌，垃圾成堆、淌水不畅。砌护好以后，不仅淌水效率更高，还节省了成本。"村民杨存生开心地说。

群众利益无小事，一枝一叶总关情。作为驻村第一书记，帮群众解决实际困难是关键所在。农毛渠的修整,极大改善了许旺村的农田灌溉条件,为村子粮食增产、产业增效、农民增收、改善生态提供了保障,也更加坚定了我为民办实事的信念。

驻村期间,我还积极协助村"两委"争取其他项目,对许旺一、二、三队年久失修的破损蔬菜温棚种植园区道路进行了硬化改造,现已完工并通行。同时,以产业化为载体,争取专项资金,打造了许旺村十队32栋温棚,建设民族团结文化阵地以及庄点文化长廊。积极帮助村子发展壮大村集体经济,申请自治区、银川市发展壮大村集体经济项目,回购维修改造许旺村四队园区26栋温棚,对基础设施改造建设,改旧换新,让原本破败不堪的旧温棚变成了村民争先租赁的"聚宝棚",仅一年就使村集体经济收入增加23万元。

我还利用派出单位资源优势,邀请永宁县科协组织农业专家到温棚种植基地开展需求调研和技术指导,引导农户改变种植旧观念,帮助农民培育新品种樱桃20栋、葡萄328栋、草莓40栋,每栋温棚帮助群众增加经济收入2万余元。现在的许旺村充满了朝气,人人都在为更美好的生活忙碌着。

每一件实事,每一个赞许,都是照亮我继续扎根基层的灯塔。驻村经历是一种双向的滋养,在帮助村子发展、群众致富的过程中,不断提振着我谋事成事的信心。正如许旺那条农毛渠,流淌不断的是村民对美好生活的向往,也更加坚定着我驻村助农的不变初心。

17. 盐碱滩成了丰产田

讲述：宁夏中卫市文联派驻沙坡头区东园镇柔新村工作队员　邹缠

◀ 邹缠在村集体流转的地里种植拱棚西瓜

我虽从小在农村长大,但在基层一线开展工作的经历却很少。第一次是2019年脱贫攻坚决胜阶段的大普查,为期三个月。这一次驻村之前,我没有任何心理准备,单位一名驻村的老同志因身体有恙急需治疗,领导找我谈话时,我欣然接过了驻村"接力棒",准备好行李,开上车直奔柔新村。

驻村,总有几件缠手的事让人印象深刻。"李嬷嬷"上访的事就是其一。初来乍到,听不少人讲起"李嬷嬷",她原名李秀琴,十天有九天不是在上访就是在上访的路上,奈何她的不平事是30多年前的历史遗留问题,也因时间久远,多次协商调解无果,终究成了她的心头病。李秀琴早前家住乡镇卫生院旁边,弟弟因疾病早逝,李秀琴便把原因归为卫生院门口的垃圾箱有传染病毒。加之当时土地调整,家家都要拿出土地重新分配,她因原本属于自家的土地被分配给别人家,心怀积怨。这些林林总总的"闹心事"加在一起,成了她这些年不停到处诉说"冤情"的导火索。我们走访调查中,倾听了周边群众的声音,又充分发挥驻村工作队员张举鹏在司法领域工作多年的优势,多次去李秀琴家讲政策,疏导情绪,终于起了一定的作用。但问题始终没得到根本解决,因为这事早已判决生效。于是,我尝试从感情上化解老人的怨愤,逢年过节,我就去她家坐坐,唠唠嗑、送温暖,考虑到她家庭困难的实际情况,村上想办法为她老伴申请了公益性岗位。近段时间以来,李秀琴上访的次数变少了。

群众农业生产中的烦心事也不少。"沟渠里的水槽破了好多年,泥淤挡着水流,甚至还回流,北干渠边上的盐碱地根本种不了庄稼。"到了播种灌溉季,群众推开门便抱怨。尤其是流转了土地的大户，因水利设施经年累月得不到修缮，一到灌溉的时候就出状况，心里意见很大。

其实，柔新村的地理环境不错，面向中沟路，马路宽阔平坦，汽车川流不息，小康路两旁树木林立、屋舍整齐，北干渠渠水淙淙、稻花飘香。然而，从北干渠向南转身望去，一大片都是白茫茫的盐碱地，群众反映这片地盐碱化严重，加之沟道长期淤积、排水不畅，水稻、玉米减产严重。近些年，村上大多数土地都已流转，但北干渠靠南的这片土地却无人问津。

我和驻村第一书记王生才、村"两委"商定后，及时统一意见，经过现场勘察、预算测算，积极争取项目，谋划对柔新村盐碱地严重的沟渠进行清理、修缮破损渠道。经多次协调争取，该项目最终列入2021年东园镇非贫困村基础设施补短板项目，总投资达998.04万元。项目实施过程中，部分村民自家田埂地头或多或少的土地被用于水利建设，有的村民因自家树木被砍阻碍施工，我们连夜入户做思想工作，最终得到群众支持，项目得以顺利实施。共清淤沟道23条、维修渠道24条、硬化巷道7条，对取水口、渡槽、生产桥等进行修缮。盐碱地排水沟道彻底清淤、疏通后，大量碱水排出了耕地，盐碱度逐步降低，以前无法种植的耕地也种上了青贮玉米。来村上洽谈流转土地的种植大户、企业逐渐增多，租金从每亩400元一下提高到每亩700元。村民说，驻村工作队确实帮我们解决了大问题。

农村群众精神文化生活还不够丰富多彩，也是乡村振兴要解决的问题。村上没有文化广场，但村部院落比较宽敞，我动员村党建专干带领村民搞起文体活动。春节、元宵节、三八妇女节等节假日，大家跳广场舞、扭秧歌、吃汤圆、炸油饼，异常热闹。我还联系文联开展现场写对联、送祝福、送书籍、送体育器材，协调文化大篷车到村上表演。村里人气聚起来了，歌声响起来了，秧歌扭起来了，群众的精神文化生活一下子变得丰富了。

驻村，不管田间地头还是农家炕头，到处都是社情民意。在基层能仰望星空、能闻到稻花麦香，我将一如既往热爱乡村、建设乡村、奉献乡村。

18. 创造"鸡"遇 "啄"出新路

讲述：宁夏中卫市直机关工委派驻沙坡头区宣和镇汪园村第一书记
　　　王家其

▲ 王家其（右）与村干部查看玉米出苗情况

2021年6月16日，在中宁县喊叫水乡周沟村驻村满两年半后，我收拾行囊，来到沙坡头区宣和镇汪园村，开启了第二段驻村工作。

我是土生土长的宣和镇人，近乡情更怯。车窗外，一草一木翘首以盼、随风招展，像是在迎我回家。那一刻，我暗下决心，既然来到家门口驻村，就要为生我养我的这片土地做点什么。

"汪园村条件差，人杂、事杂，你别被吓跑喽。"驻村第一天，村民三言两语就给我的满腔热情浇了一盆冷水。为了真正了解村上怎么"杂"，接下来一个月，我与村干部挨家入户走访，整村走下来，发现全村大部分村民属自主移民，人员构成比较复杂，但更棘手的是村集体经济薄弱，说话没人听、办事没人跟。

路虽远、行则将至，事虽杂、做则必成。为破解村集体收入少、路子窄的问题，我和村干部问群众、商对策、找路子，那段时间，整日苦恼却不知路在何方。一次入户，我满脸愁容，村民易维珍看到说："你愁个啥，咱宣和曾是'西北养鸡第一镇'，村里还有4栋鸡舍！"易维珍的话拨云见雾，我瞬间找到了方向。

我立刻赶到村部，和村"两委"班子商议。"咱们村里有现成的鸡舍，养殖能手也多，饲料供应齐全，不乏畜禽防疫人才，我们也想过这个事。但这两年疫情影响，又缺少启动资金，守着鸡窝捡不了蛋，我们干着急啊！"村书记汪俊杰说出了自己的担忧。

"不喂不干，哪有鸡蛋？缺资金、欠机遇，那就创造'鸡'遇。"经过反复磋商，驻村工作队和村"两委"思路统一下来，决定先从盘活鸡舍和启动资金入手。原以为4栋养殖鸡舍能够立即启用，但打开门才发现，由于闲置日久，水线、风机无法正常使用，还缺饲料设备，又需要一大笔资金投入，养鸡伊始就遇到了拦路虎。

我们一边向上级找政策，一边在身边寻资源。我带领驻村队员、村"两委"班子，2个月内跑遍了全村156户养殖大户，走遍了周边有养殖产业基础的9个村，到村内村外取经探路。在大家的共同努力下，我们联合有意愿发展的草台、喜沟等村出资，带动东月、赵滩、福堂、马滩四村以鸡舍租金形式入股，还发动86户脱贫户、监测对象、村"两委"班子、养殖大户积极参与入股，先后整合资金213万元，创办了宁夏富富通农牧专业合作社，启动资金终于有了着落。

熬过了开头，事情就成功了大半。资金到位后，我们立即组织开挖饮水管道、更换饮水线路、修理饲喂机械、安装饲料机、搭建饲料库。随着问题一个个解决，2022年9月，经过九个月的调研论证、设施改造、预定鸡苗、人员培训，前期各项工作准备到位，5.6万只蛋鸡正式入舍养殖。目前，养殖场蛋鸡产蛋率已达95%，日均出蛋1700盘。

鸡蛋品质可靠，现在供不应求，每天商家上门取货，日均卖蛋收入3万元左右。短短半年时间，村集体靠卖鸡蛋实现收入270万元。

我们还从村内聘请养殖能手照看鸡苗、投喂饲料，畜禽防疫也请村里的"名家"，还动员监测户到养殖场打零工，累计为附近群众发放工资12.6万元。村集体经济起来了，群众看到了出路，村民对党组织计划发展养鸡杂七杂八的质疑渐渐消失了，有些村民甚至主动找到我们，想投资入股蛋鸡养殖项目。

为拓宽销路、延伸产业，我们注册了"汪园鸡蛋"商标，实现蛋鸡养殖品牌化。同时，计划依托耕地资源和苹果产业基础，推出畜禽粪便生态肥料，探索发展生态农业，汪园村蛋鸡养殖事业也步入正轨。

机不可失，"鸡"遇难得。接下来，我们要推行党支部领办合作社模式，吸纳更多低收入农户加入，稳步扩大养殖规模，带动周边村民一起抓住"鸡"遇，共同"啄"出致富路。

19. 三个女将一台戏

讲述：宁夏妇联派驻银川市贺兰县金贵镇江南村第一书记　陆少波

▲ 陆少波（右二）和驻村工作队员在大棚里查看蔬菜长势

再次见到赶去就业帮扶车间上班的袁玉萍，她满脸笑容地看着我们，话头止不住："现在车间上班离得近，中午回家吃个饭，把孩子和老公安顿好，方便得很。"

袁玉萍一家是2016年从固原市西吉县红耀乡搬到贺兰县金贵镇江南村的。2020年袁玉萍的丈夫因罹患股骨头坏死逐渐丧失劳动力，她们一家被纳入首批监测户，家里还有年迈的老人和两个孩子，养活一家人的重担就压在了袁玉萍一个人的身上。2023年春节刚过，江南村就业帮扶车间开工运行，家门口就能务工，袁玉萍也成了企业第一批骨干，还当上了小组长，每月能拿到3000元工资，日子越来越有奔头。

2021年，我和单位的陈艺璇、李桐先后被派到江南村驻村，我们三个女将翻开了唱好驻村这台大戏的新篇章。江南村是一个8年前由轻纺城拆迁的失地村民和"十二五"劳务移民组成的中心村，无地无产业，村集体经济收入仅34.8万元。村里坑坑洼洼的道路、随意停放的车辆、杂乱无序的市场，还有因身体原因无法外出务工的"4050"人员和年迈老人……千头万绪让我们一时犯了难，如何帮助村集体谋划更多产业项目、争取更多资源，让村庄变个样、让村民过上更好的日子，成为我们工作的重头戏。

青壮年劳力都外出打工，"剩"在村里的大多是老年人和照顾家庭走不开的妇女。经过多次入户走访，我们发现，许多年轻人对土地仍怀有眷恋和热爱，为此我们有了建设温棚扩大乡村振兴产业园的想法。

经过多次争取，2022年8月，31栋温棚拔地而起。可问题又来了，温棚怎么种？直接交给脱贫户、监测户行不行？我们又开展了一次大走访，还组织召开村民座谈，最终决定由村部领着村民一起种。"跟着村子一起干，一天能赚 100 块"，这个好消息传出来，有劳动力的村民争先恐后进棚耕种。"书记，你看这辣椒长得多快，都卖了好几茬了！"看到我们，脱贫户王凤霞兴奋地说。从 2022 年 10 月蔬菜开种，她就在棚里干活，干劲十足的样子与原先喊着没活干、向村上要低保的时候判若两人。冬春闲暇之际，30 多人说着、笑着、忙着手里的活，在温棚里收获着"幸福果实"，人均月收入提高了 2500 元，村集体经济收入也在 2022 年首次突破百万元大关，增幅位居全县前列。

大棚种植只是我们的"开场戏"，慢慢地村里陆续引进了纸袋加工、馓子制作公司、食品冷链等"村头企业"，直接带动江南村 50 多人稳定就业。村里的产业越来越多，坐在墙根下晒太阳的人越来越少；村民们的收入越来越多，怨声载道越来越少。走在路上，主动热情地跟我们打招呼的人也越来越多，有了烦心事、揪心事，也有不少人来找工作队帮忙解决。以真心换真情，我们的辛劳和付出，换来了越来越多村民的信任和支持。

都说"妇女能顶半边天"，我们将妇联这根纽带紧紧抓牢，在乡村振兴的道路上，使出"拿手戏"，让她们鼓"钱袋"、富"脑袋"。不少妇女干活"泼辣"，却因不识字怯于出远门；会纳鞋底、蒸馍馍，但一说起这些手艺就只能供自家吃用，上不了台面。为了帮助妇女提升素质、强化技能、开阔眼界，我们联系了技能培训教师，在村里办起了素质提升班、编织刺绣和面点制作班、家庭教育及健康讲座，冬闲时节人不闲，大家的学习热情十分高涨，一行行歪扭却认真的字迹、一盘盘冒着热气的油香、一个个做工细致的刺绣虎头锤、一条条柔软的围巾手套……技能和眼界提高了，妇女们赚钱的动力也更足了。

两年的帮扶让江南村大变样。我们唱起"连台戏"，抓住一切时机与村"两委"谈思路、讲方法、鼓士气，班子干事创业的热情被极大地激发出来，大家想到一起、干到一起，推行的"党支部＋合作社＋农户"利益联结机制，让温棚蔬菜规模化种植初获丰收，引得媒体采访报道；小区大门焕然一新，新铺的沥青路笔直宽敞，停车位、太阳能路灯一应俱全；干净整洁、功能完善的市场由"马路市场"蜕变为"民心市场"；遗留的"多人多代"购房补助政策、易地拆迁村民悬而未解的房产证办理问题也在我们的反映争取下得到解决……

两年来，我们为村里的发展、村民的增收谋项目、想对策，眼下，为解决村民的困难找资源、送温暖的"大戏"还在不断上演……

20. 这个"蔬菜营销员"我来当

讲述：宁夏银川市兴庆区教育局派驻兴庆区掌政镇镇河村第一书记 任荣

▲ 任荣（右）在蔬菜大棚给种植户科普病虫害防治

"绿波春浪满前陂,极目连云罢亚肥。更被鹭鹚千点雪,破烟来入画屏飞。"唐代诗人韦庄的《稻田》,勾勒了一幅美丽的田园风光图。漫步在镇河村清水湖畔的稻田间,亦能感受到韦庄笔下天然的彩色画屏,和新农村建设呈现出的一道道亮丽风景。

2022年9月,我被选派到掌政镇镇河村担任驻村第一书记。镇河村是远近闻名的"全国一村一品西红柿示范村镇",具有得天独厚的资源优势,我暗自庆幸来到了这片生机勃勃、蕴藏巨大潜力的土地,同时也感受到了肩头的压力和责任。

"任书记,最近都没有菜贩子上门收柿子了,这么好的柿子没人要,可咋办呀?"一说到大棚,农户们都很揪心。2022年10月,望着大棚里即将上市的新鲜西红柿,镇河村的农户却怎么也高兴不起来。疫情封控,蔬菜批发市场临时关闭,蔬菜批发商被隔离,新鲜的蔬菜没人收,农户们心急如焚。

面对难题,我找到村支部书记谢玉梅商量对策:"其实我们可以试着自己把菜运出去。"但送到哪里?谁来买?谁能代销?这些都是问题。"任书记,你在城里认识的人多,看看能不能拉拉客户?"谢玉梅为难地说。我想了想,眼下老百姓有困难,正是需要我的时候,镇河村"蔬菜营销员"我来当!

我积极对接教育系统的朋友,发起了"蔬菜认购帮助菜农"爱心倡议,呼吁广大师生、家长伸出援助之手,帮助菜农解决燃眉之急。一开始还挺担心会不会有人"接茬",没想到,大伙儿特别积极,第一时间响应,有的主动下单购买蔬菜,有的在朋友圈、家长群积极转发倡议,一时间订菜电话如潮水般涌来……

有订单了,老乡们自然开心,但问题又来了,驻村工作队和村干部们还有其他工作要处理，不能一天24小时都在接电话。此时，正巧看到外地有微信小程序预订鲜花的经验，一个新点子蹦了出来——开发微信小程序线上接收订单！

但我们毕竟不是科班出身，自己捣鼓出来的小程序总出现bug，刚开始好多人反映还没有电话好用，也有人嫌麻烦而放弃了预订。这可怎么办，难不成好心还办了坏事？这可不行！但我又不想放弃这条销售线，为此，我又请懂软件的老师和家长朋友帮忙，在几位热心朋友加班加点的努力下，完善后的"镇河村线上订菜"小程序终于上线了。优化后的软件，不仅实现了客户及时便捷预订果蔬，提升了外销效率，还建立起农户与客户的双向互动渠道，一方面帮助农户解决当下滞销产品的同时建立长期稳定的客源，另一方面也满足了城里人随时可吃到现摘西红柿和其他新鲜蔬菜的需求。

一份份线上订单纷至沓来，一份份爱心如潮涌动，农户在温暖真情中绽开了笑脸。"真心感谢你们，为我们减少了损失！"看着田间一辆辆送菜的车，种植大户余大哥紧皱的眉头终于舒展开了。

回顾驻村生活，镇河村乡亲们的淳朴、爽朗、热情和追求美好生活的精气神，深深地吸引着我、感动着我。乡间浓郁的生活气息，夹杂着瓜果蔬菜的清新，悄无声息、潜移默化地塑造着我。我也在知农情、讲农话、贴农心、干农活的过程中，衷情地融入了这个村庄。乡村振兴路艰且长，我将继续做好乡村振兴路上的一粒铺路石。

21. "皓首书记"的乡村振兴工作簿

讲述：宁夏石嘴山市水务局派驻平罗县陶乐镇施家台子村第一书记
　　　李天保

▲ 李天保（右）和村民在地里看小麦长势

清楚地记得驻村第一天，我迎着初升的太阳驱车一路向东，既兴奋又忐忑，年近六旬的我，很期待能在基层农村发挥余热。虽然陶乐镇是我的家乡，但是毕竟离开十几年了，还是担心这方既熟悉又陌生的水土让我"不服"。到平罗县陶乐镇施家台子村后，我告诉自己一定要沉下身子迈开腿，于是开始挨家挨户地走访。

"王家5口人、罗家3头羊、施家6亩地……"这些简简单单的情况成了我工作簿里的第一章。我把村里的一点一滴记在本上，也记在心里，很快我这个新书记就成了村里的"老熟人"，家长里短的，大家都喜欢找我说说。

刚到村上的时候，我发现经常有村民家门口贴着水费催缴通知单，便到村民家中一探究竟。"李书记，不是咱们耍赖不交钱，你说这管道到处漏水，水费高得不正常，我们这老两口一个月不可能用那么多水嘛！""自来水三天两头停，这冤枉钱谁爱交谁交，我家不交！"……看来，这事儿没那么简单。

随后，我联系了自来水公司，多方走访，实地求证之后，发现问题的主要矛盾点在于村里的自来水管道严重老化，跑冒滴漏现象严重，不仅影响村民正常用水，水费分摊不均也让收缴成了大难题。村里想改造管道，苦于没有资金，迟迟不见动静。

那段时间，我白天多方奔走，去企业拉投资，但一次次被拒绝。晚上回来，在村部办公室，我打电话给认识的领导、同事、企业老板，经常打到手机发烫。最终，平罗水投公司答应投资130万元，为村里六、七队165户429名群众进行自来水管道改造。改造完成后，不但吃水难解决了，智能远传水表实现了数据实时上传，线上缴费极大方便了群众，一户一表还减少了村民间的矛盾。家家户户门口的催缴单没有了，村民们一见我就说："书记，你可是给我们解决了老大难的问题呀。"

水的问题解决了，可很多新的问题还躺在我的工作簿上呢。很多村民和我反映："村里很多土路一下雨坑坑洼洼的，晒场上机械堆得乱七八糟，环境一点儿也不好。"我下决心整治环境，刚开始动员大家，几乎没人愿意干，我每天扛着扫帚去巷道里清扫，一个人清理晒场堆放的废旧机械，中午也不回家，几天下来手都磨出了血泡。有人劝我说："堆了十来年了，你浪费这精力干啥。"但我不行，越是遗留的问题越要解决，看着我这股子"犟"劲，村书记动员了几名党员来帮我。慢慢看着村里有了改变，大家都主动参与进来，除杂草、砌护小农渠、硬化巷道土路、铺设人行道、安装路灯等，我们带领114户农户逐家逐户进行人居环境整治，村民居住环境得到很大改善。

我深知村民最关心的问题莫过于自己的"钱袋子"能不能鼓起来。施家台子村多年来无支柱产业、村党组织发展集体经济的思路不宽，我主动带领村"两委"班子成员"走出去"观摩学习，拓展思路、开阔眼界，回来后我们结合村情实际探索有效发展路径，最终决定依据自身优势发展肉羊养殖。从争取项目资金，建设集中养殖园区到引导村里养殖户"出户入园"，每一件小事都列进了我的工作簿。看着养殖园区建设项目如火如荼进行，村集体经济发展有了着落，我的干劲更足了。

都说壮大村集体经济要"多条腿走路"，我瞅准了村集体名下闲置土地资源，决定把它们盘活。石嘴山市公路管理局在村上有个道班，常年闲置。我开始到自治区交通厅、石嘴山市交通局、石嘴山市公路管理局积极申请，但因道班属于国有资产，之前也无此先例，申请移交工作成了持久战。2022年7月，陶乐镇政府发文将申请上报石嘴山市公路管理分中心，中间经自治区和石嘴山市相关部门研究批复，前后用了6个多月时间，道班才成功移交村集体使用。我们又整合周边村集体闲置土地50亩，建设草畜加工项目，利用244国道沿线区位优势，培育发展草畜一体化产业，村集体增收有了新盼头。

随着工作簿里的任务一项项地完成，问题一项项解决，村里的环境美了，村民们"钱袋子"也鼓了。道阻且长，我将继续把工作簿一章一章地记下去，让"问题清单"变成村民们的"幸福清单"。

22."村货"变"网货"

讲述：宁夏商务厅派驻吴忠市同心县下马关镇三山井村第一书记 武卫

▲ 武卫（右）指导村干部直播助农

同心县下马关镇三山井村的村民种植有"三愁"：下种时愁没墒情，灌浆时愁水不够，丰收时愁卖不出。"三愁"中最愁的还是好东西卖不出去。

2021年秋，正是大枣成熟的季节。遛弯儿时，村民杨生奎让我吃红枣，我试着尝了一颗：嗯，味儿不错，挺甜！于是"没脸没皮"地站在枣树下，一口气儿吃了个饱，连晚饭都省了。我不好意思地问老杨多少钱，老杨说，你随便吃，不要钱。那怎么好意思，强行转了20块钱的红包。老杨一个劲儿地说"给多了给多了！"

我问老杨，同样是灵武长枣，村里的枣咋就这么甜？

"这儿没虫害，施的是羊粪农家肥，缺水的枣树根儿扎得深，全靠一点儿雨水浇灌，当然甜了。"

"那怎么不到集市上去卖？"

"卖？没人要，你看看村里哪个家里没栽，都有。秋里，桃子，比这还甜呢，苹果也好吃，就是卖不出去，要么烂在地里当肥料，要么家里有猪有羊的，都喂牲口了。"

听到这番话，我心里暗暗种下了"得把村里的电商发展起来"这颗种子。

借着田间地头用快手直播卖红葱积攒下来的人气儿底子，2021年底，村里装修了电商直播间，村头宣传牌下设了网红打卡地。

村支部书记周长安闲聊时对我说："村里的电商，缺的是销路和配套物流，要是能上国家832平台，那咱村的电商就上档次了，蜂蜜、小米、荞面、黄花菜、水果……都能卖个好价钱。你看好办不，不好办就算了。"

"好办，咱得办！不好办，再多困难也得办！想办法就是了。"要上国家832这个平台，首先得在正式官网上有信用公示。查遍了农业农村部、财政部、市场监管局、乡村振兴局等单位，都没有官网系统进行信用公示。多方打听，绕了一圈，还是回到自己在商务厅从事的主业——信用体系建设工作上。

2022年下半年，我花了三个多月时间，在区、市、县三级发改、人行、农业农村、乡村振兴、供销社、市场监管等20多个部门，连轴转、跑着办。终于，村里的12款产品在2023年1月13日成功入驻了国家832平台。这不仅是拓展了销路，把村里的产品销到全国去，而且，有国家平台作背书，增加了信任度，换句话说，村里的产品不再是"三无"产品，而是从"游击队"转换成"正规军"了，"村货"变成了"网货"。

我们按照村上的实际情况制定了《三山井村电商发展计划（2022—2025）》、线上线下结合的方式发展村级电商思路，提出了"友邻村+三山井村电商优势+订单"的"村村抱团"发展电商的模式，区内外网红来村打卡销售我村产品+利润分成模式；硬件上，协调派出单位在"书记直播间"加装了背景墙，配备6套直播设备，配套建设了200平方米冷藏库，与物流公司达成合作意向解决村级物流"最后一公里"问题。

努力了，不一定有结果；不努力，一定不会有好结果。经过努力，2022年，在疫情严重的形势下，三山井村的电商实现了纯利润12万元。这12万元，不仅是收入，而且是增强发展村级电商的信心。友邻的村，不是来取经就是谈合作。目前，我们已经与周边四个村和多家公司达成在国家832平台销售友邻村的牛肉、羊肉、粉条、杂粮等产品的合作意向，我村的新增5款产品已提交国家832平台审核，村"两委"和村后备快手直播团队粉丝量持续增加到5000—8000人不等，"小黄车"也在挂接中，与自治区农业农村厅农副产品展示展销中心的供货意向也在磋商中，相信不久后，三山井村会迎来村级电商发展的小春天。

23."养殖+光伏",移民村走上"羊光"大道

讲述:宁夏回族自治区党委组织部派驻中卫市沙坡头区宣和镇海和村第一书记 张圊瑜

▲ 张圊瑜(右)向养殖园区饲养员了解牛羊每天进食情况

乡村，有"迟日江山丽，春风花草香"的风光美景，也有"开轩面场圃，把酒话桑麻"的怡然生活，更有"农为邦本，本固邦宁"的重要地位。作为开启乡村振兴后启程的首批驻村工作队，如何让中卫市沙坡头区宣和镇海和村这个自治区重点帮扶移民村紧紧抓住发展机遇，是我们接过脱贫攻坚接力棒后要跑好的第一棒。

驻村的第一个月，通过入户走访、实地调研、总结思考，我们发现海和村产业基础非常薄弱，致富带头人带富能力不强，村民增收致富缺乏有效手段，为老百姓谋划一条符合海和村实际、有市场竞争力、有一定兜底能力、绿色协调可持续的产业路子迫在眉睫！

2021年9月21日，中国传统佳节中秋节，一个万家团圆的日子，我们顾不上与家人团聚，却有了驻村以来难得的欣喜——这一天，海和村确定了产业发展的新方向。下午，村"两委"班子、村监会、驻村工作队召开会议，驻村第一书记向大家分析了海和村肉羊养殖的现状："我们利用一个多月时间，走访了全村所有养殖户，将我村肉羊养殖现状总结为'三多三少三臭'，就是羊只总数多、养殖户多、养羊能手多，养羊大户少、养殖场地少、农户赚得少，家里臭、邻居臭、整村臭。但大部分养殖户都希望扩大养殖规模，把养羊的手艺发扬光大。"驻村工作队认为建设现代化养殖园区扩大养殖规模，实现肉羊"出户入园"，带动农户增收致富，是一条巩固脱贫成果的路子。这个思路得到了村干部的热烈响应，大家你一句我一句，都觉得这个路子可行，统一了思想。

会后，我们再一次就养殖园区建设方案、养殖品种、管理模式等征求广大村民意见，填写了调查问卷。在其他村观摩学习时看到屋顶的分布式光伏，给了我们启发，我们就想，能不能将光伏与养殖结合，将太阳能光伏板铺设在养殖棚顶，实现绿色赋能、绿色产出、绿色反哺的"三绿"新型生态养殖模式？我们先后来到自治区发改委、科技厅和沙坡头区相关部门，交流汇报了海和村肉羊产业发展方向以及肉羊养殖园区和光伏发电相结合的想法，得到了相关领域专家的充分肯定，尤其在羊棚上铺设光伏板，不仅能发电收益，还能起到隔热降温的作用，实现生态效益和经济效益双赢。

产业发展离不开党建引领，海和村肉羊产业发展要走党支部领办合作社的"党支部＋合作社＋农户"模式，村集体以项目资金入股，农户以肉羊和资金入股，实现肉羊"出户入园"、饲草部分自给、光伏产业兜底、粪污无害化处理、智能化管理的新目标，同时带动散户发展个体养殖，不断扩大养殖规模，激发农户增收致富潜力。

2022年金秋十月，经过一年的调研论证、规划设计、紧张施工，海和村肉羊养殖园区顺利建设完成，中卫市海和肉羊养殖农民专业合作社注册，棚顶光伏项目完成立项，负责全村光伏产业运营的沃昀新能源有限公司成立，第一批纯种羊落地海和村——这真是一个硕果累累的秋天！

开春，第一对小羊羔呱呱坠地。新生命的降生，标志着海和村新机遇、新事业、新希望的开始，也为牧光互补蹚出了一条新路子。海和村的"羊光"大道开启了，我们内心久久不能平静，从产业项目萌芽到落地生根，突破疫情防控的种种障碍，其中的辛酸苦累在此刻瞬间化为甜蜜、幸福和欣慰。我的海和村，加油！

24. 让群众的"需求清单"
变成"幸福清单"

讲述：宁夏发展改革委派驻石嘴山市惠农区红果子镇长城社区第一书记
唐睿

▲ 唐睿（右）入户了解移民家庭情况和存在的困难

"这个儿童活动中心漂不漂亮？等弄好了你们也带着娃娃来耍！"长城社区惠镁家园移民致富提升工程公示图前，居民武桂兰自豪地和人视频聊天。不远处的篮球场里，几个小孩你追我赶炫着球技，偶尔球还飞到了百姓大舞台上，打断了爷爷奶奶们踢毽子的节奏。

远远看着，都能感受到生活的祥和与喜乐。这里是惠农区红果子镇长城社区，是一个劳务移民聚集区，居住着 476 户 2001 个来自固原市原州区大山深处的移民。

2021 年 7 月，我被自治区发展改革委选派到惠农区红果子镇长城社区担任第一书记。走进惠镁家园，老人和孩子在社区前面的小广场席地而坐，扎堆晒太阳，周边除了楼房大多是裸露的地面；受损严重的大门，要用一麻袋一麻袋的土围着，不然风大的时候会被吹倒——我的第一感觉是，这不就是一个建着楼房的村子吗？

"惠镁家园的居民是 2013 年先后从原州区搬迁来的，有劳动能力的人大都在周边企业工作。为了改善生活条件，这几年陆陆续续也搬走了不少人。"社区主任丁彦梅的话，让我既欣慰又发愁。移民年人均收入 14780 元，就业率 89%，脱贫攻坚的成果从数据中可以看出来。然而人是发展的第一要素，留不住人，社区还怎么发展？

"此心安处是吾乡。"想要留住人，得先听听群众的心里话。

"小区绿化有点少，也没有个散步的窝窝。"

"能不能把 7 号楼屋顶修一修，前天晚上风太大，那楼顶上的瓦刮下来，把我和媳妇的车都给砸了！"

"小区里没有适合娃娃玩的地方，想让娃娃感受点科普的乐趣还要跑到惠农区,太远了。"

…………

一个月的时间,我带着工作队走访入户,跑遍了社区的每个角落,收集意见建议155条,通过与社区"两委"班子协商讨论,最终形成了一份"需求清单",涉及群众反映强烈的26个普遍性问题。

留不住人的根源找到了,该怎么去解决,仅靠社区的力量肯定是不够的,我想到了社区的"朋友圈"。整合好、运用好"朋友圈"资源,让社区由"单打独斗"走向"多轮驱动",能更快更好地解决群众急难愁盼问题。最终,在帮扶单位、包抓部门的支持下,长城社区惠镁家园移民致富提升工程顺利落地,项目建成,群众"需求清单"对账销号。

2023年的元宵节,在新建成的百姓大舞台上,社区孩子们自编自演的《中国少年》在雷鸣般的掌声中谢幕。舞台上孩子们开心地笑着,最中间的芳芳还兴奋地朝我挥手。我耳边回响起一年前芳芳给我说的悄悄话:"阿姨,我也想上台去表演节目。"

2021年11月,芳芳的爸爸因脓毒血症突然发作到银川治疗,妈妈一直在医院陪护。家庭的变故,父母长时间不在家,让这个爱唱爱笑的孩子一下子沉默了起来。社区现有青少年306人,和芳芳一样需要帮助的留守儿童、单亲家庭儿童等有20多人。看到他们,我就想到了远在银川的儿子,心酸的同时也暗暗发誓,一定要让他们在社区里开心地学习、生活。

在社区"朋友圈"的集体发力下,我们打造了科普活动室、儿童活动室、图书馆,给孩子们开辟了活动的场地;邀请了宁夏大学、北方民族大学"三下乡"团队,带着孩子们唱歌跳舞、彩绘剪纸,感受艺术的氛围;实施了"一样的蓝天下、一样温暖的家"儿童关爱项目、"晨光妈妈关护服务"项目,量体裁衣助力青少年健康成长……

入户的时候,65岁的郭叔说:"我要给中国共产党点赞,是他们把我们搬到了这么好的地方,让我们这些干不动活的人有这么好的生活。我也要给你们点赞,是你们把那么多好政策送到了我们身边,啥事情都给我们操心着。"这样的点赞是对我们驻村工作最大的肯定,遇到困难的时候想想他们的肯定,就充满继续前行的勇气。老百姓竖起的大拇指,也让我更加坚信:只要一件事接着一件事干,就能让群众"需求清单"变成"幸福清单"。

25. 驻村,重在"助村"

讲述:宁夏回族自治区财政厅派驻石嘴山市惠农区银河苑社区第一书记
　　　曹志锋

▲ 社区端午节活动中,曹志锋(左)为居民佩戴五彩绳

"曹书记好啊！""曹哥来了！"从小区门口走到社区楼下，二三百米的距离，就碰到七八位居民热络地打着招呼，看着一张张热情的笑脸，我深感欣慰。

银河苑社区成立于 2012 年 4 月 16 日，是自治区第一个纯劳务移民社区，也是惠农区最大的劳务移民安置地，居民全部来自固原市原州区和西吉县的"十二五"政策性搬迁移民。记得我和两名工作队员刚入驻银河苑社区的时候，听到最多的就是"一看就不是我们银河苑的人""待不了多久的"，入户了解情况能感到明显的戒备，即使在小区碰到想简单打个招呼也总能感受到居民们的心里有隔阂。

作为第一书记，不深入群众就很难开展工作。我心里想：既然移民群众不认我，那我就下功夫刷脸、刷存在感。

为了尽快和大家打成一片，找准移民需求从而真正给群众排忧解难，我带领工作队挨家挨户敲门，今天不在就明天来，白天不在就晚上再来，确保最大范围收集居民意见。记得初到银河苑时正值三伏天，看到小区凉亭有三五成群的居民在纳凉，心想这机会不就来了嘛！我也学着小区的老爷子们趿拉着拖鞋，提个小马扎，有下棋的就凑下棋摊，有扯磨的就凑扯磨摊，就这样一个接一个扎移民群众的堆，拉近与大家的距离。渐渐地，居民的戒心慢慢放下了，参与社区工作的积极性也上来了，反映问题的、提想法的人越来越多了。我和工作队员会同社区"两委"成员，一件件记录居民关心的事，一条条分析居民遇到的困难，紧扣帮扶职责，设目标、定计划、分任务，理出了工作时间线。

为了提升银河苑社区人居环境，让群众住得更舒适，我带领工作队员分工协作，积极寻求财政厅领导及各处室同事的支持和帮助，同时全力对接相关部门、单位，谋项目、争资金、聚合力。先后实施了银河苑居民楼和商铺给水及智能化水表改造项目，开展了小区裸露土地治理和绿化改造，新建了小微公园、多功能运动场、文化大舞台，为小区安装了体育健身器材、充电桩，社区一站式便民服务中心拔地而起……当初我们聚在办公室画在纸上的计划一个接一个落在了地上。

一年多过去了，小区一直以来没有绿化管道及用水的难题终于解决了，原来大片裸露的沙地上新栽种的树木也能遮出一团团绿荫，百日菊、四季玫瑰等各类花草也落了根，给小区添上了色，新建的小微公园绿植高低错落，环绕着青红砖步道，成为银河苑及周边群众最喜欢的后花园。以前只能在荒地里挖沙子的小朋友也有了跷跷板，旁边新安置的健身器材上时不时有居民上去练两下，新建的多功能球场上总能看见篮球爱好者奔跑跳跃的身影，新增加的垃圾桶"接"住了以前总是被随手扔在地上的食品袋、瓜子皮、烟头等垃圾，居民微信群里以前经常刷屏的"车没地方停""没地方充电"等抱怨声也没了。

小区的环境越来越好了，我也从"外来客"变成了"自己人"，时不时在小区里被居民拉着聊聊家常，大事小情也来社区找我唠唠，也愿意听听我的建议……繁忙而充实，群众终于认了我这个第一书记。

2022年12月8日，自治区包抓领导再次来银河苑时，看到银河苑的变化，欣慰地说："和去年相比，发生了翻天覆地的变化。"

将近两年的驻村时间，我们解决了不少居民急难愁盼的难题，但还有件事在我心里始终放不下,那就是社区的污水管网改造和个别居民顶层漏水的问题。项目已经上报了,我想,如果期满的时候还没完成,我们也要接力干下去。

驻村工作践行的是党对人民群众的承诺,驻村就要"助村",不画饼,干实事,将心比心、以心换心,才能赢得民心。

26. 认了一村的亲戚

讲述：宁夏固原市彭阳县委宣传部派驻彭阳县新集乡白林村第一书记 杨卫民

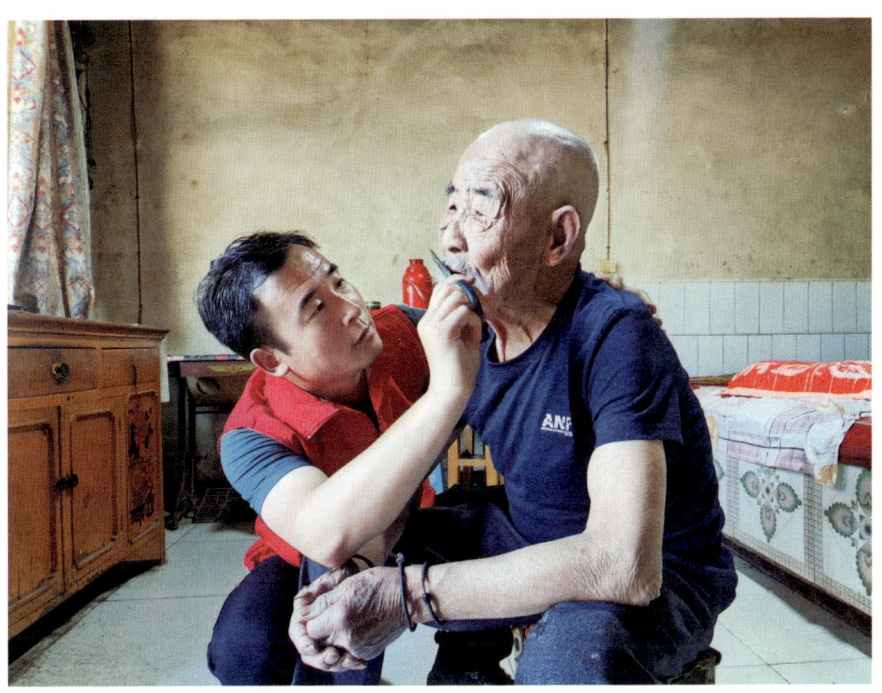

▲ 杨卫民（左）为独居老人修剪胡须

三月，白林的风已不再凛冽，走在柏油路上暖风拂面，想着过段时间莲花谷、迎客杏、左公柳就绿起来了，白林也要热闹起来了，一种久别的惬意萦绕在心头。

2022年4月初，当我被任命为驻村第一书记时，内心除了激动和自豪，还有些忐忑，虽然工作多年的我对白林村村情有些许了解，却也一时想不到打开工作局面的切入点……

4月8日，在导航的指引下，我到了从未来过的白林村，进村不远道路变得坑坑洼洼，车辆也开始抖动。村支书和村"两委"成员热情迎接了我们，简单寒暄后，村支书介绍了白林的基本情况。谈到刚进村的烂路时，村支书无奈道，这是出村的唯一主干道路，确实影响群众出行，但由于距离不够立项、维修排不上号，村上又实在没钱维修，只能凑合。我当即表态要尽全力协调解决，村支书并没有想象中举手称赞，只是礼貌性地点头，显然是对我信心不足。我暗下决心，一定要把这段路修成修好，打开工作的局面，融入白林村。

修路并不是想象得那么简单，借着回县城开会的机会，我到县交通局对接，由于资金紧张，几番沟通，县交通局也只答应协调10万元对路基进行维修。但铺修沥青路面还需要10万元，这又让我陷入了困境。思考再三，我决定寻求企业的帮助，抱着试一试的想法，到县内一家沥青厂碰碰运气。当我向负责人说明来意时，他面露难色说道："今年受疫情影响，县外运输不畅，公司效益整体不好。"听到这里，我也理解企业的难处，就匆匆告别，又到另一家沥青厂碰运气。

功夫不负有心人，最终企业答应解决铺修沥青的困难。当坎坷变成坦途时，村里人也都知道来了一个杨书记，遇到骑电动车接送孩子的群众，他们总会朝我会心一笑。看到群众的笑容，我心中的暖意慢慢升起，最初的忐忑也消失不见。

转眼间杏子黄了。彭阳红梅杏是远近闻名的特产，但是杏香也怕巷子深，运输成本加上销路匮乏，每年有好多红梅杏都烂在了树上。为了让村里的红梅杏能够及时销售，我提前进户摸底、联系客商，当起了"销售员"。由于村里大部分都是留守老人，杏子采摘困难，为了确保老百姓的收入不受损失，我带领返乡大学生志愿者们白天采摘、装箱、销售，晚上开通快手直播带货，同时发挥微信朋友圈的宣传功能，将村里的红梅杏卖得一个不剩，为群众创收7万余元。也正是这次紧锣密鼓的红梅杏销售，让我和老百姓真正打成了一片。

白林村背靠挂马沟林场，经过近40年的生态建设，柳树成荫，环境优美。一次偶然的机会，福建援彭阳挂职领导来村里调研，我便汇报了建设白林村乡村休闲旅游项目、推动传统文化与乡村旅游融合发展的想法。最终，争取到闽宁项目资金30万元，建设了白林莲花谷乡村旅游基地，系统挖掘整理了莲花谷、迎客杏、左公柳、九天玄女泉等自然资源和人文景观，成为县内群众节假日休闲游乐的好去处。自2022年10月以来，旅游基地累计吸引县内外游客5万余人，激起了白林村发展的"一池春水"，有效带动乡村旅游快速发展。

乡村旅游虽然激发了白林村发展的后劲，但农田建设、进户道路、小流域治理等依然滞后。为了进一步提升村级基础设施建设，每当有空闲，我便到部门单位跑项目、争资金。不懈努力下，7144亩的高标准农田改造提升项目、小流域治理项目即将落地建设，累计项目投资达到3000余万元。现在，走在村里，大人小孩都会和我打招呼，家家有红白喜事也会叫我，驻村一年认了一村的亲戚，也更深地理解了"我为群众办实事"的意义。

27. 前行在梦想和现实之间

讲述：宁夏吴忠市机关事务服务中心派驻吴忠市红寺堡区红寺堡镇
　　　上源村第一书记　马炜

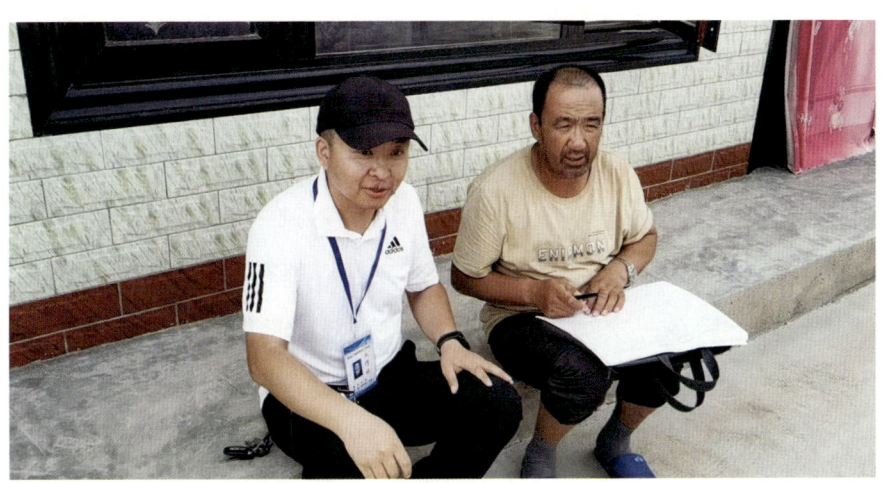

▲ 马炜（左）到村民家了解生产生活情况

　　与上源村的结缘，绝对是一次偶然。

　　由于原驻村第一书记因病无法继续履行职责，我接过了这个接力棒，来到了罗山脚下的上源村，开启了我的筑梦之旅。

　　许是办公室工作久了想换个环境，许是十几年农村工作让人回味，许是心浮世华更念乡尘，我对此行充满期待。刚来不久，我就遇到了地处干旱带不太多见的极端降雨天气，起初心里甭提多高兴，玉米在雨中生枝展叶的梦一下变为了现实，这天气也太眷顾我这个刚到岗的新兵了。但随着风势渐大，雨势渐强，狂风卷着雨点打在窗户上比炒豆子的声音都大，不堪重负的排水也罢工了，村部大院积水越来越深，梦想当即被现实啪啪打了脸。

"走，风大雨大，住房、牛棚、泄洪沟不知道能不能扛得住，心里没着没落的！"我和队员摸索着前行，雨伞压根撑不住，雨刮器开到最快档依然看不清前方的路面……各家的房子都没问题，牛棚依然在雨中坚挺着，泄洪沟洪水漫过了路面，我和队员拉起了警戒带。

"书记，老李儿子习惯住在旧房子里，今天该不会还在吧？"我刚喘了口气又被队员老杨的一句话上紧了发条。急匆匆来到老李家，还真被说准了，喜欢凉快的海源真就住在已作为仓库的老房子里。我们三个老爷们苦口婆心劝了好一阵，他才搬回了新房子。"这么大的雨，大半夜的你们还来，心里有我们啊，谢谢！"这是到村上后第一次被人主动握手道谢，我觉得只是雨夜来看看没什么，但乡亲们看到的是你心里有没有他们。

雨缓解了旱情，地里的苗儿估计是最开心的，但也让村内本就不健全的排水问题无处遁形。路面积水、涵井周边塌陷，就连腰杆笔直的通信线杆也摇摇欲坠，我和队员们平整地面，重铺面包砖，帮着村民砌护围墙搭建粮食仓，联系包村领导争取资金维修破损路面，催着村支书联系通信企业更换线杆……事关村民的问题，桩桩件件终究要解决。梦想和现实之间总是有差距的，驻村该干的就在这两者之间！

"书记你说,我家这口子就平时压个牛筋面,一次收几块钱,一个月哪来的2000多元的收入啊?"村民马武情绪激动地向我重复着。入户核查、填写表格、收入统计、系统录入,一整年都抹不开的工作,在以服务为主的村级工作中,不管哪个环节一粗心,就都可能让村民"被增收"。拉着队员设计表格,趴在电脑前学习函数公式,一遍遍录入,为纳入监测的每家建起了详细直观的信息表,这下要什么数据、看什么数据、用什么数据清清楚楚一目了然。梦想和愿景中各家粮食大丰收、牛羊满圈跑、务工挣大钱、银行有存款、收入稳步提升,但现实要求我们监测必须准确,收入必须拧干水分,以真实数据反映现实情况,为各级提供政策调整的依据。梦想和现实是相互联系的,实现梦想的逐梦之路我们必须要走好。

驻村以来最大的乐趣就是聊天。拽着包村的副镇长和村支书聊,上党员和村民家里聊,与驻村队员和村干部聊,聊得最多的还是对村上的梦想。"每家都有个大院子不用太浪费了,我们发展庭院经济咋样?仅村民散养的羊就快小一万了,是不是可以办个养殖场?"驻村的人都知道,没有包村领导的力挺,没有村干部们的支持,得不到村民的认可拥护,有再多的梦想也只是泡沫,很可能永远无法实现。架不住一遍遍的唠叨,更赶上了好政策,软弱涣散基层党组织摘了帽,重新拿回了失去一年的三星级,庭院经济项目申报获批,养殖场纳入镇上规划,撂荒田地被盘活,土地流转得到了大部分村民的支持……梦想中的事,在一天天一点点的积累中慢慢变成了现实。

"有脚阳春",我的梦想;"宜居宜业和美乡村",我们的梦想。我喜欢并享受着这种在梦想与现实之间前行的感觉。

28. 上河湾,振兴路上大道无垠

讲述:宁夏交通运输厅派驻吴忠市同心县河西镇上河湾村第一书记
　　　陈明伟

▲ 陈明伟在村里的养殖园区了解肉牛饲草料供给情况

上河湾村是一个移民村,紧挨着清水河,被河湾环抱着,于是有了这样一个村名。

全村常住人口4764人,脱贫户499户,有水浇地12800亩,乡亲们主要靠种玉米、养肉牛滩羊为生。

2016年以来,自治区交通运输厅开始帮扶上河湾村,我的同事们开始接力驻村。现在,接力棒交到了我的手上。这几年,要说群众获得感最强的,还要数一条条新修的水泥路,直接通到了家门口和田间地头,大大方便了乡亲们的生产生活。屈指一算,村上修成了硬化主干道机耕路9条、巷道69条、校道1条,共计34.3公里。

"晴天一身土、雨天一身泥",说起过去的出行难,老村书记顾文奇打开话匣子。

我刚驻村时,看见村上的机耕路铺的都是砂石,农用车开着挺费劲,摇摇晃晃,在地上碾出了一道道深辙。两个轱辘的摩托车就很难开进去,容易翻车。

现在路修好了,出行方便多了,再也不用看天气的脸色了,路面卫生也干净了不少。

这些年,村上建成规模化养殖场,倡导养殖户"出户入园"。养殖户田正武头一个响应,眼下他把牛儿养到了50头。

以前,田正武家通往牛场的是一条土路,地势低洼常积水,可难走了。现在,田正武骑着电动车去喂牛,从家里到牛场全程都是硬化路,十分钟就是一趟。一天下来,他要走几个来回,路上平整干净,骑车方便得很。要没这条养牛路,发"牛财"哪能这么顺畅?

驻村这些年，我眼见着一个个乡亲都过上了好日子。但还是有生活困难的，马良兰家就是一个例子。

马良兰家有 6 个学生娃，靠种 3 亩田和打零工为生，没有多少进项，日子不是一般的难。

有一回，我到马良兰家走访，碰见她 15 岁的女儿苏鹤香。一问孩子，原来是因为经济困难辍学在家了。我马上和学校联系，第二天就让苏鹤香返校就读。还找来村"两委"班子成员商量，给这家人给予了政策救助。此后，我每月掏 100 元钱，接济苏鹤香。

乡村振兴路上，多数老乡干劲儿都很足，日子越过越好。个别生活困难的，也是各种不可抗的客观因素造成的，比方说受大病、残疾、交通事故等因素的拖累。

丁佳汉是本村的脱贫户，因为爸妈患病，家里开销不小。老支书田金福就把丁佳汉列为帮带对象，向他传授"养牛经"，帮他申请农机补贴费用。

现在，丁佳汉把牛养到了 35 头，盖上了新房，终于过上了好日子。丁佳汉能翻身，和他是个勤快娃有关，但也离不开产业扶持的政策——上河湾村每年发放牛、羊产业补贴 90 余万元，惠及 499 户脱贫户、9 户监测户。全村脱贫户入股村民合作社，购买肉牛 58 头，肉牛出栏 36 头，收入 94.5 万元。目前，肉牛存栏量达到 217 头。

产业火了，环境也美了。

上河湾村依河而建，河湾九曲回折，两岸沃野连片，本来就自成一道风景。这两年，上河湾村移民六社、七社巷道修复，村部新建便民服务大厅 200 平方米、乡村文化大舞台 236 平方米，党员活动室安装了 LED 显示屏，旱厕改水厕 476 户、修建化粪池 2 处；组织动员群众种植各类树木 2000 余株，遍布沿边道路、房前屋后和庄户院落……通过打造美丽生态宜居家园，村子瞅着更美了。

不经历风雨，怎能见彩虹。驻村这两年，我尝遍了酸甜苦辣咸。我给自己总结了个"四苦三乐"：环境艰苦，工作辛苦，生活清苦，心情酸苦；苦中有乐，累中有乐，服务群众有乐。

偶尔闲下来，我爱瞅上河湾村的新修硬化路，通向看不见的远方，常常入了神：人们都说"大道无垠"，上河湾村的乡村振兴出路也是无可限量。

29. 一分好，收获十分暖

讲述：民航宁夏监管局派驻固原市原州区开城镇双泉村第一书记　郭勇

▲ 郭勇（左）入户做好防返贫监测

2021年6月,听闻要接续选派驻村干部到固原市原州区双泉村工作,我主动申请去驻村。

7月,我来到双泉村。作为一名27年党龄的老党员,深感使命在肩。如何与村民拉近距离、心贴心,我想,最好的方式就是和他们一样下地务农,腿脚粘泥。

我住宿的地方是村里废弃了的小学,院内的土地闲置,我就种上南瓜、西红柿、香菜、水萝卜等。由于没有种植经验,我便虚心向村民请教如何翻地、施肥、覆地膜和播种。一来一往间我们的距离拉近了,感情也更浓了。到了秋日,余晖洒满小院,果实累累、花香扑鼻,村民们闲时就来这里和我拉拉话,采摘点果蔬回去。

党员活动室狭小,满足不了需求,我就向单位申请资金21.87万元,新建了一间112平方米、空调桌椅配备齐全的党员活动室。冬闲时,我多次为党员上党课,把党的创新理论融入村民生产生活,用老百姓听得懂的话讲解,大家边听边记,学习热情高涨。阵地更加宽敞舒适,党员参加活动的积极性更高了,我们一起讨论党员如何联系服务群众、如何推进环境整治、移风易俗和生态保护等,也是在这间活动室里,我与村"两委"敲定要发展乡村旅游业,让村级发展提档升级、弯道超车。

双泉村临近海子峡水库和贺家湾水库,我和驻村工作队员庞宝宁商量搞一场环保活动。通过微信群联系到银川和固原的30名公益活动爱好者,组织大家徒步20余公里,捡回10余编织袋的垃圾。我与工作队自掏腰包买花种,在双泉村山坡、河道、路边种植3000余平方米的花园,让双泉村宜居宜游。

看我辛苦，妻子主动放弃自己从事多年的幼儿教育工作，毅然来到村上照顾我的生活，协助驻村工作，并建起原州区村一级第一支"老年红歌队"。红歌队里年龄最大的老人82岁，有的还不识字，她就一个字、一句话地教大家唱，现在大家可以唱五六首红歌了。

村里有个孩子叫王博银，14岁，单亲家庭，父亲在外打工，我就把他叫来和驻村工作队一起吃饭。刚开始孩子有些不好意思，我摸摸他的头说："没关系，反正我们也要吃饭，不过你要饭前洗手，讲卫生懂礼貌。"半年后，他的生活规律了，学习成绩也提高了不少。

双泉村，村如其名，村里的两眼"千年古泉"养活了这方百姓世世代代。绿水青山就是金山银山，这古泉古树需要保护，这也是我们谋定发展乡村旅游业的切入点，做好了就会泽及后代。

有想法就要付诸行动。我又争取民航公司资金4.8万元，新建双泉村民航广场。广场分3个部分，修葺了台子将两眼古泉保护起来，中间的一块小花园里栽上了月季，最外边的空地上搭建了实木凉亭、安装了秋千椅等配套设施。图纸是我画的，五一假期没有休息盯着施工，虽然晒黑了跑累了，但我觉得值当。

广场竣工第二天，天空飘洒着蒙蒙细雨。村民薛治月跑到我住所，神秘兮兮地说："郭书记，我有事找你。"跟着他来到广场，那里站满了村民，一个小女孩唱完歌曲《吃水不忘挖井人》后，村民代表手捧一面"保护千年古泉 致力乡村振兴"的锦旗递给我。当得知这面锦旗是村民你5块、他10块自愿凑钱做的，我瞬间"泪奔"，我接过的不是一面旗，而是老百姓的一片心啊！

通过这件事，我认识到，老百姓的情感其实很朴素，你对他好一分，他会暖你十分。有感而发，我写下了一首诗歌《如果我没有来》——"如果我没有来，我的朋友圈里就不会有这么多农民好友；如果我没有来，就不会对乡村振兴情有独钟……"

开心的是，双泉村被确定为原州区美丽乡村旅游建设示范点，投资1000万元打造河道景观发展旅游，带动集体经济发展和村民增收。短短两年驻村工作已近尾声，更多的却是不舍，这里成了我的第二个家，双泉村的每个角落有我的足迹、双泉村的村民都是我的亲人。

30. "爱管闲事"的新村民

讲述：宁夏吴忠市利通区委组织部派驻古城镇新华桥村第一书记　陶东

▲ 陶东（左）与村干部一起查看村集体大棚瓜苗长势

思绪回到 2021 年 7 月 14 日，这一天，我被组织选派到利通区古城镇新华桥村任驻村第一书记。镇上的包村领导锁国心将我带到新华桥村，与村"两委"班子简短的见面会刚结束，就听到村部服务大厅传来吵闹声。原来，相邻的两户村民翻建房屋，西户村民认为东户村民盖的房子比他家高了 10 厘米，两家因此互不相让，来让村委会"断一断官司"。

村党支部书记陈奇说："陶书记刚来，就碰到了农村基层工作最琐碎的家长里短，可别把你吓跑了。"听着村干部苦口婆心地对两家邻居进行调解、劝导，我内心倍感压力、深为忐忑。我能不能适应岗位需求？我能为村里做些什么？该怎么做？这几个问题萦绕在我脑海。

自 2015 年大学毕业，我一直在机关工作，没有任何乡镇、农村工作经验。为了尽快转换角色，做好驻村工作，我意识到必须从学习农村工作政策方法、摸清村情民意着手，深入了解村情民情。我致力于做一个"爱管闲事"的人，虚心向村干部学习与村民"打交道"、处理问题的方法。村上发生每一件事，我都抓紧机会，积极主动地跟着村干部走访入户、参与其中，尽力为群众解决揪心事、烦心事，在日常走访入户中拉近与村民的距离。

记得 2022 年秋天疫情严重那段时间，我和村"两委"干部投入到疫情防控第一线，村上很多事情都顾不上。八队的退伍军人志愿者朱志涛对我说："陶书记，我们八队产业主要是种植长红枣，农民每年收入就靠九十月份这些红枣了，疫情影响枣贩进不来，我们的枣农也出不去，红枣在树上再挂几天就全不顶了，农民这一年就白干了。"新华桥村共种植 1200 亩长红枣，还有 400 多座蔬菜温室大棚，滞销的问题同样困扰着蔬菜种植户。部分种植户冒着风险想方设法进入市区销售，给疫情防控工作制造了风险点。我和村干部积极联系疫情防控办、农业农村等部门，在做好疫情防控管理措施的同时，有序组织枣农交售长枣。

经过了解，我发现农产品供需双方缺乏沟通桥梁，城区居民在家买不到新鲜的水果、蔬菜，我们的农产品却出不了村。我和村上的振红果蔬专业合作社联系，通过微信朋友圈、抖音开展宣传，积极对接有关单位、新百超市、各居民小区，向吴忠市区各蔬菜超市定点配送"家庭蔬菜包"。我和村书记既是"销售员"又是"搬运工"，向各小区门口统一配送长红枣、苹果，由小区志愿者配送到居民家中。虽然很累，当听到村民的认可时，心里甜滋滋的。一个月时间，我们为群众销售苹果 6500 斤、各类蔬菜 8 万余斤，农户的 30 余万斤长红枣全部售罄，最大程度减轻了疫情对群众收入的影响。

新华桥村地处黄河河东灌区核心区域，我在走访入户中了解到，很多村民想种温棚，却没有足够资金。经与村"两委"研究，2021 年由村集体投资 400 余万元，盘活优势资源，流转村民土地 60 余亩，新建了 18 座高标准日光温室，采用村集体经营种植与农户种植相结合的模式，培育了村集体经济新的增长点。2022 年村集体经济收入突破了 50 万元，实现村集体增收和农民致富"齐头并进"。六队"95 后"小伙刘翔，大学毕业后一直在浙江的公司从事农业种植，听说新华桥村集体新建了温室，便回到村上承包了 3 座温室种植草莓，第一茬就获得了丰收，他还用自己学到的农业知识帮助周围村民解决了很多种植问题。

近两年的驻村工作中，我走遍了新华桥村的田间地头、农家小院，对"家底"了如指掌。我不断融入新华桥村这个大家庭，村民有什么事也爱找我，我变成了一个爱操心、爱管事的新华桥村新村民。

31. 闲置的帮扶车间重启啦

讲述：宁夏回族自治区人大常委会机关派驻吴忠市红寺堡区太阳山镇
　　　田原村第一书记　张磊

▲ 张磊（右）到村民家了解收入情况

"嗒嗒嗒嗒……"阳春三月，田原村宁夏索度户外用品有限公司生产车间内一派繁忙景象，几十名工人在生产线上有条不紊地忙碌着，机器设备此起彼伏响个不停。

"张书记，感谢工作队。多亏有了帮扶车间，我现在每月能领到近3000元的工资。在这里的工作稳定后，心底踏实了，生活更有动力了。"马俊霞一边忙着手里的活计一边说，脸上洋溢着幸福的笑容。

由于文化不高，又没有技术，以前的马俊霞天天围着灶台打转，家里收入全靠种植10多亩玉米，每年纯收入也就1万元左右。在村委会的牵线搭桥下，马俊霞进入帮扶车间工作，成为家门口的工人。

"走路来上班只有十几分钟，早晚还可以照顾小孩，忙些零碎农活。现在工资加上种地和养牛，每年纯收入超过4万元。"马俊霞乐呵呵地说。她每天早上6点半起床，把家务事料理妥当，就出发到帮扶车间上班。这样的生活，让她与家人对未来充满了憧憬。

2018年，在帮扶单位自治区人大常委会机关的帮助下，田原村利用自治区扶贫资金建成扶贫制衣车间。自投产以来，共培训制衣、熨烫技术工人118人，为全村脱贫致富起到了支撑作用。但后因疫情、企业管理等多重因素影响，扶贫车间一度闲置。

如何盘活扶贫资产，解决村里留守劳动力就业，从而增加村民收入，一直是我思考的问题，也是镇、村及驻村工作队的工作难点。

在了解到宁夏汇川爱德服装有限公司、宁夏金碧华服实业有限公司等企业有扩大生产的需求后,我和队员户鹏龙积极与企业洽谈,了解到汇川爱德服装公司在进行迁址的前期准备工作,另一企业需要解决订单销售而未能达成协议。

"队长,我了解到福建有一家企业在泾源开设了帮扶车间,他们正准备扩大规模,我们能否通过闽宁帮扶的渠道进行联系。"队员王昕提供的这个信息很重要。

"这个办法好!"在了解了企业的基本情况和需求后,我们与红寺堡区有关领导进行了沟通。最终,在红寺堡区和太阳山镇各级党委、政府和驻村工作队、村"两委"的共同努力下,我们与厦门多娇户外用品有限公司就田原村就业帮扶车间达成生产租赁协议,租期3年,每年租金3万元。2022年6月18日,田原村就业帮扶车间举行揭牌仪式,车间以加工、生产户外装备用品为主。

"车间工作对技术要求不高,简单易学,很快就能上手。"村支书李振刚介绍说。目前车间每天务工人数稳定在45人左右,其中脱贫群众28人,每天收入80至150元,多数员工月收入在2000至4000元之间。

随着车间不断扩大生产,加之原有供暖设施不完备,导致冬季生产取暖无法满足需求,对正常生产造成了严重影响。根据镇、村的实际需要和发展意见,我及时向派驻单位汇报有关情况,请求帮助解决帮扶车间冬季供暖建设资金问题。在自治区人大常委会农工委的沟通协调下,帮扶车间冬季清洁能源供暖已列入2023年项目建设计划。

和马俊霞一样变身工人的还有同车间的40多名妇女,她们裁剪、缝制、整理……道道工序无缝衔接。凭着灵巧的双手,她们告别了每天围着灶台转的日子,成为技术工人,实现了就业、务农、照顾家庭"三不误"。小小的帮扶车间按计件制发放工资,免费提供技能培训,探索出了一条"车间驻村、居家就业、群众增收"的发展路子。

32. 又是"脚不沾地"的一天

讲述：宁夏固原市泾源县水务局派驻新民乡张台村第一书记　魏峰

▲ 魏峰（右）和村干部一起查看村集体牛棚饲草料储备及质量情况

六点半的闹铃响了，我打起精神，拿起床头的笔记本看了看工作计划，最近的工作还有很多，得早做打算。

我穿好衣服、洗漱完，收拾两下立马走到家门口服务站，趁这点时间再熟悉熟悉最新养殖政策。不一会儿，村支书于东峰推门进来，胡子拉碴的脸洋溢着喜悦："魏书记，今天牛就能入园，算得上咱们村的大喜事了，我昨晚激动得都没咋睡，这早早来找你，有些细节咱们还需要商量下。"

张台村"出户入园"项目是费尽周折才顺利完工的。记得刚到村的时候，村支书就和我谈起过这个项目，规划很完美，我们俩一拍即合，说干就干。几个月里，我和东峰支书在各部门之间来回奔波，了解相关补贴政策、地块确定所需手续、资金来源及用途等，不知道跑了多少路，磨了多少嘴皮子。

在县乡党委和有关部门的大力支持下，张台村的"出户入园"项目终于如期完工，接下来就该动员群众了，但就在与养殖户签订协议时出现了问题——养殖户对自家牛入园区存在顾虑，担心年底分红无法实现。我和队员张斌分头动员，从园区管理、运行机制、分红方案等方面挨家挨户进行解说……终于，养牛大户马继宁动心了，答应马上就让牛入园。

商量完细节，天已经大亮，于东峰接到第一个电话，说牛已经装车，准备出发。我和张斌也立即起身，赶往牛场。在园区，一头头健硕的牛在主人的带领下有序进入养殖园区1号棚，看起来这安格斯牛也比较喜欢新环境，低头开始品尝草料。有了大户带头，后面就续上了，第二批、第三批牛也陆陆续续进入园区。对接好的畜牧站防疫人员也开始了防疫服务，向大家讲解注意事项，我也在旁边边看边学，多学点总是没错的。

忙活了一早晨，我的肚子咕噜噜叫起来，早餐午餐一起吧，一边吸溜着长面，一边和村班子成员勾画美好愿景。

"蔬菜大棚是和养殖园区一起建设的，现在园区已经投入使用了，蔬菜大棚主体也已经完工了，接下来咋弄？"于东峰问。

"我觉着咱们可以先把蔬菜种进去，待土壤结构调整成功后，再栽种草莓、小番茄等时令水果，这样不仅能增加集体经济收入，也为集体经济发展转型提供了平台，大家觉着咋样？"我立即将我的想法说了出来。队员张斌一听立马"支棱"起来，吵闹着就要去搞调查、做方案。

"魏书记，你看这房子马上就能封顶了，邻家这会儿挡住不让我们盖了，咋办呢？"最后一口汤还没来得及咽下肚，村民禹智恩的妻子站在我面前，开始诉苦。和往常一样，我放下碗和村干部跟着她去解决问题。

经过沟通，我们很快发现了问题的症结：4年前两家因小孩打架引发矛盾，一直不和。禹智恩这两年养牛挣了钱，盖新房时排水处理考虑不周，部分房檐水流到了邻家，这才出现了阻工。我仔细查看发现影响不大，禹家的房子马上要竣工了，改屋顶无形中增加了工作量，成本必然大大提高，如果不趁这几天天气好赶紧完工，后面会耽误不少事。

我给几个村干部使了个眼色，把两家人分开劝说，聆听双方诉求。

"智恩啊，你两家子矛盾归根结底在哪大家都清楚，说白了也不算事，不能因为这点小事耽搁了你盖房么，邻里纠纷时有发生，冤家宜解不宜结，再说了，老人常说远亲不如近邻，有个头疼脑热的病还得靠邻家帮衬一下哩，你俩互相让一下，这事就解决了。"经过反复劝说，两家终于坐在一起，握手言和。

　　脚不沾地的一天过去了，吃过晚饭，村部安静下来，同屋的张斌发出了鼾声，我却没了困意，蔬菜大棚的事情又浮上了心头……

33. 人人都在为更美好的生活忙碌

讲述：宁夏固原市彭阳县退役军人事务局派驻小岔乡柳湾村第一书记
　　　杨峰安

▲ 杨峰安（右）帮脱贫户摘林果

2020年2月，我独自驾车穿越两条大山沟，来到这个距县城80公里的偏远村庄。公路弯弯曲曲，大山层峦起伏，冬日光秃秃的山脊让我感到一阵凄凉。来到村部，已经是下午6点多，收拾完行李，仔细翻看村支书给我拿过来的村情简介，土地面积、人口、住房、饮水、道路、网络、劳力等。这一晚，几乎无眠，工作到底怎么开展？从哪儿入手？一连串的问号出现在脑海里，我有些不知所措。

天终于亮了，村支书带我走访农户，印象最深的就是崾岘组的陈永生。他家5口人仅靠着十几亩薄地和3头牛为生，为了过上好日子，两口子每天早出晚归，疲惫不堪，全年的收入都用在了家庭开支上，一年到头攒不了几个钱。2010年，大女儿出生了，喜得千金让全家人喜笑颜开，沉浸在生活的甜蜜中。但2012年一场噩耗降临在这个幸福美满的家庭里，大女儿被诊断为脑瘫。我和陈永生聊家常时，他说："杨书记，每次看着我女子躺在轮椅上哇哇地哭，说不上来话，我也没大本事挣钱给女子看病，心上就感觉压了个石头，总感觉把女子亏下了，经常是气不顺，干活也不顺手，媳妇也急躁，常因为些小事情就吵架。我两口子边打零工边给孩子看病，把亲戚朋友都借了个遍。总感觉老天爷咋这么不公平。"我安慰他："你不要怕，党的政策这么好，咱们一起想办法，日子总是有过好的办法呢。"

回去后，我辗转反侧，当天就和村支书聊了陈永生的情况，让他家在享受低保基础上，协调纳入突发严重困难监测户，这样一来看病报销的比例就提高了。但是"穷帽子"要摘彻底，不仅要依靠党和国家的政策支持，更多的是他们一家自力更生。我第一个想到的路子就是扩大肉牛养殖。

　　第一次跟陈永生说的时候，他迟疑道："怕不敢，手头一分闲钱都没有，不敢冒这个风险。"之后的几个月，我详细讲解了肉牛养殖的优惠政策，带着陈永生到邻近的养牛户家里"取经"，帮助他关注快手平台养牛直播间，推荐他参加养殖技术培训。慢慢地，陈永生对扩大肉牛养殖有了兴趣和信心。说干就干，借着惠农好政策，我帮助陈永生申请了 5 万元的贴息贷款、扩建了养殖棚，现在养殖规模从原来的 3 头增加到 18 头。动员陈永生种的 20 亩玉豆套种，又碰到了好年景，家庭年收入达到了 5.4 万元。陈永生成了柳湾村的致富户，每次见面，他总是忙碌中透露着坚定和自信。

　　不幸的是，2022 年 4 月，陈永生得了小脑母细胞瘤，听到这个消息，在为这个家庭担忧的同时，我联系民政局申请大病救助 7000 元，还对接帮扶单位县人武部，为陈永生申请 5000 元补助资金维修窑洞。陈永生出院后，我去看望他，他紧紧地握住我的手说："如果不是党和国家政策的大力支持，如果没有驻村工作队出谋划策，我真不知道日子咋继续往下过呢，现在困难虽然多，总是有了盼头，我一定争一口气，把日子往前头过，往好了过。"

　　陈永生家的变化也是柳湾村发展一个缩影。两年来我带领驻村工作队联系县退役军人事务局、人武部协调资金 10.75 万元，资助大学生 6 名，慰问困难群众 20 户，加固危房危窑 15 间（孔）。与村"两委"一道培育 11 名致富带头人，肉牛存栏由 6 户 70 头增加至 11 户 142 头，培育 1 户养殖规模达 320 头生猪的养殖大户，辐射带动 33 户养殖生猪，土蜂养殖由 9 户 20 箱增至 20 户 60 箱，全村人均收入从 9769.45 元增至 13844 元。现在的柳湾村充满了朝气，人人都在为更美好的生活忙碌着，我驻村的干劲也更足了！

34. 路灯亮了,乡亲们的心儿暖了

讲述: 国家统计局宁夏调查总队派驻西吉县震湖乡毛坪村工作队员
陈景丽

▲ 陈景丽(中)了解大棚蔬菜销售情况

夜，伸手不见五指。刚从脱贫户家中了解完情况的工作队员们脚步匆匆返回村委会，弯曲山路上唯一亮起来的是手电微弱的光，偶尔有晚归的村民骑着摩托经过，车灯也迅速淹没在无边的黑暗中。浓黑的夜色中，队员们的呼吸声愈发清晰，远处不时传来几声狼狗的犬吠，让人不禁加快脚步——夜晚在村里走动真是一件让人提心吊胆的事儿。

大山深处的毛坪村没有路灯，除了村部院内四盏照明灯外，村组主干道和村组之间的山路都没有照明设施。入户走访时听到不少村民说夜晚出行不方便，遇到恶劣天气更是不敢出门，最重要的是还有一条西三线公路从毛坪组、东坪组和芦滩组中间穿过，夜间出行安全隐患非常大。像城里一样装上路灯，照亮夜晚回家的路，是毛坪村村民一个压在心底不敢想的愿望，也成了压在驻村工作队心里沉甸甸的责任。

驻村，先解决村民最急、最盼、最需要解决的问题，驻村工作队迅速作出决定：装路灯。但钱从哪来？灯怎么装？装多少？问题一个个摆在驻村工作队面前。本着花最少钱办最实事的原则，驻村第一书记王振权带领工作队员和村干部到张岔、党岔等村庄实地考察路灯安装情况。综合考虑多方面因素后，结合毛坪村实际，工作队选择安装稳定性好、使用寿命长、节能环保、发光效率高、安全性能好的太阳能路灯。同时，驻村工作队积极向帮扶单位国家统计局宁夏调查总队争取资金支持，争取帮扶资金18.9万元，启动毛坪村太阳能路灯安装工程。

驻村工作队要给毛坪村装路灯的消息像长了翅膀一样，很快传遍了全村，每天都有村民问："什么时候咱们的路灯才能亮起来?"看着村民期盼的眼神,我们只有抓紧时间、加快进度。万事开头难,在前期准备工作中,村庄地形、采光、灯光覆盖范围、是否会影响村民的生产生活以及公路沿线灯杆高度和安装标准等都需要考虑。

受地势影响,这里的村庄规划并不整齐,很多房屋都是依山而建,路灯只能错落安装;村里虽然有三百多户居民但常住户只有一百多户,安装路灯也无法做到户户覆盖,这些都给路灯规划增加了难度。为了把小事做细、把好事办好,工作队员和村干部、村民小组长、村民代表以及路灯安装公司的技术人员顶着烈日进行了三轮实地摸排及讨论,统计路灯需求数量、规划建设位置,在全面掌握情况后制定了详细的安装方案,力争一次性解决全村各小组路灯安装问题。

在这个过程中,碰到过不理解、不配合的群众,也碰到过反复纠缠要把路灯装在自己家的群众,对此,我们找症结、做工作,努力争取群众的理解。终于等到材料齐全进场,按照勘测好的路灯安装位置挖坑、混凝土浇筑路灯基座、组装灯杆灯具光源板、固定灯杆……2022年6月底,毛坪村6个村组143盏太阳能路灯全部安装到位并投入使用。安装好的光控式太阳能路灯能自动蓄电,外界光线较暗时,路灯会自动点亮,群众终于不用担心夜深路难行了。

夜色渐浓,路灯次第亮起,顷刻间点亮了夜空。曲折蜿蜒的路灯明亮、恬淡,用自己的深情勾勒着毛坪村的夜景。三三两两的村民结伴而出,或驻足或闲谈,一片祥和的景象。村妇女主席王亚丽发了一条朋友圈:"远处的万家灯火,总有一处为我而亮,真的是太感谢给我们带来温暖的人,谢谢你们照亮我们这漆黑的夜。"村民们也高兴地说:"我们村里现在晚上亮堂堂的,真个儿跟城里一样了。"一盏盏崭新的路灯照进了群众的心窝,照亮了村民出行的"平安路",照亮了村民散步休憩的"幸福路",更照亮了毛坪村的乡村振兴路。

35. 跟种子较劲

讲述：宁夏石嘴山市委政研室派驻平罗县黄渠桥镇五星村第一书记 张丽

▲ 张丽（右）和村书记闫占礼一起查看蔬菜制种园区辣椒坐果情况

"账算出来了,今年的机械打包有 26 万元收入,去掉杂七杂八,净收益 17 万多元。"党支部副书记拿着记账簿边走边喊。2022 年底,冷风吹过来,冻得人直打哆嗦,五星村村部却是一片喜气洋洋。经过一个多月的努力,终于听到了好消息,十几个人拿着记账簿一遍遍传、一遍遍看。看着大家欢欣雀跃,我觉得之前的所有付出都是值得的。

经过近 6 个月的驻村工作,我了解到五星村 20 多年前就有村民从事蔬菜种子种植,如今,村上懂制种的"土专家"比较多,但是没有形成规模,制种也只是各干各的,没有形成产业。

"目前村上有个种子合作社,但是场地和设备一起打包出租了。村上有蔬菜种植的龙头企业,但是和村集体关系不大。近两年我们都承接着宁夏种业博览会分会场任务,但是交给种子老板经营了。我们的机械服务短期内看比较好,但是后劲不足呀!张书记,你给帮着出出主意。"村支书闫占礼眉头紧锁,一连串的"但是"之后,他说:"作为地地道道的农民,无论是从个人情感还是村上长远发展考虑,我觉得制种这个传统不能丢,可是靠我们自己,实在是要不到合适的项目。"

五星村既然有制种传统,又有全区性的种业博览会做支撑,该怎么拿种子做文章是我一直思考的问题。村书记的肺腑之言,和我的想法不谋而合,经过再三调研,我撰写了《黄渠桥镇五星村发展情况汇报》和《黄渠桥镇五星村制种园区项目建设方案》,先后到石嘴山市科技局、农业农村局、发改委等十几个部门争取资金,成功申请了 50 万元的少数民族发展资金项目。五星村蔬菜制种园区从此固定下来了,成了发展壮大村级集体经济的有力抓手。

2022年，我们流转土地215亩，成功打造了135亩蔬菜制种核心区，建成270亩集中连片的玉米制种园区，两个园区实现联农带农81户1200余亩，带动群众创收340余万元，吸纳就近务工就业600余人。五星村高质量完成第九届宁夏种业博览会分会场任务，制种产业被多家媒体报道。同时，了解到县农技推广中心有粮食高质高效种业项目，我积极沟通协调，成功帮助村上落实了10万元补助资金。2022年，通过经营两个制种园区和机械打包作业，村级集体经济经营性收入达到了43.69万元。

千条理、万条理，村强民富是硬道理。做好乡村振兴这篇大文章，产业兴旺是第一要义。通过两年的驻村工作，我先后为五星村争取各类项目资金225万余元，项目体量虽小，却涵盖了驻村职责的方方面面，最重要的是帮助村"两委"厘清了发展思路、找准了发展路子，夯实了发展壮大村级集体经济的基础。"造血"功能已经激活，小种子将带着五星村在乡村振兴的道路上奔跑。

36. 黄沙窝，金沙窝

讲述：宁夏吴忠市直机关工委派驻利通区扁担沟镇黄沙窝村第一书记 万建云

▲ 看着小番茄幼苗茁壮成长，万建云喜笑颜开

阳春三月，走进黄沙窝村小番茄育苗大棚，看着茁壮成长的幼苗，我心里踏实多了。

我是一名军队转业干部，2019年从部队返乡后，主动申请驻村，2021年驻村期满后又继续到黄沙窝村担任驻村第一书记。要问我为什么一直主动申请驻村，我的理由很单纯："自己是农村出来的，想为农民做点事儿。"

黄沙窝村常住户520户1724人，其中38%是少数民族。黄沙窝村也是90年代自主移民村，移民来自10多个省区，有脱贫户和监测户74户278人。巩固脱贫攻坚成果，接续推进乡村振兴，产业振兴是关键，也是我驻村后投入精力最多的工作。

黄沙窝村经过几年脱贫攻坚已经打下了产业基础，我要做的就是搭建桥梁、聚集资源，帮村里把产业做大做强。刚驻村时，我走村串户，协调矛盾、对接需求，吃透政策、熟悉村情。我了解到前些年，村里探索种植松花菜、紫甘蓝等蔬菜，收益都不好。2019年开始种植小番茄，采取"支部+合作社+企业+农户"模式，引进企业参与，签订收购合同，最初两年农户亩均收入超过1万元，村集体收入也逐年增加。以往，村民把心思主要放在种植上，销售和宣传是短板，我就想方设法帮他们补齐。

2021年，村里种植规模扩大到400亩，因疫情和天气原因，小番茄大量滞销，我积极对接邮政公司和宁夏夏光农业科技公司进行线上销售，同时在吴忠市区进行线下配送，有效缓解了滞销问题。2022年我们又投资300余万元，新增冷棚24座，现在一共有84座冷棚115亩耕地，每亩收入2万元左右。

小番茄是一个劳动密集型产业，从栽种到采摘都需要大量用工，这给村民带来了家门口挣钱的机会，七八月份每天用工都在80户左右，带动脱贫户15户，户均增收1万元。

"像我们这种老农民岁数大，文化水平不高，出去打工工资低。自从建了这个基地，在家门口就有钱赚，还可以领到务工补贴。"脱贫户王淑花喜滋滋地说。她是2022年3月到基地务工的，每月收入3000元左右，年底还拿到了3000元务工补贴。

农民的钱袋子鼓了，精神生活也要同步跟上。为提高服务水平，我借力发力，争取单位5万元帮扶资金用于村党支部活动阵地建设，为党员活动室配备联网笔记本电脑、音响、配套的桌椅等基础设施，并对破损陈旧的宣传栏及广场墙面进行维修改造，营造广场周围党的建设、社会主义核心价值观、"六个先锋"示范引领墙绘等氛围，建成集党员培训学习教育、居民群众休闲娱乐、文明新风宣讲、党风廉政建设等多功能于一体的党群活动中心。

乡村振兴的春风让黄沙窝这个小村庄发生了大变化。春回大地，我忙碌在田间地头、群众身边，统一思想、协调矛盾，分瓜地、整瓜田，和群众想在一起、干在一起，在希望的田野上，书写黄沙窝的乡村振兴故事。

37. 脱下"工装"换"农装"

讲述：中国铁路兰州局集团有限公司派驻宁夏固原市原州区彭堡镇

姚磨村第一书记　张胜

▲ 张胜（左）与种植户一起观察普罗旺斯西红柿长势

2019年4月，当组织征求意见问我是否愿意去固原农村开展驻村帮扶的时候，我几乎想都没想就脱口而出："我愿意！"

这个坚定的决定，将我个人的命运与国家减贫事业联系在一起。我的内心不只是激动，更感觉到无上的荣光。

脱下"工装"换上"农装"，初到张易镇驼巷村驻村帮扶，我便直奔脱贫攻坚的主战场。为尽快转换工作角色，我先后克服了语言沟通关、饮食习惯关、卫生条件关、高原反应关等诸多关卡，也体验了宿舍"五鼠闹梁"和"水帘洞"的窘境。

在适应了新的生活环境之后，我努力提高驻村扶贫工作能力和水平，潜心研读《习近平扶贫论述摘编》，对论述摘编中的每一个章节、每一篇讲话、每一个观点都细细琢磨，并用红笔标注关键段落，不理解的地方，网上查询进一步加深理解，并写下了密密麻麻的注解。四年的驻村生活，我还养成了写日记的习惯，先后撰写了7本近6万字的驻村日记，用掉了40支笔芯。

在驼巷村驻村帮扶期间，我认了许多"亲戚"，一遍又一遍串"亲戚"、讲致富经，看着"亲戚"们的日子慢慢红火了起来，心里越来越踏实……

2019年，村民马忠伍的女儿考上中南民族大学，全家人高兴之余又为学费无着犯了愁，正寻思卖牛交学费。我入户走访得知此事后，自掏腰包拿出500元的同时联系集团公司为其办理了5000元助学金，缓解了老马的燃眉之急。在老马家庭聚会拍全家照时，硬拉着我一同拍下了全家福。如今老马的女儿即将大学毕业，寒暑假期间帮着村医整理医保信息，同时还资助着一名贫困学生，在她心里帮扶济困的种子已生了根、发了芽。四年来的驻村生活，我先后以个人名义慰问困难党员、金秋助学、探望病人、婚丧嫁娶等，累计花费8000余元。这一年，驼巷村村委会授予我"荣誉村民"称号，帮扶村也成为我的第二故乡。

2020年5月，按照铁路帮扶"人随项目走"的要求，我又来到原州区另外一个乡镇的另外一个村——彭堡镇姚磨村驻村帮扶。在此期间，我紧密结合姚磨村冷凉蔬菜长远发展规划，先后引入铁路帮扶资金2276万元，在姚磨村援建智能育苗温室、净菜分拣加工包装车间和有机蔬菜设施拱棚，基本上解决了姚磨村冷凉蔬菜产业链不完善、农业科技含量不高的短板弱项。

2021年7月，我被任命为姚磨村驻村第一书记，整天忙得团团转。针对个别村干部电脑操作知识匮乏，不会使用全国巩固脱贫攻坚成果和防返贫监测信息系统的实际，我手把手指导Excel电子表格操作流程，以及国网系统数据维护操作知识。不定期组织学习《党建基础知识应知应会》《防止返贫动态监测和帮扶工作指南》，基本上做到了党建知识"难不住"，帮扶措施"一口清"，惠农政策"问不倒"。

授人以鱼，不如授人以渔。为带动更多村民参与其中，我走村入户，积极宣传产业到户项目扶持政策，鼓励脱贫户大力发展种植、养殖业。2022年姚磨村集体经济在智能温室、分拣车间、设施拱棚项目上收益18万元，较2021年增长3.6倍，成为产业帮扶的一大亮点。

驻村四年，我年年综合考评"优秀"，但"金杯银杯不如老百姓的口碑"，当老百姓把炸好的油香，煮好的玉米、土豆硬塞进我手里时，我感到自己所付出的一切都是值得的。

38. 有一种称赞叫"娽偞"

讲述：宁夏固原市泾源县教育体育局派驻香水镇卡子村第一书记
　　　禹晓源

▲ 禹晓源（左）和种植户交流菌菇种植情况

　　驻村六年，乡亲们经常对我讲一个词——"娽偞"，这句朴实的方言，有"好""妥帖"的意思，每听到这个词，我觉得怎样的辛苦都值了。

　　"现在老百姓的生活越来越好，但除了挣钱过个好光阴外，人的精神上总感觉好像还缺点什么?"入户走访时,童金德老人这句话引发我的思考。驻村伊始,我就主动与单位联系,对接县体育中心、卫生局、工会、文化馆、大自然苗木合作社等单位,筹措3万多元奖品,举办卡子村冬季运动会暨移风易俗表彰会。

精彩的演出为群众送了上丰富的文艺大餐,"好媳妇、好公婆""最美家庭""致富能手""励志成才个人"等先进典型的表彰进一步激发了群众的内生动力,丰富多彩的比赛项目增强了群众的凝聚力和集体荣誉感,也进一步拉近了干群关系,这项文化活动也作为村"两委"为民办实事重要方式之一一直延续了下来。

"仓廪实而知礼节。"我们的精力重点还是在推进产业发展上。

"禹书记,我现在养了8头牛,想扩大到20头,但地里全是树,牛圈太小了没地方发展啊!"入户走访锁全成,他说的这句话很有代表性。

卡子村是一个以苗木种植、务工为主要经济收入的村庄,近年来随着苗木市场的衰退,养殖业逐渐成为群众增收致富的主要渠道。为了解决群众养殖场地小、养殖成本增加的这一难题,2022年借助全县报废苗木腾退这一惠民政策的实施,我们驻村工作队与村"两委"通过入户宣讲、积极动员群众腾退报废苗木230多亩,种植饲料玉米183亩,为全村养殖业提供了可靠的饲草料来源。同时我们向上级部门积极争取投资46万元,于2022年10月建成配套设施齐全的卡子村"出户入园"工程,带动81户养殖户发展壮大养殖业。当我再次走进他在园区的养殖棚时,锁全成高兴地说:"禹书记,现在媳傑了,在你的动员卜我养了21头牛,好光阴有盼头了。"2023年,卡子村被确定为全县示范村重点打造。

在村上工作,还有一个心理准备,就是总有一些"官司"得去断。

"别人的车也撞了我们,我们是受害者,凭什么让我们赔偿……""禹书记,你给评评理,事情不是这样办的,我们也是受害者……"一大早,村民童文强和村民喇伟东的妻子你一句我一句说得不停,我耐心听完后说:"如果你们相信我,就先回去,我一定帮助你们协商处理好这件事。"

经过深入走访,我逐渐了解了事情的来龙去脉:2014年,一起交通事故导致童文强轻伤,喇伟东家一人重伤一人死亡,在事故中童文强承担次要责任,被法院判决支付赔偿金24万元,两家最后达成协议,等童文强家庭经济情况好转后再支付,但由于多种原因一直拖延至今。后经村委会多次调解,童家只愿意承担2万元,事情一直到今天也没有结果。

借助入户宣讲我分别进入两家,一句"远亲不如近邻"打开了话题。"24万元不是一个小数目,娃还想多养几头牛,赔这么多,光阴怎么过?""禹书记,你是个媒傧人,不是我们爱钱,钱也换不回我孙子的一条命,邻里之间发生这样的事没有结果成了我心中的一个心结。"面对两家人倾诉,我以"以邻为善,以邻为伴"为话题,经过一天苦口婆心的劝说和调解,双方最后达成一致协议,由童文强向喇伟东支付8万元的赔偿金。当双方握手言和后喇伟东妻子哽咽道:"禹书记,你是个媒傧人,谢谢你!"说着,两行泪水顺着脸颊流了下来。

简单的一句"你是个媒傧人"让我感动。在乡村振兴道路上,群众的幸福感,就是驻村第一书记的成就感。

39. 大家亲切地称我们是"托尼老师"

讲述：宁夏吴忠市同心县委办派驻豫海镇永春社区驻村第一书记
　　　摆永贵

▲ 摆永贵（左）在志愿服务活动中给社区居民义务理发

曾经的《马燕日记》感动了无数人,也让更多人了解了"苦瘠甲天下"的宁夏西海固。十年九旱、广种薄收、靠天吃饭,是这里的真实写照。突然有一天,这里的人们享受到党和政府易地扶贫搬迁的好政策,从此搬出了大山,在新家园安居乐业,优质的教育、医疗资源,适宜的居住环境,便利的交通设施……以前人们想都不敢想的事,现在变成了现实。

永春社区是一个"十三五"易地扶贫搬迁移民安置社区,也是一个人口密集的综合型社区,搬迁群众来自同心县东部乡镇的山区。服务移民群众,让移民群众在搬得出、稳得住、能致富的基础上日子更上一层楼,是我们的首要任务。

每年的六七月份是枸杞成熟的时节,红灿灿如玛瑙般的枸杞沉甸甸地挂在树上。这个时节,我们都要组织移民群众到县城周边开展季节性务工。主要劳动力外出务工后,让家庭富余劳动力在家门口务工,想方设法增加他们的收入,也是我们工作的重心。

"我儿子今年外出赚了5万多元,媳妇打工也挣了2万多元,我现在领上了养老金,在家帮着看娃娃,大孙子考上了大学。还是共产党的政策好,帮我们搬出山沟、住上了楼房。"李玉兰老人开心地说。

每次走访入户和群众谈的最多的就是他们的收入,这也是他们最高兴的事,看着大家喜笑颜开地讲着家里发生的变化和外出务工期间的点点滴滴,我不禁感慨,每个家庭、每个人命运的变迁,都映射着党的好政策的关怀和移民群众努力奋斗的干劲。

靳志秀是一位70岁的独居老人,也是一个廉租房住户,儿子常年在外地工作,家中无人照顾。老人家里有些乱,狭小的空间堆积了很多杂物，存在较多安全隐患。在做通老人工作的情况下，我主动帮助清理杂物，并联系爱心企业为老人购置冰箱、洗衣机等家电，与志愿者一起置办了全新的被褥和餐具等生活物品。老人的儿子得知后，主动送来了锦旗表示感谢。这件事在左邻右舍间引起不小反响，群众纷纷竖起大拇指："谢谢你们让大家感受到了党的温暖！"

"上面千条线，下面一根针。"社区是城市管理的最小单元，办好群众的一件件芝麻小事，铢积寸累，就能收获大家对党组织的信任。

"在这么关键的时刻，你们送来了药品和口罩，真是雪中送炭！"疫情期间，居民马有海家中缺少急需药品，当拿到我们网格志愿小分队送来的药品时，他感动地说。

在社区众多的志愿服务活动中，深受群众喜爱的，还有我们定期开展的"爱心义剪"活动。不用通知，每次去群众都早早等在那里，虽然谈不上"私人订制"，但也能按照居民们的要求，给他们精心修剪。大家为此亲切地称我们是社区的"托尼老师"。

在千头万绪的基层工作中，我真正体会到了"人民群众对美好生活的向往就是我们的奋斗目标"这句话背后沉甸甸的责任与担当。我是乡村振兴队伍中的一员，在乡村振兴的道路上，我将继续发挥自身优势，围绕驻村工作职责任务履职尽责，为人民群众托起稳稳的幸福。我相信，在党的政策关怀下，移民群众的日子会越过越红火。

40. 那些"鸡毛蒜皮"就是我的"工作清单"

讲述：宁夏银川市贺兰县司法局派驻贺兰县立岗镇星光村第一书记 杨旭春

▲ 杨旭春（右）在残疾户丁尚信家了解其身体和家庭收支状况

我是村里长大的娃，乡村是我的"根"，让乡村变得更好、村民变得更幸福是我最大的心愿。驻村工作让我再次与乡村深度互动，实感莫大欣慰。

2021年7月，我接受组织派遣到贺兰县立岗镇星光村任驻村第一书记。星光村，一个具有200多年历史的古朴村落，全村1600余人口。近年来，因发展乡村民宿、乡村旅游，成为银川市小有名气的旅游打卡地。在这样一个美丽小康村，如何发挥好驻村第一书记作用，让星光村更美更好成为我反复思考的问题，在村民"鸡毛蒜皮"的小事中，我找到了答案。

星光村留守老人多，许多看似简单的事情对他们来说却得费很大周折。比如，丁尚信去申请宅基地资格权证时，总是忘记带全证件，有一次在路上碰到他，他见到我慌忙地说："小杨书记，刚才人家给我说了要带的证件，我这老眼昏花的，记性也不好，又给忘了，该咋办呢？""大爷别急，有我呢！"我随丁大爷回家，按照清单把证件收集好，给他标好顺序，并再三叮嘱。

从丁大爷家出来后，我想到老爷子遇到的困难，其他老人也一定会遇到，可不可以把村民的基础信息采集好提前保存到村部，免得他们办事来回跑冤枉路呢？我就此想法与村党支部商议，得到支持后，星光村基层治理档案室就如火如荼地开建了。不到一个月的时间，我们完成了全村626户1692人的基础信息采集与建档工作，并进行电子化储存，对低保、残疾等特殊人群档案用不同颜色做了标记。如今，星光村"一户一档"成为村民服务的"私人定制"，村民到村部办事再也不用因没有带全证件而犯难了。

村民刘军义因邻居王占明用无人机给玉米打药时殃及自家套种豆苗，就补偿款一事双方争执不下，找我来评理："起码五亩多秧儿全黄了，没有3000块钱，我这损失补不回来啊！"刘叔气汹汹地说。旁边的王叔急忙道："没那么玄乎，最多也就损失

2000 块钱。"了解具体情况后，经过我与村支部书记的耐心调解，二人最终握手言和，矛盾顺利解决。

百姓利益无小事。如何解决好村民间的矛盾纠纷，列上了我的"工作清单"。带着这个课题，经过多轮深入走访，我们了解到，村民之间的矛盾，一般愿意找村里的老人评评理，也信任村部，常常愿意找党员和村"两委"要说法。针对这一现状，我们考虑，聚焦"谁来调解矛盾"，成立一支调解员队伍，划定责任片区，专门负责解决村民的"张家长、李家短"。为此，在村党支部的带领下，我们探索设立星光村"1+1+X"红色网格体系，由1名支委成员，1名网格员，党员、村民代表、警务人员、法务工作者和志愿者共同组成调解工作小队，划分网格片区，及时排查、调处、化解村民矛盾纠纷、信访事项和不稳定因素。同时，为了进一步优化矛盾纠纷沟通渠道，我们还在村子党群活动服务中心设立了矛盾纠纷多元化解中心，对于"红色网格"排查出的复杂重大矛盾纠纷，凝聚多方调解力量，采取联合调处一站式服务综合体，让问题化解"只进一扇门"，"矛盾不出村"。2021年以来，星光村做到了零上访、零诉讼，探索的乡村治理经验也被县里推广，多家媒体争相关注报道。2023年初，星光村成功入围第二批自治区级乡村治理示范村。

两年来，我用双脚丈量着全村的每一寸土地，走村串户，坐百家板凳、解千家难题，将村民的"鸡毛蒜皮"当作必须完成的"工作清单"，和干部群众一同奔赴在乡村振兴路上，挥洒青春、播种希望、追逐梦想……而今，回望星光村，往事历历在目，我相信，无论怎样的风雨，星光村也会在乡村振兴这场大考中交出优异答卷。

41. 点亮"心灯",架起"心桥"

讲述:宁夏民政厅派驻中卫市中宁县恩和镇红梧村第一书记　丁波

▲ 丁波(右)在养殖场向饲养员了解肉羊喂养和繁育情况

"老乡你好，我们是自治区民政厅派来的驻村工作队，来家里入户了解一下情况。"

"有啥可看的，啥问题都解决不了，天天入户有啥用！"老乡不耐烦地喊道。

说话的是村上的困难户，入户"碰钉子"的情况不止发生在这一家。一连走了好几户，遇到的情况基本一样——群众不配合，入户进不了门。初到红梧村走访遇到这样的局面，我始料未及。

2021年7月，我和两名队员被自治区民政厅选派到中宁县恩和镇红梧村开展驻村帮扶工作。通过翻阅档案资料，跟村"两委"深入交流后，我对红梧村也有了初步了解。红梧村是移民村，户籍人口多、常住人口少，"空心化"比较严重。村里一些历史遗留问题长期得不到解决，群众意见大，对工作不支持，干群关系算不上和谐。进不了群众的门，工作就无法开展，这让我很苦恼。

"大家不要着急，万事开头难！想打开工作局面，就得找个突破口，先让群众认识我们、了解我们，然后再逐渐接纳我们。"在工作队例会上，我给队员们加油鼓劲。"村子建成多年，至今没有安装路灯，群众夜间出行很不方便。把'点亮'路灯作为我们驻村的第一件事来办，大家看行不行？"这个提议得到了村"两委"和队员的一致认可。确定了方向，我立刻带着方案回"娘家"请示领导，不到一个月，村子的两条主路便装上了村民期盼多年的路灯。点亮了村庄，也点亮了群众的心。

"丁书记，村里装了路灯，晚上到我商店买东西的人也多了，生意比以前更好了，感谢党和政府对我们的关心！"村口商店老板邱淑珍激动地对我说。开了个好头，起了个好步，村里的老百姓都知道区上来了个工作队，接下来的工作就好干多了。

红梧村脱贫户106户，三类监测对象26户，残疾人127人，重点群体人数在整个恩和镇来说，都是比较大的。村集体经济实力弱，群众收入的主要来源是种地或外出打工。花了一个月时间，我遍访了所有群众，对全村的情况心里有了底。同时，村集体经济薄弱、群众增收渠道单一、部分群众增收困难等问题也装在了我的心里。

我想，现在政策这么好，资金投入这么大，必须将党的各项惠民政策和惠农资金有效整合起来，把产业发展壮大，通过利益联结，让群众在不断壮大的产业中分享源源不断的收益。说干就干，我们探索出了"党组织＋村集体经济组织＋致富能手带动＋联合托管＋固定投资收益"的合作模式，与有技术、会经营、懂管理的村级致富带头人签订联合托管协议进行托管养殖，同时，我们因户施策建立了5种利益联结机制。

针对无劳动能力和弱劳动能力的监测户，建立兜底配股分红模式，人均配股3只基础母羊；针对有从事养殖意愿的脱贫户和监测户，出借基础母羊，通过"输血"借羊养羊模式，帮助改良品种扩大养殖规模；针对有养殖意愿和养殖能力的一般群众，给予基础母羊赊销，引导发展养殖业；有劳动能力的残疾户和整户弱劳动能力的群众，免费配送品种肉羊，鼓励养殖增加收入；有劳动能力但无固定工作的一般农户，鼓励其到村集体羊场务工，以工时获得积分，既能学习养殖技术还能通过赚取积分来兑换品种肉羊进行养殖。通过这5种机制，带动全村78户群众人均增收1500元，红梧村2022年村集体经济收入突破百万元大关，一跃成为中宁县的经济强村之一,我们的工作也引来了各级领导和党组织调研观摩。红梧村既走出了经营管理新路子,又探索出了联农带农富农的新模式,有效发挥了村集体经济发展的示范先行和带动引领作用,切实做到共富的路上,一个人也不能落下。

驻村两年以来,我和驻村队员、村干部们一起,协调解决了拖欠群众光伏板租金、拖欠群众土地流转费等历史遗留问题;争取项目资金,建设红梧日间照料中心;还开展了给村小学捐赠课桌椅和校服、节日慰问困难老人、举办残疾儿童和大中小学生慈善捐赠等一系列为民办实事活动……正是这一件件一桩桩的实事好事,拉近了干部党员和群众的距离,点亮了老百姓的"心灯",架起了工作队和百姓之间的"心桥"。

42. 少了"书生气",多了"乡土味"

讲述:宁夏中卫市沙坡头区委办公室派驻迎水桥镇鸣沙村工作队员
　　　李桂有

▲ 李桂有(左)在村里的快递驿站为群众取快递

2021年底，我被选派到沙坡头区迎水桥镇鸣沙村驻村。初到村上，我曾困惑、迷茫，焦虑和不安使我在多个夜晚辗转难眠。如今驻村一年有余，我在用脚步丈量大地的过程中，逐渐褪去了"书生气"，变成了一个充满"乡土味"的驻村干部。

刚到村上时，第一书记看出了我的不安，他说："多去乡亲家里坐坐吧，走近了群众，也就走进了工作。"从此，我走家串户，蹲田间地头，坐群众炕头，在一声声"桂有来啦，坐坐坐"的招呼声中，从一名外来户变成了村里人。

鸣沙村属于生态移民搬迁村，为全面掌握全村基本情况，我一有时间就和工作队员走访群众，逐户梳理问题隐患，逐户制定防返贫措施，想方设法帮助群众增收。"自己做的八宝饭，你尝尝！"在马敏玺家，大姐热情地递给我三盒八宝饭。我尝了一口，味道真好。当即劝她再做一批，我们帮她卖出去，能挣一点儿是一点儿。大姐这边做，我们那边发动派出单位、老同事老朋友买，不到半天时间八宝饭就卖光了，当天收入2000多元，大姐乐得合不拢嘴。

"老罗受伤了，快去看看。"2021年12月，一个电话打破了村里的宁静。老罗叫罗发贵，是村里的监测户，两口子干室内装潢，日子本该越过越好，但这次受伤，让他两年内不能从事体力劳动，妻子还得在家照顾他，家中的经济来源断了，生活陷入了困境。了解情况后，驻村工作队第一时间上门入户，为老罗媳妇申办低保、联系保险公司申请乡村救助保险金、协调雇主赔偿3万余元……老罗一家的生活有保障了，我们也就放心了。

我在入户宣传政策中发现，鸣沙村大部分中小学生是留守儿童，假期作业无人辅导，平常无人监管，容易沉迷手机电视，家长外出务工，大都有心无力。为了解决这一问题，我提出在村上开一个义务辅导班，这个想法得到了其他工作队员和村干部的积极响应。2021年寒假，鸣沙村义务辅导班迎来了30个孩子，之后，当临时班主任、当辅导老师、当文体老师，我们工作队员乐此不疲，小小辅导班解决了家长的一大心病。

驻村日久，我们的思路越发清晰，日子也一天比一天忙碌充实。2022年2月，我和第一书记入户发现，村里群众取快递要到8公里以外的旅游新镇站点，打通快递进村"最后一公里"又成为我们的当务之急。

我们多次对接邮政管理部门，邀请邮政、快递企业负责人现场办公，和本地电商面对面交流，建立起中国邮政综合便民服务站和美团优选自提点，终于解决了取快递远、寄包裹难的问题，邻村村民也到我们村寄取快递。我们多跑的几趟路，换来了群众的少跑路，真值！

不仅要实现快递进村，还要推动产品出村。驻村工作队和村干部又把目光放在了"农货出山"上，先后组织挖掘出八宝饭、牛肉丸子、蜂蜜、酿皮等颇具民俗风味的美食，帮助群众拓宽了销路。

"机关干部咋能干好村上工作？"我和其他队员用行动回应了质疑。驻村以来，我们全覆盖走访群众182户，植绿增绿1万余株，发放产业奖补5万余元，解决急难愁盼问题300余件，并建成运营沙坡头区乡村振兴体验中心，带动村集体增收15万多元，还创办了妙音国乐坊和古埙坊，开展"陶笛进校园"活动、组建鸣沙村陶笛队，为鸣沙村种下了文化浸润的种子。在一步步走近群众、服务群众中，在一次次解民忧、纾民困、暖民心的实际行动中，我们收获了群众的认可，赢得了大家的信赖。

　　四季更替，寒来暑往，鸣沙村的一草一木早已深深扎根到我的心里，我也随着这片土地一起成长，迎着大自然的雨露，沐浴着党的阳光，肆意挥洒着青春和汗水。唯愿能在有限的时光里，在我的村里留下更多充实、温暖、无悔的记忆，这记忆是乡亲，更是乡情！

43. 变"杜"乐乐为"众"乐乐

讲述：宁夏灵武市民政局派驻崇兴镇台子村第一书记　杜学梅

▲ 杜学梅（左）在田间帮群众给玉米浇水

每到傍晚时分，我们崇兴镇台子村文化广场就特别热闹，村民们随着音乐的节奏翩翩起舞，一派其乐融融的景象。

"杜书记，要不是你，我都不相信自己还能跳广场舞呢！"回想 2021 年 7 月刚来到台子村时，村东头的杨婶就跟我说，儿女都不在身边，每天除了吃饭睡觉就是收拾家务，闲了也没啥可干的，就在墙根子底下晒晒太阳，天就黑了。她的一席话启发了我，富了"口袋"，还要富起"脑袋"，更要"乐活人生"。

带着这个任务，我开始了"众"乐乐的探索。经过多方了解，我发现相比其他村，台子村村民的思想观念比较守旧，基本的活动场所也极为匮乏，更别说文体活动了，村民的精神文化生活根本得不到满足。为此，我向派出单位灵武市民政局申报了台子村老年幸福院建设项目，跟村党支部商讨后，决定每到节假日就组织开展"我们的节日"活动，把村里的妇女老少聚起来。

记得在中秋的一场活动中，我本想活跃一下现场气氛，便发挥自身爱好跳舞的优势，邀请村民们一起跳广场舞。原本轻松愉快的事，但现场却出现非常尴尬的局面，竟没有一个人会跳，而且颇为扭捏："我们这里不比城里，在外人面前跳舞邻居会笑话。"听他们这样说，我很震惊，传统思想的束缚严重影响了村民们的精神文化生活。

我下定决心要改变大家的思想观念。每个传统佳节，我都会给大家送上内容丰富的"文化大餐"，教大家做手指操，表演《卖汤圆》《刘大姐砍柴》等有着传统文化气息的舞蹈，带着党员群众唱歌。

功夫不负有心人。"杜书记，你能教教我们跳广场舞吗？"

在 2023 年的三八妇女节活动中，我十分欣慰地听到了村民的主动诉求。让我意想不到的是，曾经"怕被人笑话"的村民如今却开心地扭动着各种舞姿，连从来不爱出门的老人也加入了广场舞队伍。看到村民们的脸上洋溢着幸福满足的笑容，我心里特别开心，我这个"杜"乐乐也能做到"众"乐乐了！

群众的思想解放了，阵地建设要跟上。村民们对精神文化生活的向往更加坚定了我让村子"旧貌换新颜"的信心与决心，经过不断与各级部门单位沟通协调，佳讯接踵而至。台子小学闲置校舍移交，我们村可作为为民服务阵地，老年饭桌建设项目也开始实施了，全市唯一一家农村"塞上乐龄大学"项目也成功落地台子村。一个个好消息让我们村干部的干劲十足，在村党支部的带领下，我们陆续改建或新增了新时代文明实践站、儿童之家、舞蹈室等功能室，建成 100 平方米农村老年幸福院，整合各类资源改造台子村"为民富民聚集区"，极大地扩展了村锤炼党性的阵地、思想交流的平台以及为民服务的载体，让老百姓真真切切感受到了党的温暖，真正变"呼声"为"笑声"。我们还引进筹办了台子村国斌亚琦制衣车间，解决了 40 余名村民家门口就业的问题，2022 年底村集体经济经营性收入达到了 132 万元，成了全市新晋百万元强村。

党建引领融进来，基层治理才能活起来。作为驻村第一书记，抓党建促乡村振兴始终是我驻村工作的首要任务。我通过抓班子、带队伍、强堡垒，精准施策建强村党组织，凝聚发展合力，让群众有了最可靠最坚强的主心骨。

两年来，村里大小事都是我的心头事，能让"我的村"发展越来越好,让群众获得看得见的实惠,是我驻村工作的出发点和落脚点,我将继续努力做一名带领群众推进乡村振兴、善于处理农村复杂问题和懂农业、爱农村、爱农民的驻村第一书记,在乡村振兴的大舞台上演绎更多场"众"乐乐的精彩故事。

44. 钱包"鼓囊囊",还得脑袋"亮堂堂"

讲述:宁夏回族自治区党委宣传部派驻西吉县兴隆镇下范村第一书记
　　　王党伟

▲ 王党伟(右)和村干部讨论下范村文化广场升级改造方案

在西海固,随着历史性告别绝对贫困,群众的收入提高了,日子富足了。乡村振兴赛道上,不仅要钱包"鼓囊囊",还得脑袋"亮堂堂"。如何满足广大群众精神文化需求,解决乡村振兴内生动力不足的问题,是摆在我面前的重要任务。

下范村位于西吉县兴隆镇西南约 16 公里,地处葫芦河畔,566 国道沿线,与甘肃静宁接壤。我发现,这几年随着移动互联网的兴起,"耍手机"成了农村很重要的娱乐方式,一些人沉迷其中,不无隐忧。

这几年,村里外出务工人员多,留守老人、妇女占比较大,我与村里的文化带头人左旭峰交流,他说:"现在大家生活水平都提高了,就是想闲下来的时候唱一唱、跳一跳,丰富一下平时的闲暇光阴。这样对稳定社会环境也有好处。"

其实,下范村有着在重大节日和农闲时节开展秦腔、秧歌、歌舞等群众性文化活动的传统。我在入户的过程中,也常看到老人们聚集在某一户院子,吼起秦腔。有时,在村口或晒场,妇女们农忙过后,会带上音响,扭起秧歌。

但受疫情影响,村里原有的文化活动场所杂草丛生,组织文化活动缺少村里支持,大家参与文化活动的积极性受到影响。我与村"两委"班子讨论,从培育文化建设机制、升级改造活动阵地、培育文艺表演队伍、开展文化活动等方面着手,提出了下范村文化活动构想。

下范村已有群众自发组织的农民文艺表演队 3 支(秦腔自乐班、广场舞表演队、曲艺表演队),参与群众近 200 人,建队时间都在 3 年以上,具备良好的开展文化活动的基础。了解到活动场所升级改造资金短缺的困难后,我立即向单位请示,申请专项帮扶资金 20 万元,建成了下范村文化舞台;申请 28 万元支持开展文艺会演、评选表彰"最美家庭"和建设文化活动广场;申请资金 6 万元修缮了下范村文化大院。同时，我还协调邀请专业的文艺工作者对村里的票友进行指导，提高表演技能与水平。

有了各级部门支持，文艺表演队面貌焕然一新。他们在文艺表演中讲党和国家强村富民政策、新农村建设目标、民族团结故事、移风易俗举措、勤劳致富经验，既丰富了群众精神文化生活，又激发了大家以更加饱满的热情投身乡村振兴事业。2023 年元宵节期间，下范村文艺表演队代表兴隆镇参加西吉县组织的社火巡游展演大赛，还获了奖。

现在，下范村的乡亲们常常聚到文化广场，通过秦腔戏曲、民间舞蹈、特色歌曲、相声小品等喜闻乐见、具有地方特色的文艺形式唱响新生活，歌颂新时代。

群众参与文化活动在下范村蔚然成风，我又和村"两委"班子考虑，挖掘、树立和宣传一批优秀家庭典型，结合文艺演出的时机，进行表彰奖励，进一步激励全村群众，凝聚精神力量。2022 年端午节文艺会演前夕，我们制定出评选方案，在全村群众中广泛动员，经过村民小组推荐、评委会考察、张榜和微信群公示，共评选出"孝老爱亲""致富能手""移风易俗""崇文重教""民族团结""文明卫生"家庭 30 户，颁发荣誉证书、"最美家庭"门牌和奖品。通过活动，用榜样的力量感召大家，引导和激励全村群众树立学先进、赶先进、当先进的良好风尚。

脱贫摘帽不是终点，而是新生活、新奋斗的起点。我们将继续按照"党建引领发展、文化凝聚力量、产业带动振兴"的帮扶工作思路，建设宜居宜业和美乡村。

45. 牛圈，也与全球互联啦

讲述：中国电信固原分公司派驻固原市原州区寨科乡东塬村第一书记
程占军

▲ 程占军（左）在田间地头走访村民

驻村的每一天，我都被这里的山塬深深吸引，因为这里生活着我们淳朴善良的父老乡亲。我和他们一起，在这片热土上用心描绘六盘山下的乡村振兴新画卷。

如何利用派出单位优势资源精准帮扶东坳村？这个问题一直萦绕在我的脑海。走访中发现，长期以来，农村基层党建一直按照传统方式开展工作，不仅模式单一，效果也不理想。我积极向单位争取，由电信帮扶援建数字乡村云信息平台，让这个偏远山区的村级党建搭上了信息时代的列车。依托数字乡村云信息平台的智慧党建，"三会一课"、主题党日、组织生活、党员管理等核心内容以短视频、图文、图表的形式直观呈现，搭建起了党组织、班子成员结构模块和各类数据分析树状图，摆脱了以往党建工作抽象、繁复、枯燥的刻板印象，实现了可视化、窗口化、规范化流程，强化了线上线下同步管理，成为基层党建的创新亮点。

"这个平台真让我们开阔了眼界、增长了见识，太有意义了。"我将会议视频、活动照片剪辑并加载到平台播放，党员通过大屏看到后，觉得挺新鲜，很感兴趣。大家参会的热情高涨，精气神更足了，全村党员的思想观念也在悄然发生改变。智慧党建平台上线以来，以新颖的图文、生动的场景、全新的模式，如一股清流，吸引着党员的参与热情，党组织的凝聚力大大增强。

信息化还解决了基层治理的大问题。"养了十几头牛，家中还有生病的老人，忙里忙外顾不过来。要是能拉个网，装个摄像头，我在外面忙的时候就能看到家里的情况了。"丁汉林给我说了好几次，但都因为光缆延伸不到位而未能如愿，这也成了他的一块心病。他家位于203省道东侧，而通信光缆却在西侧，因为要跨越省道，难度很大。为此，我多次组织技术人员现场勘察，终于确定了加高线杆、飞线跨越的解决方案，为他和周围十几家农户拉了网，装了摄像头。

2023年春节前，公司确定把东㙀村打造为数字乡村示范点，经过对接，我们为70多个养殖户免费装上了高清摄像头。无论走到哪里，农户都可以用手机随时查看自家牛圈的监控画面，心里别提多高兴了。大家都说，这小小的摄像头，解决了我们的大问题。

在黄土高原深处，人们对文化有着天然的敬意，尤其对书画，有着刻在骨子里的喜爱。驻村中，有两个农户深深感染了我。一个叫妥建付，他家干净整洁的两间堂屋挂满了书画作品，古色古香的家具摆放有序；另一户是搞收藏的杨宗浩，也是字画挂满墙。我不禁思索，眼下新时代文明实践活动形式吸引力不够，以书画为切入点引领乡村文明实践，不失为一种好方法。于是，我决定试试。

经过筹划，我们在村综合文化中心举办了一次书画展览，邀请村民参观，这让面朝黄土背朝天的村民万分惊喜，他们想不到这些作品竟然出自本村，这更加激发了他们对美的追求，于润物无声中受到文化的熏陶。

我趁热打铁，隔十天半月就组织村民打扫卫生、清洁环境。大家边干活边聊天，沟通多了，彼此的情谊就深厚了，邻里间的矛盾就越来越少了。同时，我们还开展积分兑换奖励，表现突出的村民还上了光荣榜，有效调动了村民参与文明实践的积极性。

我们入户必讲移风易俗，宣传低价彩礼，效果也很明显。村干部海林娶儿媳零彩礼、老支书嫁闺女2万元彩礼，一时传为佳话。

这些做法，似春风化雨，浸润着村民的心灵，成为文明乡风建设一道亮丽的风景线。

眼下，春风拂面，万象更新。我们每天迎着初升的朝阳，行走在广袤的田野上，继续描绘乡村振兴更加美好的画卷。

46. 老杨驻村有"秘籍"

讲述：宁夏司法厅派驻固原市原州区三营镇安和村第一书记　杨连碧

▲ 杨连碧（左）给脱贫户讲解各项惠民政策

2021年7月1日，建党节当天，也是我到安和村驻村的第一天。走在安和村的巷子里，听着村党支部书记马金耀聊着安和村的基本情况，看着老百姓脸上洋溢的笑容，一种莫名的亲切感油然而生。

这不是我第一次驻村，我打算把以前驻村总结的"秘籍"拿出来。

第一招是"放下架子，俯下身子"。驻村第二天，我就和驻村工作队员脱下制服换上农服开始走访群众。安和村是"十二五"期间由原唐湾、海淌、代堡、西台4个村搬迁组成的移民新村，有些人白天在周边打工，只有晚上才能见到。我走在巷子里，看见三五成群拉家常的群众，就凑上去听听他们的家长里短；看见谁家门开着，就走进院子，和他们扯扯磨；看见谁家地里缺人手，卷起裤腿帮他们搭把手、干干活。经过一个多月的奔波，我终于和安和村的乡亲们熟络了，大家也都知道村里来了个"杨书记"。

第二招是"为老百姓的'钱袋子'着想"。2021年7月，村"两委"的热情如夏日的骄阳，红红火火地引进了"出户入园"肉牛养殖模式，养殖场建起来，开局却冷场了。老百姓已经习惯了传统的家庭养殖模式，一开始对这种入股分红的新模式不信任，没有人愿意将自己家的牛托养到牛场，这可愁坏了我们。于是我和村"两委"商量，上门做老百姓的思想工作。

我第一个走访的是马友林，他家6口人，一家人的收入全靠儿子和儿媳在周边打零工。为减轻负担，52岁的老马养起了肉牛，但是年迈体弱，喂牛的时候还需要儿子帮忙打下手。为此，我多次上门给老马讲政策、说好处，经过我的软磨硬泡，最终老马同意将自家的12头牛赶到牛场养殖，不仅年底能拿到分红，儿子还能安心出去打工,牛粪味没了庭院环境好了,一举三得。经过我们不懈努力,一个月后,"出户入园"肉牛养殖场终于红火了起来,实现了规模化、标准化养殖。

第三招是"把老百姓的'小事'放心上"。2022年5月18日傍晚,村民马正山老两口愁容满面找到我,原来是孙子和孙媳妇因为家庭琐事要将他们老两口赶出家门,老马激动地说:"我们老两口全靠孙子和孙媳妇养活,要是真被赶出去,就得睡到大马路上了。"我立即跟他回家,来了个"四方会谈"。后来,话说开了,结也就解开了,老马的孙子和孙媳妇向老两口认了错。从老马家出来已经是晚上11点多,但是听见他们一家人和好如初的笑声,我觉得一切付出都值得。

经过老马的事情,我"和事佬"的名声传遍安和村,家里有什么矛盾都愿意找我调解,老百姓对我的称呼也从"杨书记"变成了"老杨"。

调解的矛盾多了,我慢慢体会到了法治在农村的重要性。2022年下半年,我向自治区司法厅争取资金80余万元,在安和村建成了主题鲜明、特色突出的法治公园,这里成了纠纷调解、说理议事、休闲纳凉的重要场所,我们还在公园里举行普法宣传、法律咨询、法律大讲堂等活动。2022年,安和村成功创建全国民主法治示范村,通过共同努力,群众的业余生活丰富了,法治意识提升了,家庭邻里关系也和睦了。

47. 急难愁盼逐一销账

讲述：宁夏固原市泾源县政府办派驻泾源县兴盛乡上黄村第一书记
　　　魏稳泰

▲ 魏稳泰（左）和农户在地里查看玉米出苗情况

长期的驻村生活让我习惯了村里人的作息，周日的闹铃还没响我就开始起床洗漱。村里没有朝九晚五，没有节假日，每天的日程都是满满当当。洗漱完毕，女儿惊讶地站在卫生间门口看着我：

"爸爸，你什么时候回来的？"

"今天要开会，昨晚就回来了。"

"爸爸，这周末是不是可以带我去你村上了？"

"你不怕又把你丢了？"

"丢"孩子的事就发生在不久前。2023年3月的一个周末，村上开展新时代文明实践活动暨春季运动会，开幕式那天，孩子跟着我去了村上。从早上6点开始，大家就按计划各忙各的，一直到中午1点，准备抽时间吃东西的时候，才记起来，我是领着孩子过来的。可孩子跑哪儿去了？运动会变成了救援会，最后大家回到会议室准备商量报警的时候，才发现孩子在会议室的凳子上睡着了……

飘远的思绪又被拉回现实。有了上次的有惊无险，这次我把孩子送到了父母家，便急忙赶往村里。村党支部书记早早在村上等候，我俩到会议室把当天会议的材料又熟悉了一遍。近年来，为了给上黄村留守劳动力搭建一个家门口务工就业的平台，经过县乡党委、政府以及驻村干部的努力，最终与宁夏一家运动器材制造企业敲定了协议，在上黄村开设分厂，吸纳周边群众50余人在家门口就业，工人月收入可达3000元。但车间无取暖设备，影响了生产时间，经过和村"两委"多次商讨，我们制定了详细的实施方案，几乎跑遍了所有项目实施单位，主动邀请相关领导实地调研。功夫不负有心人，在派出单位的大力支持下，帮扶车间改暖项目终于有了着落，所需资金20万元得以顺利解决。村支书出了口长气："书记，我们的路没有白跑啊，大问题终于解决了。"

走出会场，我俩按照之前的计划，我去派出单位为村民冶沙沙筹款，他去村上再动员。

冶沙沙家中3口人，老冶糖尿病并发症——脚部溃烂比较严重，二儿子患有精神疾病，只有大儿子长期在外务工维持家用。虽然低保户看病是先看病后付费，还有"一站式"结算报销，在看病上自己花不了多少钱，但两个人来回路费、吃饭、住宿对他们来说也是一笔不小的开支。为了使看病路更加顺畅，我们和村干部商量了一下，决定通过筹款解决看病路费和冬季取暖费用。

"我们的魏书记回来了，又有啥大事要干了吗？"回到单位，政府办公室的同事们打趣地问。说明了来意后，纳主任为我出了主意："这两天大家手里事比较多，再说快下班了，组织募捐肯定是来不及了，你编一条募捐信息发到工作群，联系人就写你。"有了大家的支持，工作总能事半功倍。最后，在各位同事的倾囊相助下，共募捐3250元。谢绝了同事留下吃饭的好意，我赶紧往回赶……

等到当日待办事项一一销账的时候，不知不觉一天过去了。

"书记，你的饭都坨了，别吃了，吃个泡面吧。"

"吃这个好消化，再说，倒了多浪费。"

…………

到老冶家时，天已黑了。老冶双手颤抖地接过钱，哽咽了。

48. 笔记本上,那些"密密麻麻"

讲述:宁夏吴忠市商务和投资促进局派驻盐池县惠安堡镇大坝村
　　　第一书记　张永忠

▲ 张永忠(中)和村干部在田间查看黄花菜病虫害情况

"大坝村是个好地方，平坦的道路，齐刷刷的墙，小广场宽又阔，乡村振兴有希望……"这是乡村振兴工作开展以来，盐池县惠安堡镇大坝村村民对村里发生的变化发出的感慨。听到这儿，我的嘴角不禁上扬，但想起乡村振兴还有很长的路要走，我的眉头又不禁紧锁。

在乡村振兴的新征程上，村里的发展一刻也等不起。驻村伊始，刚放下行囊，我就迈开脚板开始了全村走访。一年来，我多次逐户走访340多户常住户，定期与外出户电话联系，逐户登记存在的问题及需求，全面掌握村民生产生活实际情况。

在走访中，我了解到大坝村种植的大黄花营养价值非常高，但散装黄花卖不到好价钱，特色产业不景气，村里的年轻人都外出打工了，村里留不住人。我与村"两委"商议，争取了100多万元资金，建立了大坝村黄花分拣车间，对黄花菜进行包装，提升了黄花品牌效应。我不断寻求合作新模式，线下对接银川新百超市等出售黄花菜15吨左右，价值75万余元，线上发展电子商务，拓展黄花销售渠道，破解黄花销售难题。如今，村民种植黄花的积极性非常高，看着村民一天天富裕起来，我很欣慰。

有段时间，大坝村村民的心里好像藏了一些烦心事。晚饭过后，我在村里散步，总能看到一些村民在出入村子的路口时小心翼翼，面露难色。通过仔细观察，我发现原来是入村的路太窄了，村民们的车子不好拐入——拓宽入村道路迫在眉睫。

我组织村民就拓路问题召开集体会议，得到了大家的支持，于是我四处筹集修路资金，终于在不断努力下争取到了200万元的资金。说动就动，历时4个月，入村的道路拓宽了2米，路宽了，群众的心也宽了。在完成道路改造之后我又继续为道路两旁增添了路灯，这些路灯就如乡村的眼睛，不论下雨刮风，还是酷暑寒冬，都会点亮昏暗的夜色，保障群众的出行安全。

驻村以来，我通过入农户、唠家常，了解村民家庭生活状况、急难愁盼问题和意见建议，形成问题清单。经过梳理，2021年7月至今，我的记录本上记下了7类29项意见建议清单，打开小本子，里面密密麻麻地写着"刘仲银家的黄花滞销，需要帮忙销售；刘明家的羊快要出圈了，要及时联系养殖场售卖……"针对这些村民杂七杂八的问题，我都一一记下，及时回应。虽然表面上来看这都是些鸡毛蒜皮的小事，但在老百姓心中，这都是大事，我丝毫不敢怠慢，把破解难题当成我密切联系群众的重要抓手。

2022年12月20日疫情期间，双老户刘吉夜里发起了高烧，但家中却没有备退烧药物，接到他老伴的电话，我立马动身，连夜驱车前往镇卫生院买药。买到药后又急忙赶到刘吉家中，老人吃完药我也没有离开，直到第二天早上完全退烧后，我才回到办公室开始新一天的工作。驻村队员得知后，都想让我回去休息，也被我拒绝了。两天后，我收到了一封感谢信，信里歪歪扭扭地写着七个大字——感谢张永忠书记。

这就是我，一名平凡的驻村第一书记。我将继续用脚步丈量乡村大地，用汗水浸润惠安堡的热土，用真情温暖大坝村的乡亲，和大坝村党支部、村民们共同播撒希望之种，用初心使命点亮乡村振兴之路。

49. 没有枪林弹雨，也要冲锋陷阵

讲述：中国民生银行银川分行派驻吴忠市盐池县花马池镇惠泽村
　　　第一书记　杨海存

▲ 杨海存（左二）和驻村工作队员入户了解村民增收情况

20多年前,我阔别了如钢桶般围裹的大山,一路奔跑,离开生我养我的农村小院,来到城市追逐我的梦想。如今,我又背起行囊朝着当年出发的方向走去,希望为父老乡亲做点事,为乡村振兴添一份力。

七月正值盛夏,烈日当空,我带着不到30岁的两名队员来到惠泽村。这里的722户父老乡亲是20多年前从原苏步井移民过来的,村子有扬黄水浇地,留守老人、妇女多,雨水少、收成少。

从一名金融系统的工作者摇身一变成为驻村书记,我既兴奋又倍感压力,想着会遇到很多难题。兴奋的是我又回到了曾经熟悉的乡间小道,看到了穿梭在田间地头的人群,让我想起曾经吃苦奋斗的日子;倍感压力的是没有农村基层经验,不知道怎么跟老百姓打交道,如何和他们拉近距离。父亲以前当过生产队长,他再三叮嘱我,要想解决农民问题,就要多走走,多为群众办好事。于是我从老党员、低保户入手,和他们聊家常,搞清楚村里的短板是什么、群众的期盼在哪里,以便更好地开展工作。我也不断鼓励自己,只有俯下身子用心去做,从黑夜中摸索,才会有黎明的曙光,只有真正去努力,才有机会品味成功的甘甜。

一开始走访入户,老百姓都不认识我,有的用迟疑的眼光看着我,有的认为我来就是"混日子""镀金"的。为打消疑虑,我订制了驻村工作队服,把联系卡片张贴到家家户户的屋内墙上,经常和他们唠嗑聊家常。就这样,一个多月下来,我基本掌握了村里的"家底"。得知有的家庭比较困难后,我跑回原单位争取5万元资金,尽绵薄之力解决他们的生活困难和生产所需。

有一天,我去吕凤莲大娘家,正好碰见她推着老伴在院子晒太阳，我赶紧上前接过轮椅，便和吕大娘打招呼，把慰问金递到她手上，顺手把米面油搬进屋子。临走时，大娘双手握住我的手不放，说："谢谢小杨书记，太给你们添麻烦了。"那一刻让我觉得，信任，不是虚无缥缈的哨子声，更不是遥不可及的向往，而是身体力行的举动，发自内心的真诚。就这样，走访入户的次数多了，大家渐渐放下了戒备，打开了话匣，我仔细聆听，及时梳理反馈问题，寻找对策，帮助解决。

我了解到，在固原山区，不少乡亲通过养蜂富了起来。蜜蜂养殖劳动强度低、资金投入少，惠泽村的柠条、槐树、苜蓿等蜜源植物遍地皆是，利用起来就是一笔财富。于是我就想，何不把老家成熟的养蜂经验搬过来？

有了养蜂想法，产了蜂蜜卖给谁、蜜蜂跑了怎么办、谁来给老百姓传授经验等一连串的问题，又让我彻夜难眠。和村"两委"商议后，我到安徽省合肥市考察学习，又和村干部到泾源县考察养蜂基地，学习养蜂经验。春暖花开的季节，我争取了民生银行银川分行的5万元专项资金，蜜蜂养殖在惠泽村顺利落地。不到半年，扶持的10户蜜蜂养殖示范户预计每户增收2万元。

惠泽村是周边几个村的连结点，尽管有几个小广场，但是附近的盈德、田记掌、裕兴村的群众也经常到这里健身娱乐，小广场无法满足百姓的正常需要，我协调民生银行银川分行向村部捐赠20万元，改造升级村部文化活动广场，丰富群众的文化娱乐生活，大大改变了惠泽村的人居环境。如今，民生文化活动广场已投入使用，每天晚上都很热闹，老年人跳广场舞，小孩围着广场追逐嬉闹，村子里的业余生活像城里一样热闹，每个村民也有了精气神。

有付出就有收获。驻村经历让我深深体会到，人生的价值在田间地头上，在老百姓的钱袋子里，在扎根基层、服务乡村、为众人抱薪的过程中。走在乡间的小道上，乡村振兴的战场虽然没有枪林弹雨，但同样有"冲锋陷阵"，我将继续和父老乡亲们一道，想法子、谋点子，手拉手一起奔向幸福的康庄大道。

50. 黑了皮肤，红了樱桃

讲述：中石油宁夏销售公司中卫销售分公司派驻中宁县太阳梁乡
　　　白马梁村工作队员　麻娟

▲ 麻娟（右）入户了解村民家庭增收情况

初来太阳梁乡白马梁村，火辣辣的太阳就给我上了一课。虽然已经做好了吃苦的准备，但晒脱皮的胳膊让我意识到，这趟驻村之旅注定是场漫漫征途。

经过十几天的适应，我们算是在这里安家落户了，我深知既然选择到白马梁驻村，就要真正沉下心来，做到"人驻"和"心驻"并行，努力在乡村振兴的美丽画卷上留下浓墨重彩的一笔。

为了尽快和群众打成一片，我主动跟着村干部学习方言，一有时间就找"老叔""老姨嬷"们拉家常，半个月时间，在群众你一言我一语的讲述中，基本上熟悉了白马梁的村情民意、风土人情，也深刻感受到移民搬迁群众对美好生活的不懈追求和艰苦奋斗，一幅白马梁村远景图在我的脑海中逐渐形成，但我知道，让梦想照进现实还有很长的一段路要走，还需要我们沉下身子，一步一个脚印，用自己的"萤火之光"，为全村乡亲照亮一方天地。

村上没有支柱产业，群众致富手段单一，我们看在眼里，急在心里。探索一条符合村情村况、市场前景广阔、致富带富强村的发展路子迫在眉睫。白天我们入户走访聆听群众意见，晚上上网查阅资料，多次邀请宁夏大学农学院专家到村指导，对土壤进行勘查检测，初步明确了由村集体牵头，盘活荒地闲置资源，种植300亩樱桃的发展思路。

有了目标，大家的干劲一下子足了。在樱桃苗栽种现场，党员群众、中小学生都参与进来，虽然满身尘土、满嘴沙子，大家却干劲十足，挖坑、种树、浇水，几个喜欢唱歌的大哥大姐还时不时地哼唱几首民歌，学生们也跟着唱，连我这个干农活的"门外汉"也乐此不疲，高一脚低一脚地穿梭在栽种现场。我再次从群众身上看到了他们对"小樱桃"带来好生活的强烈期望和十足信心。

我们驻村工作队和村"两委"班子成员每天晚上坐到一起，大家伙儿讨论着后期的苗木如何管护、管护资金如何落实，你一言我一语，渐渐地，村上产业发展方向越发清晰，问题也有了解决办法。我们还积极和派出单位中石油中卫分公司对接，争取到10万元的项目扶持资金，进一步完善了产业配套设施。在大家的不懈努力和坚持下，白马梁村年人均收入由2020年的7000多元增加到现在的1.1万元以上，老百姓的日子过得一天比一天好，对生活的希望也一天比一天足，笑容也越来越阳光灿烂。

"这媳妇子干活泼实得很，真能吃得下苦呢！"每当听到这样的话，我就觉得吃这点苦又算什么呢。时光荏苒，春去秋回，两年的时光黑了皮肤、红了樱桃，但也驻出了我们和白马梁群众如家人一般的情谊。如果你问我驻村的意义是什么？那么我想，乡亲们每一句朴实的夸赞，每一次嘘寒问暖，每一个心满意足的微笑，便是我最好的回答……

51. 最后 6 公里打通了

讲述：宁夏中卫市委党校派驻中卫市沙坡头区迎水桥镇鸣沙村第一书记 刘巍

▲ 刘巍（左一）和驻村工作队员入户宣讲惠民政策

"号外号外：鸣沙村的全体村民们，快递业务已接通到村，从明天起，大家根据短信提示到村部领取快递，有需要邮寄的物品也可直接到村部邮寄……"2022年3月12日，鸣沙村综合便民服务站暨快递驿站在村部正式挂牌营业，村党支部书记杨生宝激动地在村民群里广而告之。当天，邮政、顺丰、京东等好几家快递企业全面进村。

傍晚，村部门口前来取包裹的村民仍络绎不绝。村民报上姓名和手机尾号，几秒钟就可以拿到快递。村监会成员、服务站站长马玉花忙得不亦乐乎，找件、扫码，马玉花娴熟地交付着一单单快递。小小的快递站给鸣沙百姓带来了实实在在的幸福感。

鸣沙村是"十二五"生态移民搬迁村，位于沙坡头区迎水桥镇西9.5公里，距沙坡头景区东门仅1.5公里。2012年，这里迎来了从海原县搬迁的150户704名村民，新村整体设计了居住区、行政服务区、广场商业区、园林休闲区和客栈、作坊、商业街等基础设施。经过十年的建设，移民生活翻天覆地、欣欣向荣，闯出了一条"搬迁下山、旅游兴村、易地致富"的新路子，建成了环境优美、布局合理、生活便利的美丽乡村。但是，农村基本公共服务、农民需求和城市相比，还存在很大差距，加快补齐鸣沙公共服务短板成为群众最关心最直接最现实的问题。

"以前取件寄件太不方便，现在家门口有快递点真是方便多了！"村民马进在本村的快递服务站取到包裹后感慨地说。现场取快递的村民说，以前快递站在整个镇域范围内很少，通常设置在集镇，没有延伸到村，彼此距离相隔较远，取快递要到6公里外甚至更远的点位，快递进村不知要等到哪一天。

2021年6月,我继续担任鸣沙村驻村第一书记。入户走访中发现,农村网购发展迅猛,移民消费热情高涨,可快递进村渠道不畅,农民收取快递是个难题,乡村成了快递服务的薄弱环节。

我在想,乡村快递问题卡在哪里?必须把不起眼的小事当成群众的大事去办。我决定体验一次取快递的过程。腊月的一天,我看见村民杨生秀骑电动三轮车出村取快递,我就说自己到镇上办事,麻烦捎带我一趟。就这样,我搭乘村民的车颠簸着朝村外驶去。寒风吹着雪野上的枯叶,飞打在脸上像鞭抽一般钻心……村民的快递只到集镇却到不了家门口,农村成了包裹"递"不到的地方,简直太不方便了!这确实是看似不起眼的小事,却也是打通移民村公共服务的"最后一公里"的实事。这一趟,我打心底感到"冷",可村民们在寒冬酷暑中不知奔波过多少趟。

为了让鸣沙村民享受与城市同等便捷的快递服务,我和村干部多次讨论,主动对接在市邮政管理局上班的大学同学张红娟,并配合邮政主管单位共同论证,与邮政快递企业现场办公,与本地电商面对面交流,提出"邮(政)快(递)合作"的方式,达成与邮政、快递企业最优惠的合作协议。很快,我和驻村干部主动腾退驻村工作队办公室,支持村集体放弃快递点提成收益,促成中国邮政推进延伸代投业务,支持快递公司入驻中国邮政综合便民服务站暨村快递驿站,建成服务沙坡头、鸣钟、码头等周边村群众的物流配送站点,以此补齐邮政代办与社会快递不能投递到村的短板。

鸣沙综合便民服务站暨快递驿站投入使用的一年,也是"邮快合作"模式在鸣沙村成功运行的一年。目前,鸣沙周边的鸣钟、沙坡头、码头三村群众都来鸣沙站点取件，专职负责收发快递的马玉花每天都在货架前忙活，村民网购、寄货的热情越来越高。谈起一年来体验快递进村的感受，鸣沙村驻村艺术家李蕴林喜悦之情溢于言表，他制作的民间乐器——古埙经常会有快递员到村取件发往全国。每每看到村民取快递时满足的笑容，我都由衷地感到暖。

作为驻村干部，为民办实事不能停留在口头，也不能让服务只躺在清单里。只有通过诸如此类"办就办好"的一件件小事，才能真正做到驻得下、立得住，打造一支永不走的工作队。

52. 缝纫机终于转起来了

讲述：宁夏司法厅派驻中卫市中宁县太阳梁乡兴源村第一书记　师宏全

▲ 师宏全（后）指导村党支部组织委员规范党建工作

夜幕降临，核算完帮扶车间一个月的生产量，终于可以回宿舍休息了。走出办公室，看到夜空繁星点点，我感叹这一路走来的诸多不易。

2021年7月，我被派驻到宁夏中宁县太阳梁乡兴源村担任第一书记。到岗后，我立即与工作队员入户走访，熟悉村情、了解民情。兴源村是"十一五"移民村，群众以泾源县、海原县山区移民为主，村民收入主要靠肉牛肉羊养殖和外出务工，有部分妇女劳动力留守在家照顾老人和孩子，缺乏就近就业机会。

我与驻村工作队员马绍宏商议，能否引进一个工艺不太复杂的项目，解决妇女就近就业问题。确定好工作思路，我们踏上了找项目的路。历经半个月的奔波，来自石嘴山市、吴忠市、固原市一些项目的对比图呈现在了乡党委的会议桌上。经过对比，吴忠东星塑料编织有限公司的编织袋缝口项目生产线工艺简单，可行性高，随即邀请公司领导到兴源村实地调研考察，达成了初步合作意向。

项目确定后，我拟定了编织袋缝口项目可行性报告，向乡党委汇报，请示协调中宁县相关部门，争取项目资金。2022年3月15日，我和马绍宏积极与东星公司对接，协调东星公司提供价值10万元的20台超声波缝纫机，先安装在村部闲置活动板房试生产。缝纫机引进后，妇女们积极性很高，踊跃报名尝试，20台机子当天就坐得满满当当，但是由于操作技术不熟练，每天的完成产量较少、质量合格率低，部分务工妇女信心不足，觉得挣不到钱，陆续离开岗位。

面对这一状况，我与村"两委"班子商议，能否通过争取帮扶资金给予适当补贴来稳定车间务工人员。于是我一次又一次前往兴源村帮扶企业宁夏瀛海中宁天祥公司，终于争取到了4万元的帮扶资金。决定前两个月每加工一条编织袋，厂家计件费用0.07元，利用帮扶资金补贴0.07元。并且对每个月工作满26天以上的妇女发放全勤奖200元。通过补贴刺激，离开的工人又陆续回到了岗位，开始认真学习操作技术，产品质量很快得到提高，工厂报名的群众也多了起来。很快，原来的车间场地满足不了生产要求，扩大生产规模成了当务之急。

2022年7月，经过多方协调，在县乡党委和政府的大力支持下，太阳梁乡兴源村帮扶车间建成投产。新车间投资120余万元，占地500余平方米，扩大生产设备32台，并安装暖气、冷风机，设立生产区、原料区、成品区，还制定了车间管理制度，为正规化安全生产提供了条件。新建的标准化车间可解决40名劳动力常年就业。随着操作技术更加熟练，生产效益进一步提高，目前每人月收入可达到3000元左右，手法熟练的工人月收入已经突破了4000元，村民年收入增加120万元。

随着产量增加，每天的原材料、成品运输也变得频繁起来。我每天奔走于车间和办公室，协调厂方、检查质量、核对数量，加上村上的工作，忙得团团转，但看到工人领到工资时的喜悦，心里十分欣慰。编织袋缝口加工相对安全，安全事故发生概率小，但想要保障安全生产、工厂有序运行，购买保险也成了当下最要紧的事。我前后跑了4家保险公司，逐项分析对比，确定保险理赔范围，最终敲定在中国人保为34名务工群众购买保额30万元的意外伤害保险，群众人身安全得到进一步保障，帮扶车间也变成了兴源村群众的就业"摇篮"。看着一个个工人在帮扶车间就业增收,我真心为大家感到高兴。

"师书记,来看一下村支部党建工作。""忙完过来商量一下'出户入园'怎么搞。""师书记,我们到老马家走一趟。"就这样,我在兴源村成了小有名气的"警察书记""车间主任"。

回望来时路,我深深感到,只有心系群众,办好每件民生小事、实事,以功成不必在我、功成必将有我的责任感去干事创业,才能获得群众认可。

53. 班子强了　车间旺了

**讲述：宁夏中卫市中宁县工业园区派驻中宁县余丁乡时庄村第一书记
　　　张文华**

▲ 张文华（左）走访退伍军人、困难老党员

2023年3月21日，中宁县余丁乡时庄村妇女创业帮扶车间正式挂牌投入运营，看着乡亲们在车间忙得热火朝天，脸上都洋溢着满满的幸福，我也受到了莫大的鼓舞。

2021年6月，我和两名驻村工作队员带着一腔热血来到了时庄村。初到时庄，我发现村庄环境要比想象中好，整体基础与我之前驻过的村相比，要好很多。"得帮助整个村了更上一层楼"，我在心里给自己加油鼓劲。

然而，现实总是喜欢跟人开玩笑，到村开展工作半个月的时间，我发现村上存在的层层问题。

我带着两名工作队员在全村展开了拉网式入户排查。"村里的年轻人少，没人能挑大梁。""这几年了村上也没挣上啥钱，村上的事情大家也就不爱参与了。"……通过入户走访了解到，2021年初，时庄村因连续两年未发展党员、后备力量培养不足、村集体经济收入薄弱等问题被确定为软弱涣散村党组织。村子基础保障不硬、发展动力不足、服务群众不到位、群众参与村级事务积极性不高，这是时庄村的真实情况。

问题根源摸清了，该如何破题？我和两名工作队员深入分析研究后，决定从加强后备干部队伍建设入手。首先，我们对全村的种植大户、退役军人、年轻党员等逐个摸底、深入了解、主动培养，将1名年轻致富带头人补选到村"两委"班子，储备5名优秀年轻后备力量，动员2名后备力量递交了入党申请书，蓄足村级力量"源头活水"。此外，我们与村"两委"班子谈心谈话，并实地走访党员和群众，全面摸清摸准问题，对照"一抓两整"工作要求，找准9个关键问题，制定20条整改措施，从班子建设、党员管理、基层治理、基础保障、责任落实、乡村治理等6个方面建立工作台账，逐项逐条对照销号，抓好整顿提升。班子履职能力有了新提升，不到半年时间就摘掉了软弱涣散党组织的帽子。

班子建强了，发展才有基础。时庄村常住人口仅151户534人，留守妇女、留守老人多,群众收入普遍较低。如何增加村集体经济收入和群众收入成为摆在驻村工作队和村"两委"面前的又一道难题。

2022年初,我和驻村工作队员经过认真调研走访,把目光放在了闲置多年的时庄小学上。学校有现成的场地、较为完善的基础设施,完全可以再利用起来。和村"两委"商定后,我们积极申报项目,将闲置的时庄小学打造成了一个供村民休闲、娱乐、健身的小游园。2023年,我多方争取资金,最终与宁夏中杞枸杞贸易集团有限公司签订意向性协议,将改造后的时庄小学8间教室作为时庄村枸杞分拣包装车间,申报的项目得到了中宁县乡村振兴服务中心和乡党委政府的大力支持。

3月中旬,时庄村枸杞分拣包装车间建成试运行。村里的何中雄老爷子听说车间招收有一定劳动能力的老年人,于是就踊跃报了名,成了帮扶车间的一名工人。枸杞拣选车间运营以来,时庄村30多名70岁左右的老人,不但挣到了零花钱,精神生活也得到了丰富。何中雄老人在接受记者采访时乐呵呵地说:"平时大多数时间在家闲待着,现在到帮扶车间分拣枸杞,活儿不累,只要细心点就能干好。一天能挣五六十块钱,既活动了手脚,眼力也得到了锻炼。真没想到,这个岁数了也能打工挣钱。"

帮扶车间对老人采用机动灵活务工政策,实行计件工资,拣选一斤枸杞2元钱,工资当天兑付。同时,利用积分超市,针对一些考勤好、拣选质量好的老年人通过积分兑换给予奖励。不仅群众的"钱袋子"鼓了起来,邻里之间也更加和谐。

驻村以来,我和两名队员从村集体现有资产资源和未来发展方向入手,做好"活血""输血""造血"文章,对63亩老龄果园改良后重新承包,积极动员群众流转土地,接茬种植小麦、大豆300余亩,2022年村集体经济收入比上年翻了一番。村集体经济发展了,为群众办事服务也有了经济支撑。

小事连着民生,民生连着民心。我深知开展驻村工作就要深入群众中,问家长里短听民生,盯急难盼愁解民忧,把群众的一件件大事小情办好办实,以贴心、热心、暖心赢民心!

54. 乡亲们说我驻村驻成了金丰人

讲述：宁夏粮食和物资储备局派驻吴忠市利通区金积镇金丰社区
　　　第一书记　牛芳

▲ 牛芳在移民种植示范园的辣椒温棚里

我帮扶的金丰社区是利通区仅有的易地搬迁劳务移民集中安置区，社区的400户1603位移民都是2013年起由同心县5个乡镇28个村整体搬迁而来的。

掐指一算，我在这儿都快两年了，眼看就快结束驻村了。回头品品，酸甜苦辣咸啥都有。作为女人，我更感性些，不知哭过笑过多少回，就为帮帮这里的乡亲们。

论规模，移民的常住户不算多：有150户670人，可是帮扶难度却不小。满打满算，这些农民进城10年了，可底子还是薄。

做好产业、就业、社会融入三件事，让移民搬得来、稳得住、逐步能致富，是我们的目标，但困难比预想的要多。

经过入户调查，我发现移民群众文化程度很低，很多人连自己的名字都不会写，更没啥职业技能，就空有一身力气。以前在农村自由自在惯了，搬来后爱找零工干。上班灵活，工资日结。靠这些零散收入，维持生活还行，但要彻底改变生活景况，很难。

要说移民群众擅长干啥？还是种地。尤其是40岁以上的中老年人，他们对土地很有感情。可金丰社区作为"无土安置"的劳务移民，没有农田，让这些种了一辈子地的乡亲们很失落。

就这个问题，我们和镇上、社区书记反复沟通：本地种不成，咋不能走出去种？

2021年，我们从相关部门争取帮扶资金200多万元，在周边3个村买来28栋老旧温棚，维修改造后，建成占地50多亩的移民示范种植园。接下来，金丰社区把这些温棚租赁给移民群众。我们还请来"土专家""田秀才"，手把手向移民群众传授大棚种植技术，还帮他们打通了市场路子，进行了全链条服务。

45岁的张彦彦，是我嘴里的"彦姐"。9年前，她从同心县马高庄搬迁到金丰社区，当时夫妻俩靠外出打工抚养5个上学的孩子，三年疫情期间，她们不能外出打工，家里瞬间没了收入。在我的鼓励下，彦姐和丈夫加入移民示范种植园，种起了辣椒，第一年就挣了9万元。这让彦姐十分振奋："以前我们两口子在外头打工，收入不稳。现在搞温棚种植，离家近，收入高，比出门打工强太多了。孩他爸又从种棚的邻居手里买了3个棚，我们有了6个棚，日子一定会越来越好的。"

现在，有14户移民种大棚，还有50多人务工。这座移民示范种植园还真成了示范。

金积镇挨着吴忠市区，还有金积工业园区在，繁华热闹，是块做生意的好地方。我想着"无商不富"，还是要让移民群众干些小买卖。借着便民市场、特色美食街区的项目东风，我们一边争取摊位，一边引导5户移民来承包经营，做起了美食生意。

"小玲姐凉皮""红梅香酥烤饼店"……这些妇女起店名，都喜欢用自己的名字来打头。在老家时，她们就有一手好锅灶，可只能做给亲人吃，现在会有更多人来品尝，她们终于能靠手艺挣钱。

就说小玲吧，她一直想开个凉皮店，现在终于如了愿。她还兼职干起了微商，一张嘴还真是能说会道。在金丰社区，像小玲这样的移民妇女还有很多。靠着党的移民搬迁好政策，她们活出了自己。

相比看得见的产业就业，看不见的社会融入也很关键。移民群众不认金丰社区，各打各的小算盘，搬过来再久也是一盘散沙，生活再好也没啥滋味。金丰社区党群活动室离移民安置区远，过来活动的人少。我们就争取来120万元项目资金，在移民安置区里租了1000平方米的房子，打造成移民一站式服务中心。里面不仅有办事大厅、儿童乐园、排练厅、活动室等13个功能室，还有驻村工作队员、社区干部、网格员搞服务，有民生服务、技能培训、儿童托管等多种项目。

就在这座移民一站式服务中心，我们举办了不少主题活动，有"七彩假期"大学生志愿服务活动、"金秋助学"、"暑"你好看读书联谊会……精彩得很，每回都能引来不少人。

在新家园，移民群众尝到了越来越多的甜头，一个个也都改了口：不再称自己是同心人、山里人，而是称自己金丰人。

我这个派驻来的书记呢，来找的人很多：孩子上网课没手机、老人不会缴医保、大棚卷帘机不转了、年轻人想找个开叉车的工作……忙忙碌碌中，自己也彻底融进了这片土地。乡亲们都说，你驻村驻成了个金丰人。

55. "团结村不团结"的问题解决了

讲述：宁夏银川市科技局派驻灵武市郝家桥镇团结村第一书记　王治武

▲ 王治武（右）和派出单位领导一起查看村里菌草长势

"自打小王书记来了以后，团结村的变化很大。"前段时间参加村党支部组织生活会，听到党员们对我工作的肯定，我很受鼓舞，特别振奋。如果不知道我2021年7月刚到村子时的情况，可能很难明白此时我心里为何如此喜悦。

那时的团结村是什么样呢？大家的一句戏言"团结村不团结"就是写照，提起村子不少人觉得情况复杂。又赶上村"两委"刚刚换届选举，班子成员处于磨合期，思想不统一、步调不一致。那一年团结村也被纳入软弱涣散村党组织进行整顿。加上村集体经济薄弱，村干部士气低落，乡亲们人心涣散，真是与村名中的"团结"二字相去甚远。

得尽快做点工作，凝聚起大家的精气神！为了尽快搞活产业，提振大家的精神面貌，我以筹备电商直播带货为切入口，帮助村里销售采收的新鲜灵武长枣。

"又是一年丰收时，咱们团结村的长枣水分多多，甜蜜满满。"还记得那年9月28日，第一次开直播，面对镜头我没有想象中的紧张，反而侃侃而谈，推销长枣之外还向直播间的观众们介绍起了团结村的移民搬迁历史，一下吸引了不少观众。几场直播下来，我帮村里销售了2.5万斤长枣，大家很快知道村里来了个还是"年轻娃娃"的第一书记。

刚到村上时，我是雄心壮志憋足了劲儿要为村子跑项目谋发展，但几番奔波忙碌下来，收效甚微。问题出在哪儿？我进村入户走访调研、谈心谈话，和乡亲们面对面心交心找"病根"。

结合大伙儿的意见建议，我发现，要想发展有成效，当务之急还是要先扭转班子"软"、支部"散"的状态，尽快把软弱涣散党组织的帽子摘掉。在派驻单位银川市科技局的大力支持下，双方党支部结对共建，利用党员冬季轮训的机会，把村里的党员组织起来开展理论学习和实地观摩，建强党支部，引领大家心往一处想、劲往一处使，压实一项项责任，创新一个个举措，经过一段时间努力，我们摘掉了软弱涣散党组织的帽子，党员们也行动起来，开始为村子发展积极献策。

团结的问题虽然解决了，但是振兴的路还得继续往下走。我通过入户走访发现，村里没有特色产业，以往种植的长枣和苹果产量低，加上养殖饲料成本高，导致村民收入较低。为了解决发展问题，经派驻单位协调对接，我们引进了宁夏幸福草农业科技有限公司，通过流转村里600亩土地来示范推广种植优质饲草——巨菌草。2022年5月，我们还邀请了菌草技术发明人林占熺教授到团结村实地指导种植情况。林教授的到来，彻底打消了老百姓的疑虑。口耳相传之间，大家都知道电视剧《山海情》里的"凌教授"来我们村了，更有信心干好干出色。通过发展巨菌草特色产业，乡亲们的土地流转和劳务收入增加了140多万元，村集体一下进账30万元，总收入也跃升至40.8万元，我们的党支部也顺利晋升为三星级。

通过驻村帮扶，村民在党的好政策支持下，享受到了科技成果带来的实惠，村集体经济不断壮大，农民增收渠道逐渐拓宽，团结村越来越团结，由"名不副实"到"名副其实"，我想这就是驻村工作的意义所在。

56. 寻找驻村的"幸福密码"

讲述：宁夏银川市贺兰县政府办公室派驻贺兰县立岗镇通义村第一书记 剡霄

▲ 剡霄（左）帮助老人进行养老资格认证

"小剡啊，你说我该怎么办？我刚检查出严重贫血，县医院不接收，让去其他医院。你知道我老公去年去世了，两个孩子以后可怎么办？"村民谢晓花说着，开始抽泣。

"姐，你先别着急，咱去银川的大医院再检查一下，你啥时回家，我和妇女主任去看看你。"刚开完会，看到手机有两个未接电话，赶忙拨回去，就听到谢晓花难过地边说边抽泣，我一边安慰一边交代了手头工作，与妇女主任一同赶往谢晓花家……

"你一个女孩子，办公室不好坐吗？非得去驻村？""机关工作不好吗？为啥要去农村？"……最初决定驻村时，面对家人、朋友的不理解和疑惑，我只能笑笑，因为我知道，实现自我价值的"密码"就在群众中。驻村，就是为了寻找开启幸福之路的"密码"。2022年4月，当得知通义村驻村干部出现空缺时，我主动向贺兰县委组织部提出申请，来到贺兰县立岗镇通义村担任第一书记。

谢晓花因家庭情况特殊，被纳入防返贫监测户。我刚到村上，得知全面脱贫之后，仍有部分村民可能会因疾病或家庭重大变故，而再次成为贫困户，为此，防返贫监测就成了重中之重。在通义村，像谢晓花这种突发严重困难户还不少。平时走访中，我和村"两委"着重排查此类人群，一遍遍比对纳入监测户准入条件，做到"应纳尽纳"，严防"体外循环"。2022年，我们将全村473户排查了三遍，经过多次核查，发现5户因病、因突发事故存在返贫风险的家庭，按照相关程序要求，纳入监测户予以保障。

"谢谢小剡书记和村'两委'对我家的帮助，熬过这几年的坎儿，我会主动申请退出监测户的。"谢晓花感激地说。

我想，用心用情真正为群众解决生活中的困难，将党的好政策转化人民群众脸上幸福的笑脸，就是我找出的第一个"幸福密码"。

"剡律师，你得帮帮我们呀，我们两口子打工三年，老板欠了11万元工资一直拖着没给，现在电话也不接了。"因为我本人还是公职律师，所以很多村民习惯叫我"剡律师"，也乐意来找我咨询法律相关事宜。"这打官司得花多少钱呢，我听说很贵。"村民杨凤琴拉着我的手哭诉。杨凤琴和老伴儿原在民营粮食加工厂打工，但三年来一直未发工资，经多次讨要无果，希望我能帮忙出个主意。

"叔叔阿姨，咱们这属于拖欠农民工工资纠纷案，我们可以申请法律援助的，不需要支付诉讼代理费用的。"听完杨阿姨的诉求，我与贺兰县法律援助中心沟通，对接了援助律师，目前，此案件现已进入执行程序。

"真的感谢小剡律师，不然我们真不知道该怎么办好。"前几天，杨阿姨来村上办事，见到我激动地说。

驻村这一年，我参与调解矛盾纠纷20余件，为百姓提供法律咨询50余次，帮助撰写诉讼文书11份，起草、审核合同15份……我想，运用同理心，真正将村民的事当成自己的事办，为大家排忧解难，这是我找出的第二个"幸福密码"。

这一年，我与村"两委"共同深挖乡村治理上的痛点、难点，积极探索乡村治理新模式，深化为民服务体系建设，开展"一管三带"强化乡村治理，建立党员"1+10"联户机制，同时以社为单位建立微信群，包社村干部、网格员、信息员同时入群，让政务信息3分钟可传达到户，群众意见可随时反馈至村上；这一年，我践行为民服务宗旨,争取项目资金 70 万元,用于公益性基础设施改善,打造宜居宜业和美乡村。

我想,在村党组织的带领下,盯着问题一件一件解决,揪着难题一个一个攻破,在为民便民的道路上不断探索,就是我找出的第三个"幸福密码"。

这一年的故事很多,下一年,我将继续为村里谋项目、想对策、办实事,驻村驻心,继续寻找更多的"幸福密码"。

57. 我在村里当调解员

讲述：宁夏中卫市沙坡头区司法局派驻沙坡头区迎水桥镇营盘水村
　　　工作队员　高伟

▲ 高伟（左）和驻村第一书记郭文奇（中）向村民了解务工收入情况

前两天，我和驻村工作队员们细数一年来发挥自身优势、积极为群众提供多元化法律服务的成绩单。其中，帮助化解的村民王桂军那起矛盾纠纷令人印象最深刻。

2022年8月的一天，我和驻村工作队的队友们像往常一样入户走访时，村民王桂军焦急而又无奈地向我们诉说了一件压在他心头已久的愁心事。"高主任，你要帮帮我啊，去年我给村上拉电料时摔伤了，已经一年多了，身体一直没恢复，不能出去打工挣钱，我多次联系电力安装公司老板要求赔偿3万多块钱，可老板总是推脱不管，我听说这次派驻到村的是司法局的干部，这事你们能不能帮我想想办法啊？"

听了他的倾诉，我想，3万多元对一个企业来说也许不算什么，但对一个农民来说，那就是一年多的收入，处理不当还可能激化矛盾，造成不良影响。我曾被评为"全国优秀金牌调解手"，有几十年调解经验，解决这起纠纷是我义不容辞的责任。

经过深入了解，我终于弄清了事情的来龙去脉。2021年初，宁夏石嘴山一家电力安装公司在营盘水村实施电网改造项目，雇村民王桂军做后勤保障的活儿。一天，王桂军在运输电料时，不慎从运料三轮车上摔了下来，头部、腰部、腿部等不同程度受伤，当时被及时送往医院治疗。出院后，王桂军多次向该公司讨要误工工资以及护理费、营养费、交通补贴等，该公司以已经为其支付了住院期间的住院费用为由拒绝支付，王桂军走上了漫漫维权路。施工结束后，该公司施工人员撤离村子，王桂军与该公司联系越发困难，多次电话沟通都无疾而终。半年过去了，王桂军因伤情没有完全恢复，不能从事重体力劳动，无法外出务工挣钱，家庭生产生活受到了影响。说到这里,作为家里顶梁柱的他,情绪非常激动,嘴角几次抽动,眼里泛着泪花。

在充分了解这起矛盾纠纷的详细情况后,我一方面极力安抚王桂军极度不安的情绪,另一方面反复耐心向其讲解相关法律知识,特别讲清楚实施过激行为产生的后果和应承担的法律责任。安抚好王桂军,我们当场表示,一定会争取在最短时间内解决好这件事。

随后几天,我们开启了紧张工作模式,不厌其烦地与石嘴山某安装电力公司联系磋商,通过找到双方信任的中间人,与村干部一起进行了调解,可谓是"苦口婆心讲政策,掰开揉碎讲道理"。终于在我们的不懈努力下,这家涉事公司来到了营盘水村村部调解现场。我们先向双方当事人讲清楚了人身损害赔偿所涉及的相关法律法规,还向该公司相关负责人讲解了公司在这起人身损害赔偿纠纷中应承担的法律责任与义务,以及不履行法律义务的后果。

经过连续13个小时的调解,双方情绪慢慢稳定了下来,在驻村工作队和村干部的见证下,最终敲定化解方案,签订了2.5万元的赔偿协议,这场旷日持久的矛盾纠纷画上了圆满的句号,双方当事人也如释重负。

这件事对我的触动很大,使我对"群众利益无小事,一枝一叶总关情"有了更深层次的理解。我们对村民用真心,村民才会对我们报真情。我将在驻村帮扶这条路上,一如既往发挥作用,脚下沾满泥土,心中满怀真情,干在田间地头,不断为乡村治理添砖加瓦,积极为乡村振兴作出更大贡献。

58. "楼中村"的振兴事

讲述：宁夏银川市金凤区卫生健康局派驻金凤区黄河东路街道双渠口村
第一书记　姜海亮

▲ 姜海亮（右）为行动不便的老党员送学上门

初到双渠口村，这里和我想象中完全不同，没有低矮的房屋和广袤的田地，取而代之的是一栋栋耸立的高楼。因城市化进程的需要，双渠口村已完成了整村搬迁，村民"上楼"成了居民，这第一面着实令我措手不及。

没有粮食种植任务，"两不愁三保障"不存在问题，甚至"两个高于"目标也基本实现，这样一个村，应该怎样打开驻村工作局面，又该如何发展才算是实现乡村全面振兴？踌躇满志的我心里犯起了嘀咕。

干部脚上有土，群众心里不堵。在与村"两委"坦诚沟通、深入交流之后，我觉得实干就是我开局的敲门砖。与网格员逐户走访摸清底数、同村民促膝长谈、倾听村情民意……我了解到双渠口村共有劳务移民31户165人，而这部分人恰恰是搬迁"上楼"后的重点关注对象，他们家底儿薄、收入低且来源不稳定，这些"关键少数"成为乡村振兴的短板。如何让这些劳务移民搬得出、稳得住、逐步能致富呢？

记得第一次到丁斌家时，他对我们的态度特别抵触，不停抱怨：安置房暖气不热，住得不舒服；媳妇出去打工还被拖欠了很多工资……他嘴里的一句句怨言，成了我的一项项任务清单。为解决安置房暖气不热的问题，我和村干部多次协调供热公司，入户测温并安排人员免费维修。终于，他家暖气热起来了。为解决拖欠农民工工资问题，我又与金凤区法院、劳动监察大队多次沟通了解，帮他媳妇追回了拖欠的工资。

"姜书记，你可帮我办了件大好事！"丁斌从开始对我有抵触，到主动帮我向劳务移民宣传政策，这样的转变也让我明晰了未来的工作思路——把村民的一桩桩小事、难事变成实事、暖心事。

乡村稳则国家稳，乡村治则百姓安。驻村工作走上正轨后，我盯上了邻里关系这块治理空白。因村民搬迁上楼，打破了原有的农村地缘关系，转变为新型邻里关系，难免会因为"张家垃圾放李家门口""老王家孙子半夜在家里跑来跑去吵着楼下小刘"而发生争吵。为此，建立一个和谐文明友善的邻里关系迫在眉睫。

为此，我跟村"两委"成员一致认为，先从完善村规民约入手，不断培育文明乡风、良好村风、淳朴民风，才能让精神文明建设在农村落地生根，为乡村振兴保驾护航。走访了大量的老党员、道德模范、老村干部后，我收集整理第一手资料，针对双渠口村特点，重新修订了《双渠口村村规民约》，因务实管用，在村民代表大会顺利通过。为了更好执行，我们还实施积分制管理，引导村民参与自治，不断弘扬尊老爱幼、孝亲近邻的良好社会风尚。

"现在我们居住的地方环境干净了，邻里之间关系也熟络了，跟以前住在庄子里一样，很亲切。"村民谈起这些变化，无不竖起大拇指。

都说"治大国如烹小鲜"，尤其是双渠口村这样已没有耕地的新型农村，发展壮大村集体经济更需要掌握"火候"。在双渠口村，失地农民创业园项目是村集体经济收入来源的大头，园区入驻企业14家，现有职工400余人，每年为村集体经济稳定增收200万元以上，但耀眼的成绩下，各个企业却越来越孤立，同质化竞争也出现不良反应。

如何将这些"孤岛"串联成"高地"？我决定以党建引领搭建互联互通的平台，为此我们申报党建项目，在园区内建起了

400多平方米的党群活动服务中心,为园区内企业提供党员教育管理、招商洽谈和技能培训等综合性服务。在联系服务企业的同时,还探索推动企业积分管理制,通过"四议两公开"村民代表决议后,每年从村集体合作社收入中拿出20万元对企业进行奖励,激发企业内生动力,实现企业发展与村集体经济双赢。

2022年,双渠口村集体经济收入达到546万元,在辖区走在前列。2023年,我又策划实施了黄河东路街道村企共建"乡村振兴合伙人"签约仪式。按照地域相邻、产业相近、优势互补的原则,向周边21家企业发出了"乡村振兴合伙人"邀请函,力求形成村企共建、抱团取暖、共同发展的格局,持续为乡村振兴赋能。

59. 从"涣散村"到"示范村"

讲述：宁夏银川市贺兰县委督查室派驻贺兰县常信乡王田村第一书记
　　　王明广

▲ 王明广（右）到田间地头宣讲党的二十大精神

2021年7月，我来到贺兰县常信乡王田村，开始了驻村工作。王田村是典型的"空心村"，村级后备力量不足，村庄基础设施薄弱，集体经济收入来源单一，党支部凝聚力不强，党员教育管理不到位。因为这些问题，村党支部被列为软弱涣散村党组织。我深知驻村并没有想得那么轻松，但我有信心，不管这条"河水"有多深，我都要"蹚一蹚"。

在与村"两委"的谈心谈话中，我感觉到，自从被列为软弱涣散村党组织后，村"两委"的工作劲头明显不足。我是军人出身，明白要想取得这场"战争"胜利，首先要解决"士气"和"斗志"问题。

正巧发生了一件事。2020年冬天村里施工，施工方没有提前告知村部，就将施工污水私自排到抗旱渠里。因天气寒冷，结冰导致渠底破裂损毁，村委会与施工方多次沟通索赔，施工方的赔偿和修复方案却迟迟没有明确。为了不影响春灌，村委会只得自掏腰包先修了水渠救急。可半年过去了，施工方对这"烂摊子"始终没有明确答复，这件事压在村干部心头，成了一个疙瘩。而多次协商的挫败也使村干部没了脾气，甚至自认哑巴亏，不愿意再为此劳心伤神。

这可不行，村党支部可是领头雁呢！要是"两委"都"厌飞"了，这个村子不就完了嘛！作为驻村第一书记，我得让村干部们提起劲儿来。为此，我和队员多方奔走，多次协调，一个月后，5万元修缮款如期到账，施工方也承诺对损坏农渠一事负责到底。强村先强心，第二天，我和村干部开了一场集体谈话会，会上我给大家打气："凡事只要精气神有了，只要想干成，再难办的事情都能想出办法。"后来,我们建立了村"两委"成员经常性谈话的机制。在一对一的谈话中,及时掌握村干部思想动态,时不时给大家鼓鼓士气,慢慢地,村干部们心扉打开了,想干事的氛围也越来越浓。

村干部干劲足了,还需要一个强有力的"头雁"。我知道,鼓干劲容易,但选书记难。为了选出一个让组织放心、让群众满意的党支部书记,首先得让村民信任我们,才能支持我们。如何让村民相信我们呢?只能在实干上做文章。

一次走访中,我们了解到因水渠施工导致九社村民杨万元家种植的3亩玉米被淹,老人眼睛看不见,找施工方索赔困难,就打算放弃,自认倒霉。了解到这一情况后,驻村工作队主动介入,与施工方和主管单位协商,淹田的矛盾终于处理妥善,老人也获得了补偿。

就这样,我们在走访中发现问题、解决问题。慢慢地,我们与村民的关系越来越好,村民有事情也会第一时间向我们反映。"为村民办实事、做群众贴心人",村民送来的鲜红的锦旗是对我们工作的认可,让我感到自豪的是,这是王田村党支部自成立以来收到的第一面锦旗。

2021年10月,在驻村工作队和村"两委"成员的共同努力下,在村民的大力支持下,王田村顺利完成村党支部书记的补选工作,11月完成村委会主任的补选工作,并在当年年底通过了软弱涣散村党组织销号验收工作。帽子终于摘了,队伍整齐了,人心也齐了,各项工作开展更加顺利。

当然,摘掉软弱涣散党组织的帽子不是最终目的,把党支部建设成为有效实现党的领导的坚强战斗堡垒才是方向。"人心齐、泰山移",在村党支部的带领下,我们在"为人民服务"上下足功夫,开设老年饭桌让村里留守老人都能吃得上饭、吃得好饭;实施"书记领办"项目,着重解决群众急难愁盼问题;成功收回村集体土地 600 余亩,助力村集体经济突破 60 万元。通过不断努力,我们成功创建为基层党建示范村……

驻村工作虽有滚石上山的艰难,也有苦尽甘来的喜悦;有"山重水复疑无路"的迷茫,也有"柳暗花明又一村"的欣喜。我见证了王田村从"软弱涣散"到"凝心聚力"的变迁,王田村也磨炼了我,让我不断成长进步。

60. 小蘑菇，"致富伞"

讲述：国家电投宁夏能源铝业有限公司派驻中卫市海原县七营镇张堡村
　　　第一书记　叶国钰

▲ 叶国钰（中）给村民讲解蘑菇菌棒种植

"这段时间咱们也算是把村上的情况基本摸清了，乡亲们以种植玉米、枸杞为主，村上只有一个牛场，再没有其他产业，小钱、小杨，你们有什么想法？"刚驻村一周，我们就如何扶持壮大村集体产业召开了一次会议。

"养牛是咱们海原县主抓的产业,应该鼓励村民养殖。"驻村工作队员杨海说。"种点经济作物咋样?电视剧《山海情》就是讲咱西海固的,福建教授带着农民种蘑菇也不错,咱们这儿能不能种蘑菇啊?"工作队员钱永吉建议。

经过一番讨论,我们三人达成一致意见,先做一下调研。经过与村"两委"、乡镇领导的沟通协商,同时到邻近村镇实地观摩调研后,结合张堡村实际情况,我们一致认为种植平菇是一项风险小、收益高的产业。

种植平菇对于张堡村的群众来说,是个新鲜事物,大伙儿对种植技术、成本投入、效益等有些摸不着头脑。为了消除村民疑虑,同时验证种植平菇的可行性,经过与村"两委"认真研究,并报七营镇党委、政府同意后,决定由我们驻村工作队先行种植平菇试验,场地选在张堡村闲置小学。

说干就干,我和驻村工作队员钱永吉、杨海发挥来自企业做技术工作的优势,设计暖气管道走向、改造锅炉、自主设计平菇摆放钢架、布置场地,菌菇种植场地顺利建成。菌棒进场,我们查找资料、联系技术专家、边干边学、边学边干,自平菇发菌后,我们三个人轮流值守,寸步不离查看温度、湿度、通风情况,确保温度和湿度处于平菇最佳生长环境。功夫不负有心人,两棚平菇顺利出菇。

我们成功了!消息传出去,村民们纷纷来参观、购买蘑菇,七营镇各村也组织人员来参观,我们三个新手成了讲解员,给参观的人员讲解平菇种植技术,张堡村小学变成了平菇种植培训基地,本村7户农户、南堡村1户农户加入我们的行列开始种植平菇。

我们每天都要到农户棚里转几遭，帮助解决种植过程中出现的各类问题，遇到解决不了的难题，我们帮着咨询专家。

看着越来越多的村民加入食用菌种植的队伍，我们更加坚定平菇致富的种植思路，千方百计引入本土企业，利用移民点闲置牛棚改造菌菇种植棚，开展"党支部＋企业＋农户"模式种植平菇，带动21户农户参与进来，农户种出来的平菇可以自主销售，也可以卖给企业，由企业进行兜底销售；不愿意自己种的农户将牛棚租给企业种植，既收取牛棚租金又享受销售分红，党支部和企业做后盾，彻底打消了农户的后顾之忧。

"党支部＋企业＋农户"模式发展平菇种植试验效果出乎意料，农户实实在在增加了收入，本土企业也找到了发展空间。在村"两委"、镇党委政府的大力支持下，通过引入帮扶资金300万元，菌菇基地建设项目（一期）在张堡村闲置小学落地建厂并已顺利完工，预计2023年五月可投入生产和开展菌菇种植技术培训，投产后将进一步拓宽村民就业渠道，助力菌菇产业迈上一个新的台阶。同时，菌菇基地建设项目（二期）已通过海原县审批，预计2023年5月实施。届时，张堡村村集体出租土地赚"租金"，村民就地务工赚"薪金"，农户自主经营赚"现金"，年末盈利赚分红，将勤劳致富的村民牢牢吸附在菌棒加工及种植的产业链上。

小小的蘑菇成为村民致富路上的新希望，下一步我们打算锚定做优菌棒加工、做大平菇种植，着力做强菌菇产业链，让菌菇产业成为壮大村集体经济和提升群众经济收入的"致富伞"。

61. 一起"竹斋眠听雨"

讲述：宁夏固原市彭阳县委办公室派驻彭阳县红河镇何塬村第一书记 马宗银

▲ 马宗银在地里查看玉豆套种长势

2022年5月,我被选派到红河镇何塬村担任驻村第一书记。听到这个略显意外的消息,我感到些许不安的同时也充满期待。

何塬村是红河镇最大的村,有856户3200人。为了尽快融入何塬这个大家庭,掌握这里的村情户情,我挨家挨户走访,白天就到田间地头和老百姓聊天,晚上就到村民家里坐到炕头上和乡亲们拉家常,将群众诉求记录在笔记本上,一一进行分类,班子能解决的就协调立马解决,不能解决的就向帮扶单位和对口部门寻求支持。

犹记得一个雨天,我接到农户张志彪的电话:"马书记,'十三五'移民安置点污水井大量污水外溢,都流到好几家农户院里了,我们家也返水严重。"我和村支书立即赶到现场,组织受灾农户清理了院里污水,及时联系红河镇调用污水处理车对雨污水井进行抽离,问题暂时得以解决。但是每逢大雨污水经常从下水道溢出,不仅难闻,而且路面积水严重,给周围住户生活带来极大困扰。为了找到问题根源,彻底解决污水问题,我积极联系相关单位到安置点实地查看,发现由于雨污混流,污水总管道经常堵塞,最好的解决办法就是重新对雨污水管网进行铺设。然而,400多万元的工程造价让我犯了难。

我将此事向帮扶单位彭阳县委办公室进行了汇报,得到了领导的大力支持。我们一边与相关部门沟通,同时积极争取群众意见,安置点改造列入了2023年的实施项目。目前,安置点排污改造已经开工,工人们正在紧张有序作业。为了在雨季来临之前完工,我每天都去施工现场查看工程进度,安顿工友们在施工过程中一定要保护群众的房子和人身安全。我也挨家挨户走访,嘱咐大家提前留好家里的污水、雨水口,配合好施工队作业。结束了一天的忙碌,躺在床上,想着今年雨季安置点群众也可以有"竹斋眠听雨,梦里长青苔"的惬意,我心里是满满的幸福。

驻村,要谋划全村发展的大事,也要关注一家一户的小事。一次入户中,75岁的村民王国吉拉着我唠了半天,他的妻子韩桂玲患有帕金森病,腰部也有不适,由于厨房灶头低,老两口做饭很是吃力,建一个新灶头得花1000多元钱,他们又舍不得。看着老人忧愁的表情,我当即拿出1000元钱,并积极联系本村匠人,当天晚上就对灶头进行了改造。老两口很是感激,临走时非要把家里攒下的鸡蛋送我,看着他们热切的眼神,我以家里鸡蛋用量大为由,以每个1元的价格买走了所有鸡蛋,并且商量好,有多余鸡蛋就联系我,我全部收走。

2023年低保集中调整,我和村"两委"统筹考虑,为王国吉家申请了低保,老人的生活得到了进一步保障。每次去他家,老人家都拉着我的手说:"多亏了党的好政策,还有驻村干部的帮助,才有了我们家的好日子。"听到这些话,我的心很暖,我也是一个土生土长的农村孩子,也享受着党的好政策,现在能回来为这里的老百姓做一些实事,心里很踏实。

驻村以来,我在前任驻村干部各项工作的基础上,多方奔走,2022年共争取资金1600余万元,完成何塬村美丽村庄、移民创业就业园、饲草配送中心、4000亩高标准农田、"5350"肉牛养殖示范村建设等项目,产业发展、基础设施、社会民生等方面有了很大变化,老百姓的生活也越来越好。2023年,两条3.1公里道路硬化、移民安置点基础设施改造、肉牛养殖"出户入园"3个项目落地建设，预计投资1100万元。

　　夜幕降临，走在宽敞整洁的道路上，两侧路灯明亮柔和，文化广场上人头攒动，各族群众聚在一起跳舞、唱歌、下棋，其乐融融。我爱这片土地，我爱这里的父老乡亲，一心为民谋幸福、一意为村谋发展已成为我笃定的信念，我一定要带领大家把何塬村建设成为安居乐业的幸福家园。

62. 我给孩子们教音乐

讲述：宁夏中卫市海原县委网信办派驻海原县甘城乡武塘村第一书记 苏秀龙

▲ 苏秀龙的手风琴成了山村孩子们的稀罕宝贝

积雪融化，万物复苏，一片欣欣向荣。我带上换洗的衣服，揣上记事的本子，备上常用药品，返回派驻的村庄。从甘城乡武塘村的驻村队员到后来的第一书记，不知不觉我已经在这片土地上坚守了整整九个年头。

回想起刚驻村的时候，最大最难的问题莫过于"丰衣足食"，当时村上没有食堂，只能自己做饭，就连最基本的生活用水都要到百米之外的农户家中去提。没想到自己坚持了下来，吃住在村上，躬身于田间地头、农户家中……最终，我们取得了脱贫攻坚战的胜利，现在又前进在乡村振兴的路上。

白天奔波在田间地头、村组巷道，晚上伏案整理资料，常常忙得不亦乐乎。武塘村的沟坎地头、场院堤坝都留下了我的足迹，武塘村俨然成了我的第二个家。闲暇之余，我喜欢用一支竖笛、一把吉他或手风琴来放松一下心情。随着一阵悠扬的旋律响起，武塘小学的同学们被这突如其来的声音吸引住了，络绎不绝地来到村部大院，有的学生试着跟唱起"没有共产党就没有新中国……"。

看着同学们好奇的眼神和兴高采烈的样子，我来了兴趣，弹着琴和同学们一起合唱了好几首，直到上课铃响起，同学们才恋恋不舍、意犹未尽地回到了校园。

第二天一大早，学生自发来到村部。正在打扫院落的老马喊道："苏书记，这些娃娃又来了，你看咋办呢？"我兴奋地扛起手风琴径直走向校园，和同学们一起热闹起来。

同学们喜欢唱歌，更加好奇未曾见过的手风琴。学校的马德科老师拿着手机左拍右摄，和同学们一样兴奋，他说："我们学校如果能有个手风琴或钢琴就好了,再配个音乐老师就更好了,娃娃确实爱这个。"这句话说进了我的心里。红色歌曲是爱国主义教育的好教材,我想,不妨由我来当这个音乐老师,教孩子们唱歌。我和同学们约定,每周一三五一起练嗓子唱歌,练好后给全村人表演。

2022年6月,一条题为《驻村第一书记与孩子们的红歌情缘》的视频在云端中卫客户端发布。视频中,同学们手舞足蹈、天真烂漫、好奇满满的样子,无不让人为之鼓舞、动容,仿佛将大家一下子拉回了那个懵懂的少年时代。几天后,海原县融媒体中心又在县电视台播出以《苏秀龙:播撒红色基因 助力乡村振兴》为题的视频,得到了社会各界的大量点赞和转发,不少媒体平台转载评论,我一度成为海原县的"网红第一书记"。上级组织对我给予肯定,认为这是对新时代文明实践最好的脚注。

山里孩子的文艺生活太过贫瘠,就像这片焦渴的大地急需一场春雨的浸润和滋养一样。我暗下决心,要把教孩子学习手风琴和唱红色歌曲作为新时代文明实践志愿服务的一项活动坚持下去,带领祖国的花朵在文艺中感悟信仰的力量。

63. 黄渠"清"了

讲述：宁夏石嘴山市市场监督管理局派驻平罗县黄渠桥镇黄渠桥村
　　　第一书记　冯新俊

▲ 冯新俊（中）和村干部在田间了解春小麦耕种情况

"书记在不在？"一队的朱小萍阿姨微笑着掀开门帘走进驻村工作队的办公室。"这是刚摘的枣子，给你们拿点尝尝。"说着，朱阿姨将一小袋枣子放在桌上，我尝了一个，确实很甜。

2021年7月，我和两名工作队员初到平罗县黄渠桥镇黄渠桥村驻村，面对村情不熟、民情不熟，"怎么干"成了我们首先需要厘清的问题。没有章法可循，我们商量后决定先"走"起来，通过走村串巷、走访入户进一步了解村情村貌、民情民意。

朱小萍阿姨就是我们走访的第一户，她视力二级残疾，女儿成家在外，老伴去世后一直独居。和她拉家常中得知，她家的改厕马桶坏了，下水管返水返臭无法使用，我们帮着调试了半天也没修好。我想，驻村办的第一件事就从马桶问题入手吧。

随后，我协调联系了市里的爱心商家捐赠了新的马桶，和两名队员拉运、安装，通水的那一刻，我们和朱阿姨的心也通了。后面的日子里，我们也时常到她家中看看，拉拉家常、帮帮小忙，朱阿姨把我们当成了"自己人"。

群众利益无小事，一枝一叶总关情。就这样，我们走遍了村里的角角落落，跟大家也熟络起来，路上碰见了就聊几句家常，进了独居老人的院子就帮忙清扫，帮他们买药、修补漏风的窗户……与群众的距离没有了，要干的事情也就多起来了。

黄渠桥村有着近300年的历史文化，是宁北第一个党支部所在地，是黄渠桥羊羔肉制作工艺传承地。但在走访中，我们发现六队黄渠与村民屋后近40亩空地被垃圾、杂草、臭水、圈舍、粪堆等占满，臭气熏天、蚊虫乱飞……听村民们说，这块地从他们父辈起就这样，五六十年来就没变化过，大家都习惯了。听到这些话，我们心里更不是滋味了。乡村振兴，宜居是关键，美丽乡村建设却在这里停下了脚步，这种状况必须得变一变了。

与村"两委"多次商量后，资金是个大问题。我主动到派出单位石嘴山市市场监督管理局汇报协调，局党委非常重视，挤出

15万元经费支持美丽村庄建设。有了启动资金，大家也有了"定心丸"，我们和村干部开始每天入户打卡动员周边住户，经过两个月锲而不舍的努力，腾退闲置废弃宅基地5家，拆除违建乱搭十几处，调来推土机平整土地、换填新土……火热的干劲得到了镇党委和政府的支持，黄渠湾小游园项目正式立项，与黄渠桥镇高标准重点小城镇项目并行推进实施。

经过半年的整治，几十年未曾改变的臭水滩变成了村民休闲健身的小游园，惠民近300年的黄渠再次焕发新的生机与活力，黄渠桥村人居环境发生了实质性变化。

驻村一年多来，黄渠桥村党支部由三星级升格为四星级，被镇党委评为2022年度先进基层党组织、农村人居环境整治先进集体。

百年黄渠桥，风雨送春归。没有当初的"走"起来，就没有后面很多美好故事的发生，我和工作队驻村的500多天里，驻村驻心，和村民们心往一处想、有活一起干，不知不觉间，大家就成了好伙伴、好邻居。未来，我希望自己能为黄渠桥的发展再做些好事实事，和大家一起将黄渠桥故事传播得更远。

64. 导航搜不到的村庄上了"云端"

讲述：中国电信宁夏公司派驻中卫市中宁县太阳梁乡北湖村第一书记
　　　汪毅

▲ 汪毅（右）入户讲解助农新政策

出了村部大门顺着一条坡路直走,一条土路穿过农田,阳光斜射下的田园风光有说不出的秀美。绿油油的玉米、低着头的果子,还有那高高的杨树,起风了,吹来阵阵清凉的气息,送来那潜藏在玉米地的清香……初到北湖村,我走在乡间的小路上,觉得这里充满了诗情画意。

2021年6月接到驻村任务时,我心里尽是"廉颇老矣,尚能饭否"的踌躇,但又想想,工作30多年,从来没有长时间到基层一线跟群众打交道,这种新鲜感催促着我来到了北湖村这片土地。

2021年6月29日,驻村第一天,从银川驱车150公里到达太阳梁乡,在百度地图上竟然搜不到北湖村,一路上靠着村民的热情"导航",我们和月亮同时抵达北湖村。望着半轮残月,我心想,一定要改变这个地方。

在北湖村站稳脚跟后,我和驻村工作队就想,得先搞好"面子",让大家都能找得到、看得见北湖村。与村"两委"商量后,我们决定给北湖村立一个村碑。

现实总是比理想来得骨感,立碑的预算远远超出了我们的计划。"我的想法是遇到困难肯定要干,没钱可以想办法,立村碑既能让北湖有个名片,也能彰显我们一起发展北湖村的决心。"看着大家有些退缩,我给他们加油打气。目标定下后,我开始四处联系沙场,前后跑了十来个沙场,一一对比后,最终选定一块约5米长2米多宽的褐红色石头。当天北湖村群众自发联系的运输车、吊车齐上阵,凌晨1点,一块石头伴随着凛冽的山风出现在了北湖村村口。

第二天我打印了3种方案字体,楷书、行书和隶书,都贴在石碑上，并让全村人微信参与投票，一个月后，北湖村有了新形象，很多村民在那照相、发抖音，家里来了亲戚、上级来了领导，都能一眼看见"北湖"。

要"面子"，更要"里子"。我们开始对北湖村"把脉问诊"。我通过走访调研发现，北湖村通信网络仍然停留在2017年，设备老旧且盲点多，电信宽带没有进驻，覆盖率低，村民生产生活很不方便。对此，我和两名队员制定建设数字乡村项目清单，想凭借自身专业优势，通过信息化手段建设北湖村，打造数字乡村治理新模式，进一步完善乡村新一代信息基础设施和"三农"信息服务体系，以"网络帮扶"助力北湖村乡村振兴各项事业的发展。

项目清单确定好之后，我便回到单位积极争取投资项目，先后筹措帮扶资金50.4万元，用来修复视频会议系统，安装云广播、云电脑、智能云环境监控探头等，有效方便村委会疫情防控、征兵宣传、防诈骗、环境监测、值班巡逻等工作，推进了北湖村数字乡村的建设工作。

现在的北湖村，党员干部群众在村里就可以通过视频参加会议和学习，村干部通过手机就可以操作"云喇叭"，新建的"村村响"云监控平台在交通故障、乱倒垃圾、生态环境保护、安全管理等方面发挥着很大作用。在村部，一台电脑连接了村内各主要干道监控摄像头，云监控平台上显示着村口、广场、学校、养殖圈棚等重点区域的动态场景；遍布村子的高清数字化摄像头对村内重点区域进行24小时实时监控，村干部可通过设备远程操作、数据云存储方式，为村民提供24小时安全监控服务，村民也可通过手机实时看家。

北湖村每日的点滴变化，都能让我清晰地感受到，"人生没有白走的路，每一步都算数"。在北湖村难忘的农村经历使我成长，对待生活也有了不一样的感悟。疫情期间，我为村民服务，买药买菜买水电气，我开车接送病人去医院就医，陪着病人跑医院挂号缴费。凌晨时分风雨霜降，依然在条件简陋的农用车旁带着人做核酸检测，冻得瑟瑟发抖。面对村民和村干部的肯定和鼓励，我淡然一笑，觉得这就值了。

北湖村从我刚来时的党组织软弱涣散村变成了现在有三星级党组织的村；从地图上找不到的偏远小山庄，变成了现在太阳梁乡的数字示范村。我期待，在我们大家的共同努力下，"云"北湖能走得更远！

65. 警务室搬进了村里

讲述：宁夏银川市公安局金凤区分局良田镇派出所派驻金凤区良田镇植物园村第一书记　禹龙飞

▲ 禹龙飞（右）在温室大棚里帮助村民采摘吊瓜

白墙青瓦整齐的房屋、道路两旁茂密的树木，还有一些在广场上闲聊的村民……刚到植物园村报到的情景还历历在目，这里就像记忆中的老家，让我充满了亲切感。

2021年7月，我成为银川市金凤区良田镇植物园村驻村第一书记。从社区民警到驻村第一书记，这样的"双重身份"让我在基层治理工作中从"门外汉"变成了"自家人"。穿着警服、会说方言的驻村书记不仅让居民们多了一份信任，也让我的肩头多了一份责任。

还记得刚到村上，良田镇派出所就接到一起报警电话，辖区居民兰红燕家2岁的女儿走丢了，所里立即将任务派发给我，我同网格警在医院及小区路口进行寻找，同时调取各路监控，在线上线下共同排查半个小时后，终于找到了小女孩。"警官太感谢你了！原来你还是我们的第一书记，这让我更有安全感了！"兰红燕感激地说。

刚到村上那段时间，除了帮群众解决一些突发状况，我还处理了几起邻里纠纷，有因建院墙占地骂仗的，也有因历史纠纷没及时化解斗气的……这引起了我的思考，虽然现在群众日子越来越好了，但基层治理中各种矛盾纠纷还存在，如何让村民生活得更有幸福感、安全感？为此，我利用自身优势，对接派出单位良田镇派出所，将警务前移，在植物园村建立"石榴籽警务室"，针对植物园村出现的警情和突发状况，由该警务室进行先期处置，待派出所民警赶到现场再做进一步处置，这样不仅减少接出警的时间，还有效缓解了乡镇派出所的用警压力，实现警务触角延至村组治理细胞，打通服务群众"最后一公里"，村警务室真正成了"家门口的派出所"。

警务室还针对村民忙于务工务农、干事创业的实际情况，设立了便民服务点，为村民提供证件代办、送证上门等更多高效、便捷的服务，真正让群众少跑腿，有更多时间忙生产生活。"自从有了警务室，我们外出打工多晚都不害怕，办啥事也不用骑半个小时电动车跑镇上了，心里很踏实！"乡亲们对于社区警务室的点赞，就是对我工作最大的肯定。植物园村20多平方米的小社区警务室在矛盾化解、疫情防控、普法教育、禁毒宣传、安全生产方面发挥着很大作用。

我们还组建了植物园村石榴籽植物园服务队，集结村干部、辖区企业员工、热心村民和有威望的老党员成立义务巡防队，充分发挥队伍人熟、地熟、情况熟的天然优势，入户走访，了解社情民意，第一现场化解矛盾纠纷，第一时间处置治安警情，在社区治安管理方面实现了"1+1＞2"的效果。

付出总会有回报，在不断入户走访、调解矛盾中，我逐渐融入群众当中，从最初进百姓家不知道该说什么，到现在可以像朋友一样聊天。百姓的淳朴和生活的艰辛，给我上了一堂真真切切的实践课，也让我学会了如何为他们办实事、办好事。如今走在村里，群众都会微笑着和我打招呼，从他们的笑容里，我也感受到了满满的幸福。

驻村意味着责任，干事意味着担当。从基层民警到驻村第一书记，从群众心中的忠诚卫士到群众眼中的基层干部，转变的是角色，不变的是火热的初心。我将继续担当作为、攻坚克难，以扎扎实实的工作在乡村这片天地绘就不一样的"警"彩。

66. 兴旺村越来越兴旺

讲述：宁夏银川市教育局派驻灵武市郝家桥镇兴旺村驻村第一书记 王文国

▲ 王文国（右）与村党支部书记王文军到村集体自主经营的温棚了解辣椒生长及销售情况

2021年7月，我来到30年前曾经工作过的灵武市郝家桥镇，担任兴旺村驻村第一书记。

初到村上,我就立即翻看村里现有资料和档案,完成了全村44户脱贫户及29名党员家庭的全覆盖走访。在入户调研中,我了解到,出行难是大家的心病,从村上到县城,要步行近两公里再换乘几次车才能到达,近2000名村民往返灵武市区长期搭私家车拼车,存在交通安全隐患。针对这一情况,我多次向上级部门反映,并到交通局及公交公司对接,最终将灵武市23路公交车顺利延伸到了村部。通公交车的当天晚上,村民杨小凤就赶紧打电话给在灵武市上学的儿子:"村里通公交车了,你明天放学后,在灵武广场乘坐23路公交车,终点站就是咱们村部。"

如何让产业发展起来,是一直萦绕在我心头的问题。兴旺村的蔬菜温棚产业发展规模大、品质优、声誉好,大田韭菜和温棚韭菜相互补充,形成了固定的蔬菜产销链条。怎样让产业更红火?为此,我积极同村"两委"班子成员沟通研究,最终以争取项目发展为突破口,发挥自己曾在灵武工作过的优势,走遍了银川及灵武市几乎所有的涉农单位,到相关部门和派驻单位争取项目资金。最终将投资近千万元的分拣车间、农建示范点、育苗实验棚、断头路治理、道路照明、农电改造等项目引入兴旺村,极大提升了兴旺村的基础设施建设水平。

项目引入后,围绕兴旺村的温棚产业和养殖业优势,我们与金涛鸡场开展合作联营,进一步发展优势特色产业,持续壮大村集体经济收入并带动村民稳定增收。同时,拓宽创新村集体增收方式,改变以往集体温棚"一租了之"的懒汉思维,创造性开展了自主经营创收思路,配合村党支部书记做通了村"两委"成员的工作,组织对8栋新建的集体温棚进行自主经营,全部种上辣椒等农作物,目前已实现销售收入18万元左右。我们的做法得到了灵武市委组织部的认可和推介，附近村的"两委"班子成员及党员群众纷纷来学习。2022年，兴旺村村级集体经济收入达到22万元，比2021年增长了一倍。

2022年，受疫情影响，村里韭菜的运输成了一大难题，很多商家都不敢下订单，眼瞅韭菜"躺"在地里，急得村民们整宿睡不着觉。我和大家一样着急上火，连夜撰写专题汇报材料并通过多种渠道向上级部门反映情况，为村民们办理了蔬菜运输绿色通行证，不到24小时，韭菜销售难题就解决了。"不到3天，我就把第二个棚的韭菜卖完了，每斤还比前两天多卖8毛钱。"村民海涛难掩心中喜悦。

让村民的"钱袋子"鼓起来的同时，作为一名教育人，我还关注着乡村教育事业。我协调派驻单位等组织近百名官兵、教师代表及中小学生代表入村开展学雷锋系列活动，关心特困学生家庭子女的就学问题，组织开展暑期学习班。脱贫户马建军有7个子女，3个毕业后考进了机关单位，3个还在念书且成绩优秀，我将马建军家重视教育的事迹进行总结宣传，把他家的事迹打造成教育改变命运的励志名片，鼓励村上的孩子努力学习成才。得知村民杨宝东家的孩子没有学上，我多方协调并带着他们到银川市职业技术学院办理了入学手续。疫情期间，我积极协调辖区学校领导及教师入户调研，为无法使用手机上网课的3名孩子调剂了上课电脑，帮助学生顺利完成线上学习。

如今，兴旺村产业发展越来越好，村庄建设更加美丽，全村年人均收入达到了2.3万元，兴旺村不兴旺的问题解决了。两年的驻村工作即将画上句号，我也收获了很多，作为基层党员，一定要全心全意为老百姓办实事、解民忧，才能让组织放心、让群众满意。

67. "3500米"的承诺兑现了

讲述：宁夏银川市永宁县综合执法大队派驻永宁县望远镇通桥村
　　　第一书记　古涛

▲ 古涛（右）和村民讨论大棚种植情况

2021年7月，我来到永宁县望远镇通桥村担任第一书记。刚到村上就遇到了"拦路虎"，"古书记，来的路上你也看到了，我们村的农业设施园艺基地建得挺好，就是这个路呀，不尽如人意。""一下雨全是泥坑，农产品出不去，外面的采购商贩进不来。"……村民们看着脚下破损的路，你一言我一语。

没想到发展如此好的园艺基地，道路硬化问题竟成了致富路上的一道坎儿。"硬化3公里的泥泞路"成了我记在纸上、刻在心里的承诺。经过多方了解，原来这条路太短没办法立项，也"够不着"申请项目，村里的钱大都用到了大项目建设上，这条破损路凑合凑合也能走，于是，路面硬化一直耽搁着。

都说"要想富先修路"，村民们反映的问题就是他们最关心的"关键小事"，这条路必须修，没资金那就想办法申请项目。

在村"两委"会上，我详细将连日来入户走访、实地查看形成的农业设施园艺基地情况调研报告，向村党支部和村委会作了说明，特别是对路面硬化这部分的利害关系进行了着重分析。在大家的讨论下，通过了通桥村四、五队园艺大棚区域修路的提议，并建议向望远镇政府申请一二三产业融合发展项目。功夫不负有心人，最终我们获批270万元修路资金。

2022年3月20日，路面硬化工程开工。村上召开了农业设施园艺基地道路工程推进会，让我担任项目负责人，村监会主任是项目现场负责人，负责监督工程质量、工程进度、施工安全等。在会上，我给大家承诺，一定负责到底，踏踏实实把实事办好办实。每天，我都要到施工现场抓进度、验质量、管安全，3500米的水泥路，我能具体说出抹平了多少方路面、浇灌了多少升水泥。

种植户们看着自家大棚前坑坑洼洼的泥土路慢慢变成崭新平坦的水泥路,脸上都洋溢出喜悦的笑容。"以前为了能把柿子卖出去,我们凌晨4点就摘好,自己再往批发市场送。现在路修好了,特别方便,批发商都愿意进来了,这条路实实在在帮我们打开了销路!"种植户刘宁安每次见到我都会说起这条路,"你看我的菜还没熟呢,就有商贩预订了,订金都交了。"我也给村民打气:"咱们村马上要打造农产品电商平台,到时候线上线下同时销售,咱们的农产品销路会更广。"

"路通了,我们外出卖辣椒更方便了。""以后的产业发展肯定会更好。"……听着村民们满心欢喜地谈论着修好的路,我心里美滋滋的。随着村里环境不断优化,村民眼中,我也从外来人变成了自家人,大家不管大事小事都愿意和我多唠唠,问问我的想法和建议。

两年多的时间,我以"一颗钉、一团火、一片叶"的精神融入乡村,沉下身子,交出了一份实实在在的工作答卷。驻村经历让我深深感受到,脚踏实地为群众办实事,为乡村振兴出点力,才是一名共产党员应有的担当。

68. 向规模化要效益

讲述：宁夏司法厅派驻银川市西夏区兴泾镇泾河村第一书记　贾晓明

▲ 贾晓明（右）入户了解庭院经济种植情况

2021年7月,我被派驻到银川市西夏区兴泾镇泾河村担任第一书记。驻村,能帮当地村民做些什么呢?这个问题一直压在我和另外两名驻村工作队员的心里。作为我们三人小组的"小队长",接到驻村任务的第一天,我就一头扎进了村里。

泾河村有劳动力1200余人,大多在兴泾镇周边及市区建筑工地、绿化工程临时务工,年人均收入仅1.2万元。要想富,发展产业是条路。泾河村的高品质蔬菜产业园区,是政府重点扶持的产业项目,但因可集中大规模利用的土地不多、规模不大,园区项目收益一直不见好。

"流转土地搞设施农业,扩大泾河村高品质蔬菜产业园区规模,才能真正提高土地收益!"我和村"两委"一番调研讨论,这件事很快就提上了日程。

但土地是农民的命根子,如何让农民自愿流转自己的土地?为此,我跟村干部挨家挨户做工作,大会小会开了好几次,差点磨破嘴皮子。"种了大棚,地力肯定受影响,以后还咋种别的呢!""大棚棉被几年后就用不了了,棚也就废了,这不瞎折腾么!""没有了棚,不只流转费领不到,还把自家的地荒了。"……不出所料,大部分村民不愿意流转土地。

"农民绕圈子,干部碰钉子。"我想,大家对土地流转的态度比较犹豫,主要是对新事物顾虑较多,要想动员大家流转土地,破除思想障碍是关键。

大家各显神通,张三的"山头"攻不下,就请他家亲戚来帮腔;李四不愿意,就请他上班有文化的儿子来说服;王五的地要种饲草料养牛,就想办法给他换个地块,再进行流转。每当看到村民在合同上动手签字、按下"红手印"的时候，我如同做好事被老师奖励了糖果的孩子一样，激动得要跳起来。

"发展有信心，黄土变成金。"流转的土地从180亩增加到近600亩，98栋温棚已整齐列队，这为扩大产业规模打下了好基础，接下来就是大棚种植的问题了。为了解决村民种植技术和销售的问题，我们驻村工作队和村"两委"积极探索，先后引进宁夏品禾科技有限公司、农业大户种植樱桃、草莓等高附加值设施蔬果，通过"公司+党支部+农户"的模式，让村民土地实现保值增值。现在，平均每户土地流转费就有6000余元，42户村民参与温棚种植，园区提供固定就业岗位100多个，实现了村民在家门口就业。

"贾书记，棚里面芹菜啥的卖不出去，我们愁得都睡不着，你能不能想想办法？"几个种植户先后急匆匆地跑来找我。为了把损失降到最低，我迅速排查掌握蔬菜滞销情况，跑市场拉企业开展"农批对接"，联系自治区司法厅优先采购泾河村滞销蔬菜，全力帮助种植农户解决销售难题。6万多斤的芹菜、萝卜和甘蓝一扫而空，当时的我如释重负，激动不已。

在各级党委、政府等帮助下，2023年泾河村实现了三个有效提升，即村党组织规范化标准化建设有效提升、产业发展有效提升、群众收入有效提升。泾河村还被自治区确定为基层治理示范村，村"两委"干事创业激情大大激发。2022年，我们驻村工作队和村"两委"班子一起努力，帮助村上办理小额信贷19笔、妇女创业贷款13笔，在助推创业方面取得了明显成效；在驻村工作队牵头下，村上开展法治宣传20余次，建设了泾河村法治广场，村民法治意识有了明显提升。

人生的道路有千万条，或蜿蜒，或笔直。驻村工作是我人生中的一笔宝贵财富，近两年我看到了党和人民共同搭建起来的希望之路、自强之路、致富之路，我将继续与乡亲们一道，在乡村振兴的道路上阔步前行。

69. 当我吃了村民的闭门羹

讲述：国家能源集团宁夏煤业有限责任公司派驻吴忠市红寺堡区
　　　红寺堡镇朝阳村第一书记　王学明

▲ 王学明（中）和村干部查看玉豆套种长势情况

2021年6月，公司选拔驻村干部，我第一时间报名参加竞选，通过公司考察后，被选派担任吴忠市红寺堡区红寺堡镇朝阳村驻村第一书记。农村生活，对于我这个在农村出生、农村长大的人来说，是那么熟悉和亲切，两年的驻村生活，我充满了期待。

红寺堡镇朝阳村建于1999年，村民主要从固原市彭阳县、泾源县、海原县、原州区搬迁而来，常住人口1320户5562人，其中脱贫户223户915人。

2021年7月，在红寺堡镇党委召开第一次驻村工作例会上，镇党委书记说，驻村干部要吃得了苦、受得了罪、挨得了骂、受得了委屈。上届驻村第一书记临走时也叮嘱过我，有一户人家的媳妇"特别厉害"，入户时要有心理准备。我当时没放在心上，认为工作队是帮助村民解决问题的，应该感谢才对，难道还会骂人？

第一次入户，我就去了这家，果不其然，女主人没给我们好脸色，屋子都没让进。第一次入户无功而返，回来后，我深入了解她家的情况，试图找出她不信任村干部、驻村干部的原因。第二次去，还是没办法深入交流。第三次、第四次……慢慢地，她开始打开了话匣子诉苦了。我心想："只要她开口交流，就好办了。"根据她家的收入情况，我向村"两委"建议给她家一个村级公益岗位名额，鼓励她家发展养殖业，实实在在解决其收入低问题。如今她的态度发生了很大变化，相比以前热情了许多，有什么问题时常会主动找驻村干部和村干部反映。

"开展驻村工作，首先要跟老乡做朋友，做热心服务老乡的贴心人、知心人。要下沉到群众中去，掌握一线村情民情，体会人情冷暖，感知村民的忧愁和期盼，找准工作的切入点，拿出实招，真心帮扶，才能得到乡亲们的信任。"这是我2021年8月2日在驻村工作日记里写的一句话。快两年了，纵有多少辛酸，只要看到村子和村民的变化，就又有了谋事干事的劲头。

为使驻村工作家喻户晓，我带领工作队员为每户发放印有工作队成员照片、姓名、电话的联系卡，工作队3人主动与6户特殊困难户结成帮带对子，自费开展常态化慰问帮扶。2022年煤炭价格上涨，工作队主动联系帮扶单位购买煤炭送到群众家里，解决他们的燃"煤"之急。"有困难、你找我"成为村民们听到最亲切的话。驻村一年多，我带领驻村队员入户走访，掌握村上农户的基本情况，对因病、因灾、因意外事故造成家庭生活困难或者一些残疾人家庭、双老户家庭都做到了心中有数。经常走访慰问，并落实一户一策帮扶措施，帮助发展产业、提供就业信息，针对没有劳动力的村民积极帮助其申请低保。与村民接触多了，我和村民们交上了朋友，村民家的烦心事，不管是听别人说的还是自己亲眼看到的，都记在心里，想方设法帮助他们解决实际困难。2021年7月，我在走访中了解到朝阳村有34名学子考上了大学，于是就带领驻村干部积极联系红寺堡团委争取助学金，经过多次沟通协调，在朝阳村举办了"希望工程·壹圆基金"助学关爱项目，为朝阳村34名学子送去6.8万元的助学金。

在农村产业结构调整过程中，我带领驻村干部和村干部挨家挨户进行政策宣传，鼓励农户发展特色产业，完成3300亩高效节水项目土地流转。联系红寺堡区就业创业和人才服务中心先后开展电工、烹饪、种养殖技术培训班11期。成立朝阳劳务站，先后组织 21 名青壮年到福建和鄂尔多斯等地务工，增加收入。积极对接宁煤公司捐赠 297.97 万元，对村部采暖系统进行改造，改善村民办事环境；新建 847 平方米的两层民生服务用房，为村民增收致富、发展壮大村集体经济提供帮助。同时，积极联系宁煤公司党组织到朝阳村开展"党建联合共建促乡村振兴"主题活动，发挥村企党建共建优势，以解决群众关注关心的重点、难点问题为抓手，开展捐资助学、政策宣传等志愿服务活动，为巩固拓展脱贫攻坚成果同乡村振兴有效衔接凝聚起强大合力。

近两年，朝阳村各项工作在红寺堡区 64 个驻村工作队排在前列。在红寺堡区"抓党建、促富民、强治理、提服务"驻村工作业务技能大比武中获得第一名，在红寺堡区 2021 年度考核中，成为唯一一个 3 名队员都被评为优秀等次的工作队。

70. 把驻村生活写成了诗

讲述：宁夏石嘴山市惠农区社会保险经办服务中心派驻惠农区红果子镇五渠村第一书记　冯婷

▲ 冯婷（左）向育苗人员了解瓜苗长势

2023年4月25日，是我驻村的第657天，相比刚驻村时的不知所措、毫无头绪，如今的我怀揣着坚定的信念，满怀热情把驻村生活写成了诗，把驻村光阴唱成了歌，从村情实际、从田间地头、从群众所需所盼所想中书写我的驻村职责。

村民们总是习惯早睡早起，五渠村在清晨的袅袅炊烟中苏醒。伴随着第一声鸡鸣，我和下地劳作的村民们一起投入每天的工作，如今的田地间全是老年人的身影，年轻的追梦者大都在外奔波。很多时候，我和留村的老人们唠着家乡话，听着他们的生活琐事，渐渐地大家消除了与我的距离感，开始和我说心里话。

"小冯书记，我地里的菜咋办哩？马上要给娃娃打生活费了，可菜却卖不掉，请你给俺们想想办法吧！"一下地，我就遇到了愁眉不展的重点监测户王万岗。

60岁的王万岗与妻子患有多种疾病，需要常年吃药，他家的独生女刚刚考到青岛上大学，本来收入就低，现在又要供学生，家里更困难了。为了提高收入，老两口特地在小麦收割后又复种了一亩大白菜，可没想到白菜长好了，却迟迟找不到销路。安抚好王万岗后，我便到他家地里拍摄白菜长势照片，化身"推销员"到机关单位上门推销。在连续一周的努力下，终于把王万岗的6000公斤白菜统统销售光，同时把其他低保户地里的白菜、萝卜等秋菜也一并代销，共销售5.5万公斤，销售金额达4万余元。"感谢小冯书记，把我们的菜也帮着卖了，我还想着今年整田低价卖给菜贩子，幸亏有你帮忙，我的收入直接翻了一番，太谢谢了！"低保户李秀梅边数钱边说，脸上笑开了花。

听着大家诉说共产党的好，看到农户地里的秋菜有了着落，经济收入有了保障，那喝了糖水似的心情瞬间在我心底弥漫开来。高兴之余，也有忧愁。"哎，我这今年刚53岁，感觉还没老呢，到外面打工就没人愿意要了，如果能跟着村上一起干个啥，多挣点钱就更好了。"村民王惠萍动情地说。"我们也是这么想的。"其他村民纷纷附和。

我不得不重新思考农村现状，大多留守村子的老年人年龄偏大无法外出务工，下地务农收入又低，该如何优化产业结构，让这部分人群也能增收致富呢？一番考察学习后，我们觉得温室种植是个方向。

为发展壮大村级集体经济，不断优化农业产业结构，大力发展以温室种植为主的特色高效农业，我和村"两委"班子积极行动，在大棚经济上"做文章"。2022年，积极争取自治区衔接资金260万元，结合村情实际，新建温室大棚10座。初成规模后，在村里开办了设施农业培训班并邀请大棚"能人"给大家授课，我看着大家认真学习的样子，仿佛看到未来满脸幸福的他们站在硕果累累的大棚里向我招手。

刚立春，我就带领村"两委"班子、村民代表到周边县区的温室大棚实地学习观摩。"你看人家这西红柿真好啊，这两天一斤能卖7块钱呢。""今天来学习我才知道原来辣子还要打叉。""看这樱桃树，长势多好啊！"……大家讨论得热火朝天，同时也对村里即将发展的新产业有了信心。

"第一期温室大棚，我们必须种植成功，这不仅是大家致富路上的'强心剂'，更是五渠村未来村庄规划'变形计'的关键点。这也是即将期满别离的我送给村民最后的礼物了。"我不禁感叹道，希望温室大棚果蔬种植将来成为农民增收致富和农业转型升级的"金钥匙"。

要问驻村近两年的时间里我收获了什么，那就是从一件件小事做起，把村民的事当自己的事，用真心、真意赢得认可。两年的驻村，注定是我生命旅程中最不平凡的一段，点点滴滴、铭记于心。

71. "耍"出乡村新风貌

讲述：共青团宁夏固原市委员会派驻固原市原州区河川乡寨洼村
第一书记　惠岸

▲ 惠岸（右）给农户宣讲产业发展补贴惠民政策

静谧的暮色洒在寨洼的村道上，映衬得村民发出的笑声格外动听，他们三三两两地扎成堆往村部文化室走去。"耍走嘛，惠书记，今天晚上我们唱《三娘教子》，唱完秦腔咱们一搭跳广场舞走。"村民古兆廷冲我喊。"耍"是西海固方言中非常接地气的词语，是"玩"的意思；"一搭"是"一起"的意思。看到村民的精神需求得到很大满足，我感到一年多的文明实践工作没有白干。

我清楚地记得，2021年7月12日，我被选派到原州区河川乡寨洼村担任驻村第一书记。工作伊始，我便思考怎样才能让群众尽快熟悉、认可驻村工作队呢？"村上大部分男劳力都出去打工挣钱了，妇女们干完农活，收拾完家里卫生，就喜欢去村里的广场上跳一跳、唱一唱，最近我们跳《最炫民族风》，很火的。"在村民张亚兰家入户访民情的时候，我了解到村里的妇女喜欢跳广场舞。我决定以文明实践站为抓手，搭建平台、开展活动，让老百姓"耍"起来，耍出产业发展的精气神、耍出乡村振兴的正能量。

2022年元旦，我们和村"两委"组织开展了寨洼村"庆元旦·启未来"群众文娱活动，设计了主题宣讲、秦腔表演、歌曲串烧、广场舞表演等节目，筹措资金3000元，为比赛获奖的群众发放慰问奖励物品，吸引了200余人参加和观看比赛，反响很好，群众纷纷点赞，这给了我继续坚持让群众"耍下去"的力量。趁热打铁，在2022年三八妇女节，我们组织开展了"庆祝'三八'节·巾帼力量秀"群众户外体育活动，设置了拔河比赛、跳绳比赛、广场舞比赛3个活动项目，既突出团队协作，又不失个人风采展示，有了上次活动的美好体验，全村妇女几乎全部参加了本次活动，大家在拔河比赛中明白了团结的重要性，在个人比赛中体悟到了奋发才能有为的道理，通过这种"润物细无声"的方式，全村群众在内心深处增强了团结意识和拼搏思维。

我不断牵头高频率开展群众群体性文娱活动，每年的元旦、元宵节、三八妇女节成了寨洼村群众固定的"文化节"，农户也逐渐习惯了农闲时间跳一跳、唱一唱的生活，村里的几个小广场、村部文化活动室也人来人往、非常热闹，整个村庄充满了活力和烟火气。我又积极对接乡党委、政府和原州区乡村振兴局，在居民聚集区新建一座占地4000平方米的文化活动广场，安装路灯50盏，切实为群众的文化生活"搭起了台""照亮了路"。

村民们热衷于文化活动，邻里矛盾少了，村委会号召力更强，村民更加团结了。我适时牵头成立了"理论宣讲队""技术帮扶队""人居环境整治队"等8支志愿者服务队，常态化开展各类志愿服务活动，先后为孤寡老人、五保户、残疾人打扫卫生50余次，慰问孤寡老人6次；原州区人居环境整治启动以来，我们每个月组织志愿者开展人居环境整治志愿服务活动2次，共清理垃圾120余吨，整理道路边沟500余米，栽种云杉和景观树1000余棵。看到群众喜欢文艺活动，我筹措资金升级了寨洼村民间艺术团，让"草根明星""田间艺人"找到属于自己的人生舞台，为全村群众创作表演更多向上向善的文艺节目，让他们成为寨洼村产业发展、群众生活幸福的精神鼓手。

群众有了精气神，发展产业内生动力更强了。2023年，全村种植玉米5000亩、马铃薯500亩，牛存栏1140头、羊存栏350

只,标准化圈棚528栋。劳务输出人员500余人,全村共有农机车辆200余辆,人均可支配收入1.35万元,村集体经济收入超过10万元,寨洼村党支部也升级为原州区为数不多的四星级党支部。目前,我们已经开发建造牡丹山庄、古龙寨两处农家乐,结合原有的桃梨杏花美景和牡丹、红花千亩种植等项目,不断提升生态产业建设,让"春赏杏花夏避暑,秋有牡丹和红花"成为独特的寨洼招牌,寨洼村也因此获得了第二批全国乡村旅游重点村和宁夏旅游特色村荣誉称号。

我将继续铆足干劲,在乡村振兴的最前沿奉献青春力量。

72. "村企合作"蹚出致富新路子

讲述：宁夏石嘴山市委组织部派驻平罗县黄渠桥镇惠北村第一书记
　　　贾廷栋

▲ 贾廷栋（左）与村民一起开展高标准农田水利示范方建设

晚上11点多，拖拉机"突突突"的声音仍不绝于耳，村干部忙碌了一天陆续回到村部，这样早出晚归持续到农闲。每次回想起那些日子来，我都热血沸腾，浑身充满力量。

2021年，我到惠北村担任驻村第一书记，面对村集体经济薄弱的现状，我深知只有把村集体经济发展起来，才能为村民多办事。我和村"两委"积极谋划，通过村党支部牵头创办农机服务合作社，争取自治区发展壮大村集体经济项目资金100万元，先后购买大中型拖拉机、打包机、深松犁等农机具，紧紧抓住夏秋收获季为本村及周边农户提供深松、搂草、打包、配送"一条龙"农机服务。村集体经济发展走上了快车道，经营性净收益从2020年的9.5万元提高到2022年的51万元。

"贾书记，现在虽然村集体经济收入不错，但产业还比较单一，能不能走融合发展的路子，延伸产业链做秸秆揉丝？"这是我到惠北村不久，村党支部书记代兵跟我说的话。于是，我们开始了市场调研，最终发现种植秸秆揉丝成本太高，但发展饲草颗粒加工却是个好项目。但是，我们缺乏专业人才和销路，怎样才能把饲草颗粒加工做起来呢？万事开头难，我联系到宁夏和生源饲料有限公司，反复沟通、深入了解，流程简单的草粉加工成为我们的首选。利用现成的秸秆原材料，按照"村企合作"发展思路，与企业签订订单，解决销售难题，初步计算，村集体年经营性纯收益可以达到300万元。

说干就干，我和代兵一边到县上的农业农村局、自然资源局、审批局等部门了解项目的资金、用地以及环保等方面的政策，一边找测绘、设计公司做项目前期规划。2022年11月中旬，项目可行性研究报告完成，同时上报至县乡村振兴局入库，总投资额1246万元。

"贾书记，按照这个项目的投资额度，乡村振兴衔接资金每年只支持每个乡镇300万元左右，而且是按照乡镇推选的主要产业拨付的。你们这个项目如果想尽快实施，还得另外想想办法。"我和代兵第5次到乡村振兴局时，管理项目的工作人员一席话，让我们压力倍增。资金量这么大，从哪里争取资金实施项目成了我们必须要解决的一大难题。

翻过年，作为双包双联单位，石嘴山市委组织部的主要领导来村调研。了解到这个问题后，领导提出了探索招商引资的方式，让企业投资建厂，村上以土地、玉米秸秆原材料入股，和企业合作发展。这个建议让我们茅塞顿开，于是我们找到镇上，在镇领导积极协调下，宁夏和生源饲料有限公司主要负责人来村考察，就初步合作达成了一致意见。目前，项目进展顺利。

入户走访了解群众需求是驻村第一书记必须做好的一门功课。"刨过种子、化肥的花销，种玉米每亩地的收入大概也就是800元，好一点的也就是1000元吧。"入户走访惠北村二队马小明家时，他语气中夹杂着些许无奈。我心里明白，群众还是觉得单纯种玉米收入比较低。

发展乡村特色产业，拓宽农民增收致富渠道，这既是村民的美好愿景，也是我们驻村工作的主要职责。惠北村地理位置优越，官泗渠、五二支沟穿村而过，排灌便利、土地肥沃，光热条件好，是玉米制种种植的优势区。于是，我和村书记联系宁夏畅优种业有限公司的负责人，积极洽谈种植制种玉米的事，多次协商后，最终通过"企业指导＋农户种植＋村'两委'监督＋企业收购"的产业化经营模式进行发展，可以有效破解种植技术和销售难题，为群众提供保障。为保证合同签订，提高工作效率，我和村干部一道采用"5+2""白加黑""板凳工作法"入户动员群众玉米制种，解释政策、促膝谈心，签订制种合同。2022年，我们成功打造玉米制种园区600亩，联农带农55户，群众亩产增加收入近1500元。2023年，群众种植制种玉米的积极性更高了，60多户农户种植制种玉米700亩，制种产业现已成为惠北村的富民产业。

驻村一年多来，我积极协调上级部门落实维修村级中心路2.7公里，创建韩杜娟乡村振兴工作室，扩建村部阵地260平方米，锚定了草粉加工的产业发展方向……一桩桩一件件不但解决了村民出行难、灌溉难的问题，更收获了老百姓的真情、村干部的信任，看着一张张淳朴的笑容，我心中的成就感油然而生。

回望这一年多来的点点滴滴，一路成长、一路收获。今后，我要以更加昂扬的斗志、更加扎实的作风，脚踏实地走好脚下路，在乡村振兴的道路上奋力前行。

73. 联合社造血记

讲述：宁夏烟草专卖局派驻吴忠市红寺堡区新庄集乡杨柳村第一书记
　　　杨津霄

▲ 杨津霄在派出单位开展杨柳村特色农产品推介活动

2021年6月初，自治区烟草专卖局（公司）选拔优秀职工到红寺堡开展驻村工作，40岁的我在忐忑中提交了申请。6月中旬入选名单公布，我有幸得到了这次人生角色转变的机会，成为杨柳村驻村第一书记。

杨柳村是一个常住人口近1500户4500人的大村，有党员92名。此前，杨柳村就获得过首批国家森林乡村、自治区十大特色产业示范村等多项国家级、自治区级荣誉。近年来，由于村子的酿酒葡萄种植和民俗文化旅游受市场疲弱影响较大，乡村振兴遇到了瓶颈。

找到切入点就好推进工作。我从助力低收入群体增收入手，重点关注村里监测户、脱贫户的生产生活状况。63岁的监测户杨映海，老两口患有高血压等慢性病，带着孙子孙女住在抗震补强的两间老旧砖房，儿子儿媳在外靠打零工勉强维持生活。老人的土地全部流转给了企业，除了每年3000元流转费，其他全靠各类政策性补贴。

入户时，老人无意中提起了早年搞过雏鸡孵化，想继续通过养鸡挣点钱。确认了他的养殖意愿后，我积极鼓励他以林下散养土鸡起步，并答应他土鸡以120元至150元的价格由我负责包销。同时，经与村"两委"沟通，不但把村里路边的桃树林带免费包给他作为养鸡场地，还给他送了钢网围栏。老人拿出节衣缩食的积蓄买了20只鸡苗，开始在桃花林下养鸡。两个月后第一批土鸡出栏，我们迅速帮他联系销售，20只土鸡一扫而光。我至今都难以忘记，杨映海拿着给他的卖鸡款，拉着我的手开心地笑着，还不断说着感谢的话，眼睛闪出了幸福的泪光。

重燃生活希望的老杨迅速扩大鸡群，50只、80只、100只……每只鸡150元还供不应求，有时一批鸡出栏不出村就销售一空，就连工作队买鸡都得预定。乡领导为老杨的土鸡起了个充满诗意的名字——桃花鸡，老杨在桃园养鸡的故事多次被各级媒体报道。老杨从边缘户变成了致富带头人，自己养鸡之余还给周边的邻居介绍养鸡方法和经验，走路步子大了，头抬高了，脸上的皱纹都是自豪的形状。

为了全身心投入驻村工作，2021年学生暑假结束的时候，我考虑再三，把儿子从银川的小学接到了杨柳村小学借读。解决了后顾之忧，我工作更拼了。

我大学学的是市场营销专业，研究生读的是工商管理，在单位长期从事市场营销、物流管理等工作。依靠派出单位的大力支持，我逐渐找准杨柳村产业振兴的思路方向，决定利用自己的专业特长和工作经验，在产业发展上做一篇大文章。

杨柳村村集体经济底子薄，农户的产品缺乏统一标准，定价也比较混乱，经常是找到了市场却联系不到合格的货源，农产品大量上市的时候却联系不到相对应的市场需求。我们积极寻求新庄集乡党委、政府的支持，协助建立了立足全乡特色农产品、统筹销售服务业务、以电商物流综合服务平台为核心的新庄集乡区域型集体经济联合社，吸收具有产业发展基础的村级集体经济入股，实现了乡村两级集体经济的母子公司体制运营，吴忠市红寺堡区新庄集农产品经营农民专业合作社联合社挂牌成立。

联合社成立后，我们又对接派出单位帮扶资金注入联合社，申请专项资金建设草畜养殖场、肉品加工车间、红寺堡农特产品营销展示服务中心，吸纳农村青年稳定就业近 20 人，形成了从种养殖到加工、营销、物流、售后服务的完整农特产品产业链。平台以高于市场收购价保价收购困难农户农产品，销售收入在缴纳税金后全部返还村集体经济和农户。现在，联合社销售的产品不仅有牛羊肉、黄花菜等初级产品，还扩展到精细分割牛羊肉、禽肉、绿色无添加蜂蜜、精制杂粮粉等高附加值产品；销售从被动接受消费帮扶到主动拓展中高端餐饮、旅游等渠道客户和网络新零售相结合多渠道齐头并进。

2022 年，联合社实现销售收入 4000 余万元，累计屠宰羊 3 万只、牛 100 余头，合作带动农户 400 余户、合作社 4 家，实现每户增收 4000 元左右、合作社增收 6 万元左右，固定客户覆盖 20 余个省（区、市）。可以说，我们村子一举突破了以前村集体经济产业规模小、农产品供货零散、资金运行监管不足、产品产业链短、市场竞争能力弱的不利局面，实现了从输血到稳定造血再到领跑市场的巨大转变。

近两年的驻村工作经历让我认识到，在这个千帆竞发、百舸争流的时代，必须把自己的人生追求和价值目标融入为祖国富强、民族振兴、人民幸福的奋斗之中。两年时光犹如白驹过隙，一闪而过，但回忆起驻村的点点滴滴，我感到从未有过的充实和幸福。

74. 自制的民情卡连通了群众心

讲述：宁夏银川市贺兰县市场监督管理局派驻贺兰县金贵镇雄英村
　　　第一书记　杨红霞

▲ 杨红霞（右）在温棚园区和种植户查看无花果长势

驻村后，我习惯随身装一沓自制的民情联系卡，正面是我的基本信息，背面是自来水公司、电力公司、村卫生室的联系电话，走访入户中随手发给村民。这张小卡片不但让越来越多的村民知道我是谁，通过它我也了解到更多群众的急难愁盼，拉近了我与村民的距离，我逐渐成为雄英村的一员。

一年多来，我走遍了村里的低保户、监测户和大病重残家庭，发放民情卡千余张，宣传惠民政策、帮困纾忧，每家每户的基本情况如同明信片一般深深印刻在我心里。得知哪家哪户有困难，我就将他们的信息卡单独整理成档，重点关注帮扶。

"你对我们爷孙太关照了，谢谢你啊，小杨书记。"2022年一次走访入户中，得知雄英村十一社村民殷培生8岁的小孙子患有淋巴肿瘤时，我拿出民情卡，叮嘱老爷子有什么需要帮助的随时联系我。又在本上记下了这件事，随后我们驻村工作队帮助孩子争取临时救助金1.5万元，并将爷孙4口人全部纳入动态监测予以帮扶。每次去他家，殷培生都连声道谢。2022年底，我主动联系县残联、民政等单位和市县各大医院，为重残困难人员办理残疾证、申请低保，累计帮助20余户重残和大病患者申请临时救助金近9万元，办理低保15户19人，纳入动态监测4户12人。

"帮困纾忧"是民情卡的特色标签，而"兴农助农"则是民情卡的鲜明底色。"棚里的无花果这几天熟得快得很，卖不出去就烂了，杨书记，你能帮我想想办法不？"拿着民情卡打电话的常宏伟，眼瞅着温棚区的无花果、桑葚慢慢烂掉，心里越发着急。

虽然电商和直播带货在城里已经很成熟了，但在雄英村还是个新鲜事物，在与常宏伟等几位大棚果蔬种植户交流后，我们决定尝试做农产品的电商和直播带货。想法一成熟,我很快就申请开通了微信视频号和抖音号,与种植户们一起在温棚园区录制发布短视频,直播介绍本村特色的黄金宝西瓜、无花果、樱桃和桑葚等,短视频发布后很多周边市县的人慕名前来采摘。现在,每周末通过网络引流来村里采摘的人就有30余人,一栋棚一年保守收益4万多元。黄河玉米村"王小花"等系列玉米产品的平台年销售额近千万元。

不仅如此,我们还组织村里带头做电商的农户外出培训,系统学习电商销售经验。"通过直播引流搞采摘比批发赚得多,活儿也轻松了不少。"种植户屈百平笑着说。

帮困、兴农最终要富民。2004年村庄合并,两村并一村,雄英村一跃成为金贵镇户数和人口最多的村,1866户4748人,19个村民小组、1个温棚园区,村民收入主要来源于设施蔬果、青贮玉米种植和外出务工,收入结构单一且不稳定。如何让村集体经济连年增长,让村民的口袋鼓起来,成为我心里头最重要的事。

2020年以来,村党支部建立起"支部+合作社+农户"利益联结模式,组织群众开展农业科技培训、田间指导、实地示范,带动党员致富带头人扩大青贮玉米种植规模,实现了产业抱团发展,村集体收入连续两年过百万元。但青贮种植产业结构单一、风险隐患较多,如何补齐村里产业发展的短板,成为我和村"两委"班子一次又一次商议的主题。最终,我们积极申报项目争取资金,700多万元的冷链仓储项目在十四社温棚园区落地实施,为后期设施蔬菜产业的高质量发展插上了翅膀。

主干路的污水管网接通了,雄英南路也翻修一新,庄点多处断头路打通了,影响农业灌溉的土渠终于铺上了U形板,百余盏新安装的路灯照亮了村民们回家的路……驻村一年多,发下去的是民情卡,收上来的是乡亲们的心愿,我欣喜地看着那些点点滴滴的急难愁盼都得以实现。2022年,雄英村党支部也从三星级升到了四星级。

接下来,我愿继续同村党支部一道,像麻绳一样拧在一起共同为雄英村的发展使劲,见证乡村振兴的图景徐徐展开。

75. 田间地头的骑行小队

讲述：宁夏中卫市文物管理所派驻中卫市沙坡头区兴仁镇高庄村
　　　第一书记　宋浩

▲ 宋浩（右）给村民讲解惠民政策

2021年6月,我被选派到中卫市沙坡头区兴仁镇高庄村任第一书记。这个村有7个自然村、8个居民点,931户3036人,脱贫户87户209人、低保户134户177人……走进陌生的乡村,我所了解的只有这些没有感情的数字。刚担任第一书记的新鲜感逐渐褪去,心中更多的是沉甸甸的责任。村子有哪些优劣势?工作又该从哪些方面入手?面对这些未知,我决定先从摸清家底开始。

驻村第一天,我便兴致高昂地开启了马不停蹄入户走访模式。"我这里不欢迎你,你又帮不上我,走吧。"第一天入户摸排,王秀珍大娘就泼了一盆冷水,我愕然愣在原地手足无措。第一天入户乘兴而来、铩羽而归,也让我意识到乡村工作并不如想象得那么简单。短暂迷茫过后,我并未气馁,解决问题就要对症下药。经多方了解,王秀珍大娘的儿子常年在外,她疾病缠身、药不离口。我再次登门拜访,得知大娘因为腿脚不便、买药不方便,我便经常主动上门送大娘去镇上买药。时间久了,大娘看我态度诚恳、做事踏实,慢慢态度好转。我还意外收获了大娘赠送的"厚礼"——一双她亲手绣的鞋垫。她说到我在村里走路多,穿上手工鞋垫会舒服点。春节去她家看望,她拉着我的手说,"谢谢你们,想不到党和政府还能想起我这个孤老婆子……"

高庄村居住比较分散,我带领驻村工作队员马斌、王桂贞组成山地车骑行小队,常常头戴草帽,车把上挂着文件袋,飞驰在田间地头。我们要让有能力的村民扩大种养殖规模,让脱贫户和监测户稳定增收不返贫,让高龄老人、特殊人群充分享受到党和政府的各项政策福利……

高庄村有压砂地1.7万多亩,随着压砂瓜种植退出市场,产业调整成为必然选择。政府鼓励村民扩大特色种养规模,还出台了一系列奖补政策。米永伟一家是村里的重点监测户,3个孩子上学,日子过得紧巴。走访时我发现,米永伟是个养羊好手,养了十几只羊,但苦于资金短缺无法扩大规模。我积极协调相关部门,为米永伟申报了1.1万元养殖补贴,驻村工作队还帮他联系了销路。经过一年努力,现在米永伟家的养羊规模扩大到了70多只,日子越过越有奔头。"除了卖大羊、羊羔,还能卖羊绒,再加上政府养殖补贴,一年下来能落不少钱呢。"米永伟乐滋滋地说。

得益于动态监测与帮扶推动,这种家庭小规模养殖模式很受村民认可。2022年我们驻村工作队共为60户养殖户申请产业奖补资金41万多元。

走进高庄村,如果看到怀抱吉他有模有样弹奏曲子的孩子,可不要太惊讶。在这里,经过我两年来手把手教,会弹吉他的孩子不在少数。

刚来村里时,我给孩子们弹吉他,发现不少孩子的眼里都放着光。"想不想学吉他?"我随口问道。"想!"孩子们异口同声回答。看着他们对音乐的渴望,我决定开办免费吉他培训班,还自掏腰包购买了20把吉他以及乐谱教材,利用周末和寒暑假免费给孩子们授课。记得刚开始我将撕掉膜的新吉他递到申慧宏手里时,小姑娘小心翼翼的样子。我从最基本的拨弦识谱开始教起。首批学生有十多个,每堂课他们都早早来到村部等着。如今,孩子们从"以前只在手机里、电视里见过吉他"到现在不少人能熟练弹奏多首乐曲。村民们常开玩笑说:"我家娃洋气得很,还会弹吉他。"

不光是孩子爱上了文艺,在村里,我还发动村民组成文艺队,多次组织文艺会演,不断用优秀传统文化浸润、感染和引领群众,推动形成积极、文明、向上、和谐的乡风民风。如今,村里的 34 户危房完成了抗震宜居改造,村民们用上了干净的水冲马桶,居住环境焕然一新。村民的腰包慢慢鼓起来,邻里之间矛盾少了,笑容多了,精气神也发生了翻天覆地的变化。2022 年,高庄村农民人均收入达到 14493 元。

两年的驻村工作,如今回想起来就是个"忙"字,可这样的忙碌让我觉得踏实充实。于我而言,这两年,收获远多于付出。在高庄村的驻村经历将激励着我继续前行。

76. 村子住进了我心里

讲述：宁夏民政厅派驻吴忠市红寺堡区大河乡石炭沟村第一书记
　　　毛永明

▲ 毛永明在地里查看黄花菜长势

石炭沟村是1993年开发的移民搬迁村，现有798户2932人，耕地14149.5亩，村民以种植、养殖业谋生。2021年7月，我和同事田玮、张亮来到石炭沟驻村。

村子在344国道两侧，绵延十几公里，辖区面积大、人口多，这是石炭沟留给我的第一印象。过去，这里祖祖辈辈以种植玉米、小麦等传统农作物为主，过着面朝黄土背朝天的日子。尤其遇到大旱，水灌不过来，一年到头"种了个寂寞"，即使丰收年一亩玉米也就卖1000多元。近几年，红寺堡区要求"一村一品"和产业结构调整，我们走访大量村民，与包村领导、村干部坐在一起商量，召集村民代表多次开会，最后决定种植黄花菜和紫花苜蓿。

明确方向，说干就干。我和村书记随即到红寺堡区黄花菜基地柳泉乡、太阳山镇进一步了解黄花菜种植技术与前景，通过参观学习，对黄花菜种植产业充满了信心。

接着就是做规划、选地块，我们向老农请教，邀请农业专家"把脉问诊"，把全村土地大概分成了三类。土地沙漠化较重的适合种苜蓿，土质好的适合种黄花菜，盐渍化较重的不适合种植。大家讨论后，决定将国道以东山上土地作为紫花苜蓿种植基地，第一年种1000亩，三年内发展到5000亩；将国道东侧临路土地作为黄花菜种植基地，第一年种500亩，三年内发展到3000亩。规划看起来很亮堂，但具体实施的时候，却没人愿意带头种。

"说说就行了，毛书记还真让我们种啊！"

"自己家的地，种啥自己说了算。"

"让我们种，收不上谁管？"

"凭啥让我们先种，河湾里那么多地，让他们种去。"

"年年在计划,年年都落空,计划计划就行了。"

....

面对质疑,我们挨家挨户走访动员,苦口婆心给群众讲产业政策,还有村"两委"干部、党员带头种,群众心里踏实多了,不少人动了心。我们马不停蹄跑了多家种子公司、农业合作社反复比选,联系好了优质便宜的紫花苜蓿种子和黄花菜苗子。经过一个多月的努力,第一年完成了300亩黄花菜、800亩紫花苜蓿的种植。自从种子、苗子下了地,我就没睡过好觉,天天往地里跑,就担心万一不出苗、长不好,老百姓收不上咋办。直到黄花菜、苜蓿长势越来越好,种植户高兴地采摘、收割时,才长舒了一口气。

"黄花1亩能卖1万多元,差不多是玉米的10倍。我种了两亩半,卖了3万元钱。"种植户康伏强说。

"苜蓿今年好得很,收了三茬半,每亩收入将近3000元,那感觉就像躺在地里数钱一样。"马彦华也凑上来说。

有了第一年的经验,第二年就顺利多了。有的村民主动找到村部,希望帮忙购买黄花苗子;有的村民让我们给看看他家的地适不适合种苜蓿。就这样,第二年又增种黄花菜600多亩、紫花苜蓿2000多亩。全村现在种植黄花菜1000亩、紫花苜蓿3000亩左右,农户直接增收1600余万元。

黄花菜种植是劳动密集型产业,采摘旺季可吸纳大量村民在家门口务工。"年龄大了,每天摘个八九十斤,40多天就挣了3000多元,主要是家门口方便,也不辛苦。"68岁的村民张风学说。每斤黄花菜采摘工钱1元,能干的村民一上午就能挣100多元。

黄花盛开满地金,苜蓿花开牛羊壮。以前,农户牛羊养殖草料主要靠购买，也有夜间山上偷牧的，饲养成本下不来，农户不愿多养。现在自己种植苜蓿，搭配玉米，牛羊草料完全可以自给自足。可以说，全村实现了"农牧联动、草畜结合"的循环农业模式。目前，石炭沟牛存栏量从837头增加到1533头，羊存栏量从8712只增加到15757只，农户养殖收入翻了一番。

因在民政系统工作，我对村里特殊困难群体和"一老一小"的牵挂多了些。驻村以来，我每周走访脱贫户、监测户、特困户、残疾人等特殊困难群体。利用自身熟悉社会救助政策优势，新增纳入低保8户12人，帮助申请临时救助39户，新纳监测对象10户28人。向派出单位争取"福彩公益行、圆筑学子梦"项目，对全村28名新考上的大学生按本科生、大专高职生两个档次，分别奖励5000元、3000元。通过不断向社会组织、红十字会、爱心企业"化缘"，争取爱心物资合计10余万元，走访慰问400余户困难党员群众。

村里大部分父母常年外出打工，无暇顾及孩子的生活和学习。我多次到派出单位争取，引进了58万元的3个社会组织公益创投项目，由第三方社工机构为全村留守儿童、独居老人提供专业的生活照料及精神慰藉服务。我还为全村409名儿童与60多名困难老人送去慰问品和关爱，不断织牢织密"一老一小"民生保障网。

两年的驻村，村子住进了我心里，村民成了我的家人。生逢新时代，我将继续俯下身子、迈开步子，带领石炭沟村在乡村振兴的大道上阔步前行。

77. 羔羊唱响增收曲

讲述：宁夏石嘴山市平罗县工信局派驻平罗县黄渠桥镇联丰村第一书记 黄建宏

▲ 黄建宏（右）和村干部探讨肉羊饲料配比

每月逢 3、6、9 日，是红色古镇黄渠桥商品交易集日。畜禽交易区人头攒动，牛羊成群。联丰村脱贫户喜笑珍的小型客货车里满满的羔羊一售而空，准备收起绿色二维码回家再拉一车。

喜笑珍是从宁夏南部山区移民到平罗县黄渠桥镇联丰村的插花移民，我驻村第一天入户走访村里 5 位脱贫户时，与他相识。老喜家庭成员多，收入来源靠种植小麦玉米、圈里七八只肉羊和一个孩子外出务工。类似老喜这样过日子的村民不乏其人。

2021 年 7 月，我来到黄渠桥镇联丰村，开启了两年的驻村生活。联丰村主要种植小麦、玉米等传统作物，村民利用作物秸秆饲养牛、羊，闲暇时间外出务工，这是他们经济收入的主要来源。如何发展壮大村集体经济、让村民口袋鼓起来？这是我入村后思考的问题。

2020 年依托扶贫项目，村里建成一个小型肉羊养殖场，但农户入园养殖率低。针对这个现状，我同村支部书记杨瑞明组织召开村民代表大会，收集大家的意见，寻找解决提高入园率的办法。

农户入园养殖，饲草是大事。我们村相对偏僻，每年夏秋小麦、玉米收割季节，本村没有从事机械收割作业农户，外村收割机进来晚。晴天自产饲草被外乡养殖场提前收走，雨天农户饲草水里打漂。大家对此都很关心，眼神中也露出期盼，希望有什么金点子出现。

记得刚到村时，有一天我去村里一家小卖部买方便面，屋里几位年近半百的汉子在说搂草机、灭茬机打捆的玉米秸秆喂牛羊既经济又实惠。瞬间，我产生了一个想法：村里置办这些农机具，一方面便于农户收割，增加村集体经济收入；另一方面便于养殖户蓄草，解决饲草成本高的问题，可谓一举两得。我便立即与杨书记商议，杨书记说2020年也有这个想法，可总担心机械操作人员、机械使用、向村民收费等因素不好处理，迟迟没有提上议程。管理是问题，可管好了不就解决了群众的问题了吗？

2021年9月，村民代表大会表决通过，村里投资30余万元，购买了3台农用拖拉机，配套机耕、搂草、灭茬等辅助设备，既为全村小麦、玉米收割秸秆提供了环保处理，也为养殖户饲草供给降低了成本。当年，养殖场入园养殖户达到24户，净增肉羊2800余只，带动村民小群多户养殖户150余户，补栏肉羊5600余只，村民年人均增收260余元。脱贫户马克林是电焊工，一人外出打工养家糊口也能吃饱肚子，可看到一起移民来的几户家家日子都比自己富足，他也坐不住了，利用无息贷款购买了30只羔羊，让照顾家的媳妇养起了湖羊，把政府助建闲置了近两年的羊圈利用起来。

群众养羊的势头日趋高涨，但苦于许多新手对羊的管理仅停留在传统养殖水平，提高饲养管理技术迫在眉睫。2021年11月，我联系县农业农村局动物检疫检验所专业人员，举办了联丰村第一届肉羊养殖场培训班，参加培训的村民116人。第二年，又举办了一次培训。村民掌握了湖羊等不同品种羊的生长习性及喂养、繁殖环节管理要领，母羊产羔率达95%，肉羊出栏时间缩短了15至20天。我向县科技局申报农村养殖园科补项目，获科补资金2万元，还申报获得了平罗县黄渠桥羊羔肉地理品牌饲养基地。

养殖基地带动小群多户饲养肉羊，为联丰村2169名村民增加收入找到了路径。村里养殖户增加的同时也给周边环境带来压力。

在全市开展部门、企业包扶行政村"双包双联"活动中，我和村支部书记把村里的工作思路汇报给包扶部门、企业，邀请他们到村里考察，借力发力，争取到联丰村一、四、五组人居环境整治项目，获得项目资金 118 万元，县工业和信息化支持物资 8 万元，建成集绿化、硬化、亮化、美化为一体的宜居村落。

每当夜幕降临，垂柳依依、碧树成荫，村落灯火通明，村民给牛羊加料再也不用打着手电筒探路，小游园里村民欢声笑语声不绝于耳……

78. 老年饭桌又开门了

讲述：宁夏固原市隆德县水务局派驻隆德县神林乡杨野河村
　　　第一书记　魏鹏举

▲ 魏鹏举（中）在脱贫户的菜园里了解辣椒种植

中午时分，村里的老年饭桌飘来阵阵饭香，老年人排着队在窗口打饭，端上一碗热气腾腾的猪肉炖粉条，手里拿着软花卷，个个脸上洋溢着幸福的笑容，14名老年人终于能在宽敞明亮的饭厅用餐了。"老年饭桌又开门了，再也不愁没处吃饭了！"陈有财感慨万千逢人便说，老年饭桌隔壁就是棋牌室、公益理发室、公益洗衣房，方便得很。

作为一名共产党员，2022年3月，我主动请缨到神林乡杨野河村担任驻村第一书记。杨野河村总人口935人，其中60岁以上老年人78人、80岁以上42人，空巢和独居老人占总数的17%。他们行动不便，渴望有人能帮忙买菜做饭，吃饭是他们最迫切需要解决的问题。

村里原来有个老年饭桌，建于20世纪90年代，是村委会的旧办公用房改造的，墙体都是土坯墙，地基低矮。每到下雨季，墙体会掉泥皮，存在极大的安全隐患。2022年7月，一场雨后，老年饭桌房屋墙体出现了裂缝，不得不停运。修缮翻新需要一笔不小的费用，村委会一直没有筹集到这笔款项。

我把这件事装在了心里。作为第一书记，既然组织把我派到这里，我就必须给孤寡老人解决好吃饭问题。我快速将情况上报到帮扶单位隆德县水务局，多次和单位领导沟通，申请资金16.5万元，新建4间110平方米新房，为全村65岁以上孤寡老人解决了无处吃饭的难题。看着老人精神饱满坐在焕然一新的饭厅用餐时，我心里感觉很温暖。

村里的新时代文明实践驿站前面有一条河，这条河滋养着杨野河村一代又一代勤劳纯朴的儿女。然而随着时间流逝，河道遭受到不同程度的污染和破坏，杂草丛生、树木凌乱，建筑垃圾随处倾倒，甚至早晚还有养殖户在河边放牧，一些村民的生活废水也随意排放到河里，河道不堪重负。思考再三，我决定给这条河"动手术"。我多次和相关部门对接，经过半年的不懈努力，河道护坡用浆砌石砌护，防止洪水冲刷，河道两岸栽植了柳树和松树，滩地得以修复，还种上了各种各样的花草，河岸上柳树像一排排卫士日夜守护在这里，村委会还安排了专职网格员巡河管理。现在，经过整治的3.6公里河道，蜕变成河畅、岸绿、水美的生态河，像一条蜿蜒的彩带，从村庄中间穿越而过，成为集休闲、娱乐、生态于一体的景观水系，沉睡多年的河流焕发出勃勃生机。人们茶余饭后漫步两岸，与河流、驿站组成一幅美丽的乡村宜居图。

驻村，要操心的事还真不少。村民张富财在医院检查出肺癌，不到半年时间离世，留下两个儿子，一个6岁，一个4岁。家中顶梁柱倒了，生活一下跌入低谷。我向帮扶单位及时反映情况，筹集资金5000元帮这家人解决燃眉之急，并主动帮助其妻马妮娜和两个孩子申报了低保，还通过村集体经济联农带农托管代种玉米5亩。现在两个孩子都在上学，马妮娜重新拾起了对生活的希望和信心，一家人重新步入正常生活。马妮娜感慨地说："感谢共产党，感谢村委会和帮扶单位，帮我们过了这道坎。"

村民对我越来越信任。现在，谁家犊牛生病、自来水停水、电视接收不到信号、大学生填报志愿等等，大事小情，都愿意来找我。我想，正是这一桩桩一件件小事，拉近了我和乡亲们的距离。

一年多的驻村经历，我和杨野河村越来越分不开了。今后，在驻村的路上，我将继续带着组织的嘱托，带着泥土的气息，用心、用力、用情做好驻村工作，在乡村振兴的路上怀抱梦想、挥洒汗水，为群众做更多力所能及的事情。

79. 山沟沟里的"葱"书记

讲述：宁夏税务局派驻中卫市中宁县徐套乡李士村第一书记　陈本宏

▲ 陈本宏（左）查看红葱长势，指导村民拥葱

中宁县徐套乡李士村地处中宁县城西南90公里处，属"十一五"移民搬迁村。2021年6月，我从中卫市税务局来到这里，踏进这山壑纵横的泥土中，翻滚的黄沙尘土和随风飘动的地膜扑面而来。

李士村集体经济相对薄弱，2021年村里通过入股宁夏全通枸杞供应链管理股份有限公司，才有了6万元村集体经济收入。怎样才能找准定位、蹚出一条路，是摆在驻村工作队面前的一道难题。经过多次开会商量，我们决定试一试托管养殖，让群众通过养殖托管贷款参与分红，既解决老年人养殖有心无力的问题，也能帮助群众实现科学养殖，解放出来的劳动力还可以外出务工增加收入。

然而，想法很美好，现实却有些"骨感"。融资初期，群众参与热情不高，我们挨家挨户讲托管养殖的好处。有一天，接到网格员电话说："田彦福符合贷款各项指标，可就是不贷么，得书记出面给说说呢。"

"我知道呢，我的联手（搭档）在外头打工好几年了，一年挣的不止5万元。我不是不会算账，款也能贷，问题是公司分红算数着么，万一公司倒闭跑路了，款谁还呢？"田彦福家，面对我们苦口婆心的劝说，他不无顾虑。

"你考虑得倒是周全，这个公司有县政府国有资产管理局的股份，又在咱们徐套，乡政府都有监控呢，放你的24个心。"

"既然陈书记说了，那我们也放心了，那就办，冲着陈书记给我们搭手推车，心里装有老百姓，我们信着呢。儿子你放手干吧！"一旁坐着的田彦福老爹替儿子拍板决定。

经过3个月上门动员，李士村常住户108户，成功签贷92户，取得贷款780万元，年底村民托管养殖分红65.2万元。

谋完当下还得谋长远。李士村干旱缺水，我结合本地实际，先后去同心县窑山和海原县山门村红葱种植基地，向海原科协红葱种植专家求教取经。我把红葱种植课件带回来，专门组织全体村干部详细学习种植红葱的完整流程，后来还争取资金230万元，承包全村673亩土地开始种植红葱。

2022年3月，一辆辆满载绿色葱苗的双桥大货车，在夜幕中驶入李士村广场。晚上11点多，我和村干部们一起卸葱，汗水和泥土混在一起糊到衣服上，大家撩起衬衣，扑鼻的葱香四溢，村支委委员丁生江笑着说："已经3点多了，别人家都搂着婆姨一觉醒来咧。"

5月1日开始，我和老乡们顶着烈日开始种葱。40多个日夜，673亩红葱种植全部完成，我们剪理出了20万斤葱苗，村民在家门口种葱，取得了52万元的劳务收入。

7月下旬，李士村迎来了第一场透雨，绿油油的葱苗露出了新芽，但野草长得更快，很快淹没了葱苗，长到了齐腰深。仅靠村上的劳动力无法铲除生猛的野草。我联系种葱的朋友，从外面调来了60人，和村民一起，用了两周时间，从草丛中"捡"出了500亩葱苗。骄阳烈日将我的胳膊晒脱了一层皮，落下了大小凸凹的红斑，晚上卧床，灼热的痛使我不得不用瓜皮一次次冰敷，缓解疼痛。

随着葱苗儿一天一个样儿，我紧锁的眉开始渐渐舒展了。但旱地红葱虽然抗旱，我却一直期盼一场透雨。同事说："你的脸色是跟着天气的变化而变化的。如果下了小雨，脸色会转晴，中雨的话，带有喜色，要是有一场透雨，估计你会在雨中跳蹦子的！"

历经4个月的精心培植，旱地红葱郁郁葱葱地覆盖在李士村的东西两头，眼看就到红葱销售旺季，辛劳和汗水该到回报的时候了。2022年9月20日，新一轮新冠疫情反扑，所有运输中断，我们精心培养的"红葱公主"，却无人问津。持续到年底，红葱行情才开始好转，批发价涨到2.8元，春节期间飙至3.5元。但天寒地冻，冻土无法挖收，即使挖出来也是断头少尾，无法销售。无力感再次袭来。

2023年3月，春回大地，红葱又露出了嫩绿的枝叶，村干部和驻村人员开始销售红葱。徐套乡大街小巷有我们村干部卖红葱的吆喝声，周边县有我们的红葱销售点，远到内蒙古、陕北、甘肃等地都有我们营销人员的足迹。截至2023年4月1日，红葱销售收入达到13万元。虽然低于预期，但我们会继续努力！

驻村以来，我坚持用脚丈量李士村的土地，一路走来，我越来越觉得不是李士村离不开我，而是我离不开李士村的乡亲们，我肩上扛的不仅是驻村第一书记的职责，更是共产党员光荣的使命。

80. 跑成了"泥腿子"

讲述：宁夏石嘴山市惠农区税务局派驻惠农区庙台乡通丰村第一书记 李超

▲ 李超（左）和村干部一起查看糯玉米长势

还清楚地记得，第一天去通丰村报到，我特意穿了一身新衣服，村民的第一印象都觉得我不接地气。但两年下来，我不仅跑成了"泥腿子"，还成了村民口中的"玉米书记"。

刚到村上，在入户走访熟悉村情的过程中，我了解到村合作社遇到了发展困境，有村民反映，"一年辛苦经营，就因为个别企业欠我们合作社的账不还，影响了大家分红"。村里的合作社以种植农产品为主，并没有主打的产品，特别是大家伙儿对今后种什么、靠什么拳头产品打响品牌，既没有方向，也没有这方面的意识。村民要致富，光靠简单的农作物种植不行。我想，能不能整合资源，集中优势打出合作社种植拳头产品，让村民的收益更可观。之后，我多次沟通协调，最终在惠农区庭丰糯玉米专业合作社和惠农区通丰力之源玉米种植专业合作社找到了突破口，我通过分析这两个合作社财务数据、比对企业库存产品，利用税务大数据从专业角度分析合作社发展困境，首先帮助其享受到了国家税收优惠政策，其次根据上下游需求对接辖区企业，以送货上门的方式为合作社销售产品。

在此期间，我发现了通丰村种植的糯玉米口感香甜，这正是个极好的卖点。为了拓宽糯玉米销售渠道，带动更多群众走上致富路，我自己买了5000多元的糯玉米，送给同事、亲戚和朋友品尝，得到了极大好评，这让我对发展糯玉米产业充满了信心。"应该放大糯玉米的优势。"随即，我撰写调研报告向上级请示，详述糯玉米产业的优势及发展趋势，得到了市级包抓领导的肯定。

但是，事情的发展并不是一帆风顺的。起初，村民对种植糯玉米积极性不高，因为以前合作社只收购个头大点的糯玉米，小一点的只能当饲料，大家觉得种一季糯玉米没有种青贮等作物的收益高。有些村干部也认为糯玉米是小产业，拿不上台面。虽然唱衰声一片，但我还是积极做"对上"和"对下"的工作，一方面主动和政府部门沟通汇报，争取支持指导，一方面逐一去做村干部和村民的工作，引导他们转变思想，鼓励大胆尝试。我也带头分析、研究如何扩大生产、打开销路、规范经营，从田间地头到机关单位，从农户炕桌到村部大院，风里雨里来回跑，一遍又一遍地说，一次又一次地修改方案。最终，2022年6月8日，我难以忘怀的日子，惠农区庙台乡通丰村优质糯玉米产供销示范建设项目在上级党委、政府的大力支持下落地，该项目前期投资300万元，在通丰村建设保鲜冷库、加工车间和蒸煮车间配套设施。2023年，合作社种植糯玉米1600亩，带动农户种植1400亩，按照每亩产量达到2800根、每根利润增加0.5元算，年收入可达到420万元，每亩比传统黄玉米增收700元，能够带动周边富余劳动力、监测户、残疾人、低保户等200人次就业，年人均收入增加2000元至1万元。

驻村以来，我还帮村上追回了企业拖欠村合作社的货款3.5万元，特别是在疫情期间，主动对接线上线下，帮助群众销售滞销的钙果及农副产品2吨，助推发展壮大"通丰铺"品牌；协调辖区帮扶企业慰问困难群众、积极改善村办公条件……在与村民的快乐交谈中，我也成了他们口中的"玉米书记""泥腿子书记"。

来村里的两个年头，我和大家处成了"知心人""自己人"，我将继续保持工作热情，将工作落在田间地头，坚持发展产业，提升集体经济，多办实事好事，以主人翁意识努力帮助通丰村走上致富路。

81. "菜园"提地力

讲述：宁夏公安厅出入境管理总队派驻中卫市海原县西安镇菜园村第一书记 马金鹏

说起海原，很多人第一反应是"山大沟深"，这也是我来驻村的最初动力，一条路不管多么坎坷艰难，总得有人去走。

七月，我来到这片热土——菜园村。蓝蓝的天空、洁白的云彩、绿绿的山岗、红红的砖瓦房，农民淳朴的笑脸，这是我与菜园村初识的场景。

到村里之前，我踌躇满志，心想："一个小小的村子，工作能有多难。"心中充满

▲ 马金鹏在田里了解土壤改良情况

了干事激情，恨不得三五天就干出个样子。结果，现实给了我当头一棒。贫瘠的土地上，农作物长势普遍不好，碰上极端天气还有减产减收的风险。让农民增收的念头像一块大石头一样压在我心里。

一次村民代表大会上，感觉到气氛压抑，我开玩笑说："你们一个个愁眉苦脸的，不欢迎我吗？"一句玩笑打开了大家的话匣子。村民张汉福说："你是区上派来的第一书记，我们很看得起你，但现在我们的日子真不好过呀，庄稼长势不好，外出务工也找不到好活计。"村支书马应杰接过话："咱们村响应县上政策，修整高标准农田7000多亩，刚修成的土地地力不行，庄稼不好好长，老百姓种地也没个盼头。"……大家你一言我一语，说来说去就是离不开种地。

思来想去，我能理解大家的心情。土地是咱老百姓的命根子，地种好了不仅多产粮，增收的饲草料还可以满足养殖需求，地里的"钱"景好着呢！对于菜园村来说，想在土地上做文章，关键得改良土壤。那段时间，我们一心扑在田间地头，一待就是一天，实地测量精确土地亩数，为了更有效改良土壤，我们积极协调县农办帮助测验土质，同时向农技专家就有关技术参数指标等进行多番咨询。最后，专家给出建议，菜园村新修整农田面积较大，且村上资金有限，这种情况下，利用有机肥改良土壤是一个经济有效的办法。相较化学肥料短期效果明显、长期对土地地力损伤较大的情况，有机肥可以持续改良土地地力。于是，我们请求县委农办技术推广中心进行了对比实验，分别在改良后的土壤和未改良土壤上种植相同农作物。结果证明，有机肥改良土壤是可行的，我们也终于松了一口气。

有机肥改良土壤这件事，也得到了派出单位领导的高度重视，曾多次派专人前来调研，给予我们指导，就乡村振兴农民增收提了不少可行性建议。我们驻村工作队制定了翔实的工作方案，经过多次请示汇报，最终在派出单位的大力支持下，争取到帮扶资金38.8万元，采购600吨有机肥，精准分发到群众手里，还组织开展农业技术培训会，为村民普及种植施肥技术。天公作美，那段时间雨水频繁，村民春耕施肥可谓天时地利，既增加了土地肥力也大大降低了成本。看这架势，未来的收成差不了。

随着驻村工作的深入，我们逐渐与群众打成一片，村民也习惯了有困难找马书记和驻村工作队，群众的接纳、认可和赞扬，带给我更大的动力和激情。来了就是菜园人，这仅仅是开始，未来的发展之路还很长，相信菜园村一定能早日实现乡村振兴的图景。

82. 李家庄"牛"起来了

讲述：宁夏农业农村厅派驻吴忠市同心县王团镇李家庄村第一书记 刘亚锋

▲ 刘亚锋（右）与村干部查看喂牛饲草情况

冬日的太阳，不炽烈却温暖。58岁的李永峰看着500头被毛光亮、精神饱满、膘肥体壮的肉牛嚼食着草料，黝黑的脸上露出灿烂的笑容。

同心县王团镇李家庄村是一个移民村，村民都是从山大沟深、缺水少路的黄土山沟里搬来的。全村土地资源匮乏、经济基础薄弱、内生动力不足、农民增收困难。我们到村时，正是巩固拓展脱贫攻坚成果同乡村振兴有效衔接的开局之年，如何破解农户增收难题，建立可持续发展的产业，让村集体和村民实现自身造血，是驻村帮扶的重中之重，也是工作队的首要任务。

驻村后，与村"两委"第一次沟通交流时，村党支部书记李孝开门见山对我们讲："刘书记，村里的肉牛养殖基地建好后闲置着呢，能不能发挥你们帮扶单位的优势，想办法招来企业，让基地运转起来？"看到李书记如此急切，驻村工作队实地查看了解到，由企业援建的养殖规模3000头的肉牛养殖基地，因配套设施不完善、饲草料难保障，加上肉牛养殖投入大、周期长，自从建成后，前来考察的企业不少，但落地合作的却没有，一直闲置。"等不是办法，干才有希望，既然招不来企业，那就自己干！"我根据村子产业发展实际，拟制了《李家庄村肉牛产业发展实施方案》，积极向帮扶单位汇报，协调落实项目资金350万元，对村肉牛养殖基地进行了一系列改造完善，建成了可存贮千头牛的青贮池，建成视频监控、电子耳标等智慧牧场系统，购置养殖机械9台(套)，改造完善排水、供电、照明等6项基础设施，使村肉牛养殖基地具备了规模化、标准化养殖条件。

硬件完善了，买牛钱从哪来，这是所有人都犯愁的事。经多次向单位领导和相关部门汇报协调，帮扶单位先后为村集体投入资金 450 万元，引导村集体自筹资金 260 万元，购买了 240 头育肥牛和 50 头基础母牛。协调同心县就业创业中心，为 21 户农户提供三年创业贴息贷款 380 万元，同时协调实施《李家庄村农业多功能拓展肉牛养殖项目》，对农户购买肉牛进行补贴，彻底打消了村民"养殖不赚钱"的顾虑，充分调动了农户养殖积极性，新增肉牛养殖 213 头。

"出户入园"，规模化、科学化、标准化肉牛怎么养？在自家院子养了一辈子牛的李永峰犯了难，不少村民都觉得"没把握，不敢养"。我一方面协调规模化养殖场送李永峰去跟班学习，学别人咋养牛、成本如何控制、疫病如何防治，先把技术学到手；另一方面协调农业农村厅养殖专家定期到村里对肉牛标准化饲养管理、饲草料加工调制、疫病防控等进行全程跟踪技术指导，让大家放心搞养殖。技术难题解决后，运营模式问题又摆到了桌面上。家家户户都跑到基地去养，显然不现实。通过商议，我们确定第一年先采取风险共担、利润共享的"村党支部+村集体经济合作社+农户"的模式，由村集体雇养殖能手，帮大家把牛先养起来。下一步，等基地稳定运转起来后，再采取"村党支部+养殖专业合作社+农户"的承包经营方式，汇聚散养户力量，走专业化发展的路子，不断扩大养殖规模。

第一次搞规模养殖，大家心里都没底，按照多数养殖户以稳为主的要求，补栏的都是 450 公斤以上的肉牛，2022 年底一算账，每头牛小赚了千元左右，这让更多养殖户看到了希望。2023 年，没有"出户入园"的散养户纷纷找到村部，主动提出依托养殖基地、

"出户入园"托管代养搞养殖。

看着养殖产业发展越来越"牛",我心里喜滋滋的。记得我们把协调的价值3万元的36吨青贮饲料送到9户困难户家中时,群众拉着我的手连声说"谢谢";我们申请9万元经费解决村部冬季办公取暖问题、给党员活动室安装电子大屏,村"两委"班子竖起了大拇指;走访了解到有的村民缺乏果树管护技术,栽种的340亩玉露香梨不但长势弱而且枝条乱,我们两次协调邀请宁夏农科院园艺研究所专家到田间地头举办果树修剪管护培训班,还自掏腰包购买电动修剪工具、逐户上门指导60户村民修剪果树6000余棵……

驻村以来,基层工作的艰辛、淳朴善良的村民,都给我留下了深刻记忆。在这里,我丰富了农村工作阅历,经受了最基层工作锻炼,自身素养能力也得到了很大提高。

83. 我和娃们有约定

讲述：厦门大学派驻宁夏固原市隆德县沙塘镇张树村第一书记　戴立欣

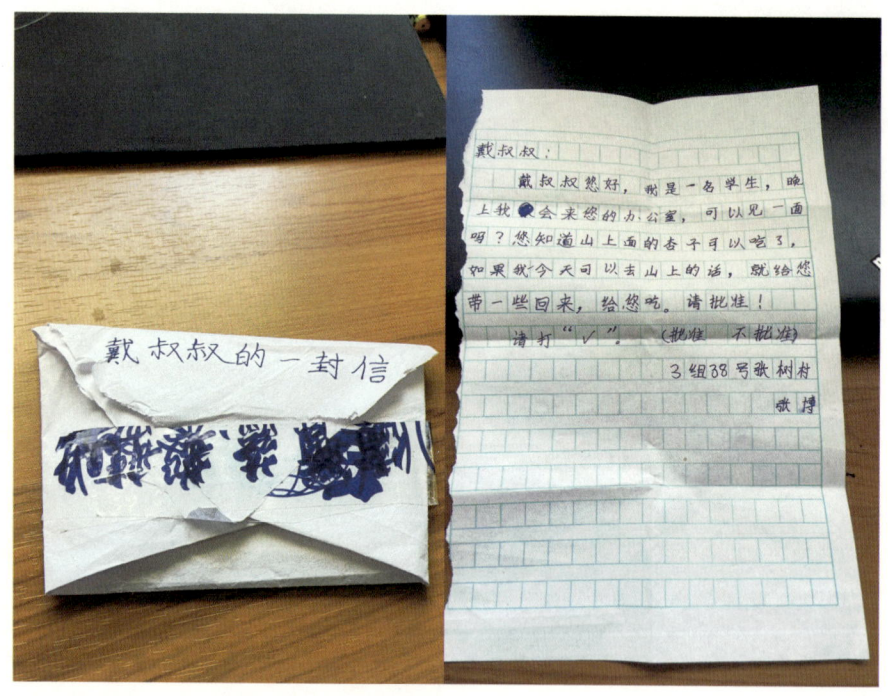

▲ 张树村孩子们写给戴立欣的邀约信

我所在的隆德县沙塘镇张树村村部有个大广场，一到周末热闹得很，在镇中心小学上学的孩子们都回到村里，在广场上打闹，跟树上的麻雀似的叽叽喳喳、追逐嬉戏。

记得刚担任第一书记不久，有一天，我在村部宿舍的桌子上收到一封特殊的来信："戴叔叔您好，晚上我来您办公室，可以见上一面吗？山上的杏子熟了，如果我今天上山的话，就给您带一些来……"

这是一封简短的手写邀约信，还不忘附了个精致的小信封，这是村里孩子们和我的第一次约定。山杏个头小而且有点酸，但我却觉得很甜，因为这是村里淳朴可爱的孩子们送给来自两千多公里外的我一份最好礼物。

之后不久，村人才振兴工作站组织了一场讲座，厦门大学陈敏教授以视频连线的形式，跟村民们分享了南极的秀美风光和厦门大学从事南极科学考察的故事。

"你们见过大海吗？"我问在场的一群孩子们。现场鸦雀无声，孩子们纷纷摇头。隆德县处于西北内陆，村里的孩子没有机会走出大山，更谈不上亲眼看到大海。

"地球上海洋总面积约占地球表面积的71%，比陆地面积还大，平均水深近4000米，在广阔的大海中也同样生活着海牛、海马和海兔等动物，只是它们跟咱们陆上的动物长得完全不一样……"我学海洋相关专业出身，轻车熟路地给孩子们科普了一番海洋知识，孩子们张大嘴巴，听得津津有味。

"叔叔，下次你从厦门回来的时候能不能给我们带些贝壳呢？"一个小孩的提议顿时引起了其他小朋友们的共同响应。

"当然没问题。"这是我和村里孩子们的第二次约定。小小的贝壳在厦门海边不算稀奇,但我相信它们能够带着村里孩子们的思绪走出大山,想象大山外海洋的壮美景象,想象未来世界的奇妙色彩。

对于城里孩子来说,一个贝壳是再容易不过的事情,可对于山里娃来说,却往往是一个奢侈的愿望。农村儿童更需要公平发展的机会,如今关注农村儿童基础教育已成为我们厦门大学驻村定点帮扶工作的一项重要内容。

2022年夏天,厦门大学"景润学堂"大学生暑期社会实践队队员们应约来到村里。他们为村里孩子们讲述了自己从小学到本科、硕士或博士的求学之路,分享了自己的学习感悟和对学习意义的理解,鼓励农村娃们勇敢面对未来,努力学习、克服困难,相信自己,一步一步去实现自己的目标。厦门大学在张树村启动"点亮西望"助学工程,厦门大学师生、校友、社会爱心人士也纷纷应约来到村里,为孩子们带来了助学金,为家境困难的学子们托起走向美好明天的求学梦。

在厦门大学相关部门和厦门大学驻村工作队的牵线搭桥下,中国海洋发展基金会也首次来到隆德,在隆德县小学建起了海洋图书馆。不久之后,这里的孩子们就能通过游学活动真正走出大山,亲眼看看广阔的大海。

…………

我们相约农村,相约农村娃的活动还将持续开展下去。实现对农村儿童的帮助和指导,帮他们树立正确的价值观,实现农村家庭和基础教育同步进步,需要更多的约定,大家一起努力!

84. 我带孩子们研学游

讲述：宁夏工商职业技术学院派驻中卫市海原县甘城乡双井村第一书记
　　　梁军

▲ 梁军和双井村的孩子们

我从农村走出来，多年来的求学和工作经历使我深刻感受到一个农村孩子的成长成才之路是多么不容易。

2021年6月，我主动申请驻村，来到了海原县甘城乡双井村担任第一书记。第一次走在离家300公里的路上，沿途经过了高速路、国道、省道，当进入蜿蜒崎岖的山路时，两旁的黄土丘陵上植被稀疏，天然形成的沟壑里河水近乎干涸，贫瘠的土地上种着快要枯萎的玉米等作物。这一年，原本十年九旱的双井村又遭遇了严重干旱。

乡村振兴怎么干？如何充分发挥和利用好我们教育单位的优势和特色，为双井村做些力所能及的好事，成了每天萦绕在我心中的问题。

由于村部住宿不便，我带领工作队暂住在了离村部1公里的双井小学，学校里有近百名小学生，每天上下班见到孩子们，大家都会亲切地叫声"老师好"，使我内心倍感温暖。

乡村振兴关键靠人才，而人才的培养要靠教育。这些学生不就是双井村未来的人才吗？那我也应当在提高乡村基础教育质量上做些力所能及的工作。于是，我产生了带领双井小学生走出大山，到银川开展研学活动的想法。从确定参加人员名单、联系租车、购买保险、确定线路、安排住宿和就餐到安全应急预案，我制定了一套详细的研学方案。2021年7月7日至7月9日，驻村工作队和双井小学的老师们精心组织，带领三四年级学生到银川开展研学游活动。这次活动令孩子们记忆深刻、收获满满，也让我对教育帮扶更加有了信心。于是，2022年7月8日至10日，我又组织带领还没去过银川的三、六年级学生到银川开展研学活动。

这两次研学活动参与师生70多人，村干部7人。我们分别到宁夏工商职业技术学院党史馆、宁夏职业教育实训基地、闽宁镇镇史馆、宁夏科技馆、宁夏博物馆、中山公园、黄河军事文化博览园等地参观学习。每当回忆起研学活动，尤为深刻的就是孩子们求知若渴的眼睛和天真灿烂的笑脸。他们第一次游历银川，亲眼看到"塞上江南"美丽凤城，充满新奇与渴望；第一次在党史馆认真倾听讲解，仿佛穿越历史长廊，亲历中国共产党的百年光辉；第一次跟着老师学习操作无人机，感受"一飞冲天"的兴奋和喜悦；第一次学着操控工业机器人，成功安装模型配件后满是自豪与荣耀；第一次参观闽宁镇镇史馆，看着同样从"苦瘠甲天下"西海固走出来的人们艰苦奋斗，不由生出钦佩与感动；第一次参观宁夏科技馆，仰躺着观看穹幕电影，像玩游戏一样体验各种有趣试验，感受科学世界的神奇；第一次踏进宁夏博物馆，从恐龙化石到贺兰山太阳神岩画，认识宁夏这片土地的前世今生，历史的年轮和印记给孩子们带来心灵的震撼；第一次到中山公园，与广场信鸽亲密接触，和猛兽萌宠隔空互动；第一次登上战舰进入潜艇，感受军人的光荣与自豪……

回顾驻村生活，除了带领学生研学，还有许多印象深刻的美好回忆。我们邀请党代表孙仙梅和人大代表赵耐香同志来甘城乡和双井村开展党课讲座；帮助双井村成立首家占东家庭农场，全村肉牛存栏数从595头增加到866头；联系双井光伏电站建设项目和银昆高速建设项目部，接收双井籍务工人员60余人，创造务工收入100余万元；争取派出单位支持，向双井村肉牛养殖户捐赠了饲料（麸皮）32吨，价值7万余元；为双井小学建设爱心书屋，包括图书阅览室（藏书8000余册）和电子阅览室（18台电脑和1个电子黑板）；对接校企合作单位证券公司，投资20万元为双井村建设高标准篮球场，并成功举办甘城乡首届"振兴杯"篮球邀请赛；组织由党代表、教育专家、养殖专家、医疗专家、企业家等组成的专家服务团,到双井村开展教育讲座、技术培训、教学示范等为民办实事活动……

  驻村两年来,一件件好事、一桩桩实事,都是为了让孩子们的童年更美好,让村民对过上好日子更有信心。这一切是我用行动为乡村振兴事业作出的最好诠释。

85. 真心，换来真"新"

讲述：中国农业银行青铜峡支行派驻青铜峡市青铜峡镇同兴村第一书记
　　　张小兵

▲ 张小兵（右）在大棚里向种植户了解蔬菜种植和销售情况

同兴村是"十二五"生态移民村,现有1222户5148人,村民全部是吴忠市同心县大山里搬迁过来的。上一任驻村干部黎晓园和我交接工作时说:"同兴村的村民憨厚耿直、淳朴善良,你要想融进去,必须把这里当家,把他们当亲人,只有真心才能换来真'新'!"我当时感觉听懂了,但又好像没听懂,但是后来我真真切切地懂了。

刚到村上时,我被这里整齐的房屋、宽敞的巷道、翠绿的植被所吸引。我从小在农村长大,印象中村子里都是东一户、西一家的样子,还应该有"晴天一身土、雨天一身泥"的土路,以及偶然的犬吠和袅袅的炊烟。但是这里不一样,有医院、有学校、有餐厅,还有小商圈,我觉得这里不像村子,更像个规模化的小镇子。交接完工作,我独自绕村游走,村民们并没有因为我的到来而意外,反而投来和善的目光。有个胡子花白的老大爷问候我:"好着么?"我学着用同心的方言说:"你们好着,我就好着呢!"

我们工作队的宿舍,集办公、餐厅、休息于一体,堪称"寒舍"。虽然条件差点,但想到到这里来就是为群众办点事的,吃点苦算啥。随后我组织村"两委"干部和新任工作队员座谈,交流中我发现,村子里依然有少部分群众的生活水平还有很大提升空间,村级产业还不强,全面推进乡村振兴还有大量工作可做。

2021年7月,我和工作队员朱海江在走访时发现了一户患有严重肾衰竭的农户,他每周都要定期透析,身体饱受病痛折磨的同时,巨大的就医支出让这个本不富裕的家庭捉襟见肘。于是,我对接民政部门,争取了1万元帮扶资金,暂时缓解了他们的经济紧张问题。随后,又积极争取把这个家庭纳入监测户,由1个市级企业、1名镇领导、1名镇干部、1名驻村工作队员组成了"四帮一"小组,通过为病人妻子申请公益性岗位,企业每月固定报销1000元医疗费用等方式,解决了他们的基本生活问题。在我们的帮扶下,这个家庭与病魔斗争的信心更强了。

服务群众是天职,产业振兴是关键。在为群众排忧解难、倾情服务的同时,我们结合村民种养殖意愿强烈,但园区配套设施不完善等问题,主动向镇党委、政府提出合理化建议和可行性报告,成功完成了同兴村养殖园区三期扩建、标准化温棚二期扩建、养殖园区功能区改造提升,以及200亩小拱棚基地建设等项目。目前,这些项目均已交付使用,新增就业岗位120余个,增加了村集体经济收入20余万元。

目前,同兴村已拥有3个产业园区(基地),分别是种植园区、养殖园区和小拱棚西瓜培育基地,其中恒温大棚58栋、羊(牛)棚143个、小拱棚200余亩,全村常住人口中有近三分之一的家庭从事农业产业,实现务农年户均收入2万余元。此外,我们村党组织培育的12名致富带头人,带动着全村约三分之一的村民常年在外务工,务工年人均收入3万余元。2022年底,我们村人均纯收入达到1.26万元。

驻村近两年,我们不仅要给村民树立一个"我在"的形象,更要树好"找我"导向和"我行"品牌,把同兴村当"家"住,把村民们当"亲人",用"待得住"的恒心和"干得好"的拼劲,不断推动同兴村高质量发展。

86. 好想法都"变现"了

讲述：宁夏银川市兴庆区审批服务管理局派驻兴庆区掌政镇五渡桥村第一书记　李国银

▲ 李国银（右）向村民了解温棚种植情况

"李书记，多亏了你，我们现在进棚方便了许多！"刚踏进园区，就被村民毛建国拉进了他的温棚里。看着一排排整齐的温棚，我不由回想起了刚驻村的场景。

2021年7月,我作为第一书记来到了五渡桥村。在一个月的走访中,四队村民告诉我:"前几年建设温棚园区时,没有考虑到路面的问题,有两段路一直没有硬化,每到下雨天人都成了泥腿子。"我脑海中蹦出一个想法——修路。实地查勘、了解规划、查阅政策后,我来到兴庆区财政局多番争取,终于成功获得30万元"一事一议"项目资金,对园区温棚道路进行了硬化。

"这个李书记不是来'走读'的,能干一些事呢!"村民们对我竖起了大拇指。之后,我又对接兴庆区农业农村和水务局,争取到70万元,对3个生产队的农渠进行了砌护,彻底解决了淌水难问题。

修路补墙可满足不了我,这时又有一个大胆的想法蹿了出来。五渡桥村地处掌政镇中心地带,周边又有花溪谷、温沙泉、鸣翠湖、五渡桥农庄等旅游资源,五渡桥的驴肉更是闻名宁夏区内,近些年成为银川市区"一日游"的首选地,如此优越的资源优势,我们何不借势发展呢?我与村"两委"商量后,决定扩大村子农业产业园区建设。

2022年,在我和村干部的共同努力下,村里成功争取自治区、银川市乡村振兴衔接资金3000万元,扩大建设五渡桥农业产业示范园区一、二期项目,占地面积400亩,建设各类设施温棚4万多间。培育了多肉植物、火龙果、无花果、迷你小番茄、金鱼、鲟龙鱼等多个特色产业,我们还与文旅部门积极对接,在村部建设了兴庆区掌政镇游客服务中心,引进旅行社,吸引了周边众多群众前来观光采摘。该项目直接解决村里富余劳动力100多人,每年增加村集体收入30多万元,还帮助掌政镇新创家园"十三五"

劳务移民增加80万元收入。

产业发展起来了,大伙儿的腰包鼓了,那接下来呢？这时,正好从新闻上看到了贵州"村BA"火了,我们五渡桥村也可以搞呀！村里正好要建餐饮文化广场,我们积极申报自治区、银川市群众体育项目,争取40万元资金为村部安装了体育健身路径和灯光篮球场,到了晚上七八点,灯光球场有跳广场舞的,有打球的,有拉家常的,大家伙儿其乐融融,村里的"夜生活"也"亮"起来了。

经过两年的不懈努力,五渡桥村集体经济收入从2021年的18万元增加到2022年的50万元,2022年底五渡桥村还被评定为自治区乡村旅游示范村。

2023年,我又有了新想法,村部有两套空置营业房,可用来建设集生产、酿造、包装、产品展示和销售于一体的"五渡桥老酒坊",这样既可以盘活村集体闲置资产,又能促进"农、文、旅"融合发展,项目建成后,将再度激发五渡桥村集体经济发展潜能。

这些天,我到村民蒋治彪家入户走访,他拉着我的手说："李书记,你的好想法都实现了,这村里一天一个样,日子一天比一天好,为你点赞！"群众的认可让我更加坚信,用行动将想法"变现",用实干服务群众,只要用心用情想老百姓之所想,干老百姓之所盼,才能无愧于"第一书记"这个称号,无愧于村民对美好生活的期盼！

87. 让"非遗之花"在乡村绚丽绽放

讲述：共青团银川市委员会、银川市青少年宫派驻银川市兴庆区
　　　月牙湖乡小塘村驻村工作队员　　王语晗

▲ 王语晗（右）和网格员讨论村情材料整理情况

"王老师，我们来上课了！"一大早，几位学习扎染的乡亲就来到村部，看到大伙儿学习的兴趣这么高，我心里不由一阵感动。

"乡村振兴不能光看老百姓口袋里票子有多少，还要看大家的精神风貌怎么样。"2021年7月刚驻村时，我就立志把扎染技艺教给乡亲们，丰富村民的精神世界，同时帮助大家掌握致富增收的一技之长。

可没想到刚开始就碰了钉子，大家根本不知道扎染是什么，学会了又能干什么，更不了解什么是非遗，我热心地向乡亲们介绍扎染技艺，但大家并不感兴趣。有一次，我入户到一个老乡家，她丈夫外出打工，两个女儿在上学，还有老人要照顾，她说除了忙活家务事，还得去养殖场干活，根本没时间，那"玩意儿"也赚不了啥钱。我听后特别触动，原来大家对文化的需求并非想象得那么紧迫，而且也完全不了解非遗其实也是可以"变现"的。

万事开头难，只怕有心人。就在一筹莫展之时，机会来了！恰好快到中秋节，我向村党支部提议策划一场非遗文化公益活动，既可以丰富节日活动内容，为村民送上祝福，又是一个让村民了解扎染技艺的契机。原本还担心没人来，没想到活动当天，村部活动中心被挤得满满当当，不仅村里的婆姨们全来了，很多老爷子也十分好奇。

折叠、捆绑、染色、清洗……看着一条条白巾变成图案精美的花巾时，大家连连叫起好来。"大家猜猜这条方巾能卖多少钱？""啥，这玩意还能卖钱呢？""当然了，别看这小小的一条方巾，市场上能卖180多块钱呢！"我跟村民说，现场瞬间一片哗然，这时候一个阿姨就说："小王，你能教教我们大家吗？

让我们也学着染,拿出去到集上卖!""没问题,我一定教会大家!"现场立刻响起了阵阵掌声。这次活动后,乡亲们逐渐接受了这项技艺,也认识到这是一条赚钱的出路。

"守住文化传承,留住乡风民俗之根。"作为自治区级非遗传承人,为了让扎染技艺在月牙湖这片土地上绽放出更迷人、更持久的光彩,我不仅手把手教村里的妇女学习扎染技艺,还主动承担起月牙湖学校的校外辅导员,将非遗文化带进校园,从娃娃抓起,每周开展小主持人和扎染课程公益教学。

推进文化自信自强,铸就社会主义文化新辉煌。党的二十大报告给我极大的精神鼓励,我也经常思考,如何做实做好驻村帮扶和特长发挥的结合文章,把传统扎染技艺推陈出新,变成村民增收致富的文创商品。经过无数次构思、画稿、打版,我带领徒弟们设计了一批具有月牙湖特色的"星星娃娃"、卡通牛羊兔等扎染作品,扎染再也不是一小片方巾,而是变身成一件件价值不菲的手伴。

"扎染蓝底白花,像极了咱月牙湖的蓝天白云。"扎染不仅成了小塘村的独特技能,更成了村民们致富增收的晕染名片。2022年初,小塘村积极申报"传承非遗守文化,导师帮带促发展"乡村振兴人才培养计划项目,经过层层评选,终于成功申报,并建起了非遗技艺培训基地。2022年9月,小塘村扎染作品受邀参加中国(宁夏)国际葡萄酒文化旅游博览会并入选首届中卫房车节,获得很大认可。这项非遗技艺不仅"圈粉"众多,在带动增收致富的过程中,也让村民们感受到了传统技艺和传统义化的光辉。

两年的驻村工作对我来说,是一段难忘的激情岁月,是一次难得的人生经历，是一次提升素养的自我锤炼。一个刚炸好的油香，一袋自家树上摘的杏儿……每一次的嘘寒问暖，每一个心满意足的微笑，让我感觉所有的困难和艰辛都值了！驻村就是"驻心"，成为群众的贴心人，把非遗技艺毫无保留地传承给乡亲们，让"我的村"人人有技术、家家有事做、收入多起来，我的心里才会更敞亮。

88. 村民增收，我乐开了花

讲述：宁夏石嘴山市教育体育局派驻平罗县灵沙乡东灵村第一书记
　　　冯煜

▲ 冯煜（右）入户走访了解情况

2021年7月，我到平罗县灵沙乡东灵村担任驻村第一书记。刚到东灵村时，人生地不熟，我们通过全覆盖走访，及时掌握村情，了解群众中存在的主要矛盾纠纷和村民生产生活困难，与村"两委"班子沟通，商量符合东灵村实际的发展方向和思路。

"对市场价格信息掌握不够，牛羊不能及时出手，饲料喂得越多越亏本。"养牛大户马少伏忧心忡忡。

听出村民话语中的担忧，我万分焦急。养殖是东灵村的传统产业，如何破解制约养殖业发展的瓶颈问题，带动农民扩大规模促增收？这个问题一直萦绕在我的脑海。通过多次与村"两委"班子沟通协商，我们拓宽思路，积极到银川、大武口、平罗等地市场和周边乡镇养殖大户处调研走访、寻找机遇。

功夫不负有心人，2023年2月，我们与石嘴山市惠农区乐洋洋养殖专业合作社达成了肉牛、羊供销意向，为村企合作、带动群众致富增收拓宽了新的渠道。通过村企合作，东灵村每年可解决400余头牛、3000余只羊的销量，振奋人心的消息再次点燃了群众的养殖热情。

供货销路有了，如何与销售公司对接，把好事做好、做大，实现群众少跑路多增收的目标成为新的问题。为此，我主动联系石嘴山市商务局驻惠农区礼和乡沿河村第一书记赵卫星，向他取经，共同商量解决办法。赵书记作为从事商务工作的老领导，给了我宝贵的意见。在他帮助下，回村后我及时与养殖大户王存德联系，提出利用王存德的家庭农场与乐洋洋公司进行对接，由家庭农场与全村的养殖户签订供货合同，并根据市场需求由各养殖户提供优质货源，既保证供货来源，也为群众牛羊养殖找到了稳定的销售渠道。

在我与村"两委"的共同努力下，东灵村与乐洋洋公司最终达成合作协议，签订了供货合同。按照合同，在保质保量完成订单的情况下，村民每头（只）牛、羊每斤可多收入1元钱，每年牛羊肉销售收入可增加50余万元。看到村民得到实惠后笑容多了，我的心里也乐开了花。

"群众利益无小事，群众的事就是驻村书记的事。"揣着这样的想法，我走村入户经常随身携带本子和笔，将群众的急难愁盼问题详细记录。"村民唐云家中一人，生活较为困难，需要经常慰问关怀。""村民李占贵、马伏平年龄较大，走路不便，家庭比较困难，需要帮扶。"……对于记录到的问题我理清思路，积极争取资金，努力寻求解决办法，利用重要时间节点，为他们送去了米面油等慰问品及轮椅、助行器等物资，群众的获得感、幸福感、安全感进一步得到提升。

"冯书记不仅驻村，更助力呀！"群众肯定的声音成为激励我干好驻村工作的强心剂。我将时刻警醒、真抓实干，以落地见效、群众满意为目标，办更多的好事、实事，用自己的辛苦指数换取群众的幸福指数，踏实做好群众的贴心人、乡村振兴的参与者。

89. 照进生活的那束光

讲述：宁夏石嘴山市平罗县应急管理局派驻平罗县头闸镇头闸村
　　　第一书记　付强

▲ 付强（右）帮助村民吕智发展养殖业

每个人生活中遇到困难时，都希望有一束光能指引走出困境。在头闸村，村民吕智的故事让我看到了那束光。

记得第一次去吕智家，他不在，出去给羊刮草了。吕智的父亲是退役军人，双眼几乎失明，走起路来颤颤巍巍；母亲二级残疾，腰椎不能直立，患有风湿病的双腿走路一瘸一拐，看着她拄着一根木棍，我的心情也随着她蹒跚的脚步变得沉重起来……在院子里，我和吕智的父母聊起了他们移民搬迁这些年的故事，才知道吕智走过的路有多艰难。

吕智一家是从西吉县搬迁到平罗县头闸村的插花移民，一家5口人，分了3间房5亩地，70多岁疾病缠身的父母需要他照料，刚上初中的儿子需要他教养，仅靠这5亩地，日子还是有些紧巴。在和妻子商量之后，他便随老乡到广州打工，每月把工资寄回家。

吕智在广州干得挺不错，一个偶然机会，他和几个同乡合伙盘下了一家玩具生产厂。然而，现实有时就像小说中写的那样："幸福的家庭都是相似的，不幸的家庭却各有各的不幸。"由于不能及时回款，工厂资金链断裂，最终只能破产倒闭，吕智还欠了一些账。妻子看不到生活希望后，带着孩子离开了。

2020年初春，新冠疫情肆虐，万般无奈下，吕智只好回乡。在家种几亩田、养几只羊，偶尔在周围打打零工。实难想象，被生活接二连三打击后，他是带着怎样的心情面对这一切。当他看到家中年老多病的父母和一地鸡毛的生活，有没有颓废过、放弃过？有没有被生活打倒、一蹶不振？我想他一定是有过的，那一刻，他希望有一束光照进生活，带给他希望和勇气。

思前想后，我想帮他打开一扇窗，让光照进现实、驱散阴霾。

针对吕智只能在家门口务工的情况,我及时采取精准就业帮扶措施,联系县就业局申请农村公益性岗位,帮助他渡过难关。吕智来村部送申请资料时,我终于见到了他。中等身材,头发很短,黝黑的皮肤粗糙得像晒干的玉米芯,脸上镌刻着生活和岁月留下的印记。

吕智在村上负责卫生保洁,干活认真踏实,很能吃苦,我觉得他一定可以重新站起来。我鼓励他坚定养殖这个方向,扩大养殖规模,增加收益。他说:"之前没有资金,没有草料了就开始卖羊,羊只数量上不去,心里像是热锅上的蚂蚁,干着急没办法。现在你帮我申请了公益性岗位,每个月都有1520元固定收入,心里就踏实多了,今年肯定能扩大养殖规模。"

我帮吕智在头闸镇民生中心申请了5000元帮扶资金,他不但扩大了养殖圈舍,还借了点钱,添了两头小牛。每次去他家,他都兴奋地给我介绍他养的牛咋样咋样了。我拍着他的肩膀,真心为他高兴。这个壮实的汉子红了眼眶,一个劲表示感谢。我告诉他:"都是党的好政策让农民得实惠,只要踏实勤奋干,就一定能把日子越过越好!"

驻村以来,心中感慨万千。在乡村振兴的大道上,党的好政策就是照进生活的那束光,只要紧跟着那束光,撸起袖子加油干,每个人都可以拥有幸福生活。

90. 小厕所，大文明

讲述：中国光大银行股份有限公司银川分行派驻固原市西吉县偏城乡
　　　伏堙村第一书记　刘利文

▲ 刘利文（右）入户给群众普及金融知识

2017年12月，中国光大银行银川分行接到自治区金融局通知，对口帮扶固原市西吉县偏城乡伏垴村，自此开始与这个村结下不解之缘。

当年的伏垴村主路泥泞不堪，去乡上都不怎么方便，村里的全劳动力人数也不是很多，主要以种地为生，只有少数人养牛和羊，人均收入低，日子过得苦。

光大银行开始驻村帮扶后，历任驻村工作队积极同政府和帮扶单位沟通。经过努力，争取了入村道路硬化、路灯亮化、农机具采购等项目，村里的基础环境及村集体收入有了一定改善。经过3年多冲刺努力，全村建档立卡户全部脱贫，逐渐过上了好日子。老百姓家里的家用电器逐渐多了起来，屋里也铺上了瓷砖，客厅里的茶几上时不时也多了些水果，村民的物质生活越来越丰富。

随着人们生活水平越来越高，村民们的基本生活已达到吃穿不愁，住房医疗教育有保障。吃饱穿好后，追求更好的生活成为新目标。

2022年初，单位在充分调研后，根据村里的实际，争取到15万元的专项资金，用于整村改厕项目建设，打算让全村脱贫户都用上水冲厕所。

这是件好事，但刚开始村民们却不太理解。村民马治虎晚上悄悄来到我们屋说："书记，盖这个厕所干啥呢，我们平时用旱厕都习惯了，完事了还得用水冲，多麻烦。"

"现在社会在不断进步，已经不是比谁家有钱、谁家房子盖得好。在保证基本生活的前提下，比的是精神生活，谁比谁又多看了几本书，谁家的厕所更卫生，你说是不是？"我们不断做思想工作，但发现有抵触情绪的不止马治虎一家。听到村民们的抱怨，我们驻村工作队并没有气馁，经过商量，决定先建几座让大家感受一下。

厕所改造好，马治虎亲身体验一番后，又找到驻村工作队："书记，我看了你们联系施工队建好的厕所，确实不错，墙壁的照明灯挺人性化的，我妈晚上上厕所不怕摔了，进去后也不像以前那么多苍蝇，随用随冲也干净。"

马治虎跟换了个人似的，由刚开始的"反对派"变成了改厕的"宣传员"。"人家驻村工作队给我们争取来这么好的项目，肯定是为了我们好，再也不挡了，能不能先给我家建？"就这样，后续施工队陆续将全村的水冲厕所建设完成。在得知还有剩余资金的时候，我们又同村"两委"商议，将整村已建好的水冲厕所外墙进行了美化。

小厕所，大文明。如今伏垴村群众逐渐形成了使用水冲厕所的习惯，有的村民已将原来的旱厕拆除，周边村镇还时不时来参观学习。

"刘书记，进屋喝茶来！"从刚来时的陌生，到现在的家长里短，我们历任驻村工作队所做的工作逐渐被村民认可，村民们也把我们当成了自己人，看着伏垴村旧貌换新颜，我们觉得一切辛苦努力都是值得的。

91. 人人有活干，家家有钱挣

讲述：宁夏固原市隆德县住房和城乡建设局派驻隆德县城关镇红崖社区
　　　第一书记　杨建新

▲ 杨建新（右）向群众了解务工收入情况

"现在我们移民社区再也没有脏乱差，居住环境比以前好太多了。""你最近在劳务市场找的啥零工干着呢？""我刚找了山上种树的活儿。"……在隆德县城关镇红崖社区，经常能听到群众你一言我一句讨论工作生活的新变化。

2022年6月，我到红崖社区开展驻村工作。红崖社区是"十二五"移民社区，劳务移民850户近3000人，占居民三分之二以上，是隆德县最大的移民社区。

刚开始入户走访，高志强家给我的印象非常深刻：屋里杂物随处堆放，茶几上摆满了各种生活用品，走起路来地板粘连着鞋底，家里还有奇怪的味道。因家里有一位残疾人需要照料，高志强无法外出务工，经济拮据生活困难导致他在精神上也失去信心，日子过得凑凑合合，成为边缘易致贫户。

回到社区我就开始思考，高志强家庭贫困的原因首先是缺少奋斗的精气神。于是，我带着两名网格员再次来到高志强家，就干一件事，帮助他打扫卫生。清洗沙发、清理茶几、换上新的被套床单……忙活半天，屋里看起来焕然一新！"面子"亮了，该琢磨"里子"了。高志强本身有劳动能力，可家里实在脱不开身，为何不在家门口帮他找一份工作呢？我很快找到城关镇领导汇报高志强家庭情况，又和社区惠民物业多次沟通，多方协调下，惠民物业公司同意为高志强提供社区物业楼道保洁的岗位。后来我又和隆德县乡村振兴局联系，为高志强争取了公益性岗位。如今，高志强不仅把自己收拾得干练了，干起活儿来也更有劲头，家庭人均年收入都过万元了。

高志强的事情，让我想到了社区整体移民群众的务工情况。

搬迁后，他们就业稳不稳定？每年都去哪些地方打工？收入怎么样？我又能为他们做些什么？

2022年8月，我决定建立移民务工收入台账。一开始摸排情况时，很多群众不理解，有时候入户甚至敲不开门，电话也不接。我只能见缝插针、旁敲侧击地问，在宣讲党的二十大精神时，顺便讲讲最新的种养殖业补贴、就业补贴等。慢慢地，大家知道我也是为他们好，甚至从我的讲解中获得了多渠道务工的信息。现在，大家化被动为主动，只要碰了面，总要拉着我多讲讲他们平时不了解的政策和知识，遇到务工困难还拜托我帮忙。

短短半年，我遍访社区居民，了解真实情况后，针对不同群体和家庭情况，开展了精准帮扶。针对失去劳动力的老年人、单双老户、残疾人，主要通过各类社会保障为他们解决生活所需，先后同社区"两委"共同开会商讨，解决低保80多户，临时救助200多人；针对县外就业的移民，积极为他们申报务工补贴、交通补贴；针对有县内务工意向的群众，依托新建的劳务市场及时给他们推送最新务工信息。

目前，红崖社区移民群众1000余人有稳定的务工收入，68人在人造花及手工编织帮扶车间里上班，46人有了公益性岗位。截至2022年底，移民群众工资性收入占总收入八成以上，基本实现了人人有活干、家家有钱挣。

回想两年来，从刚开始群众口中的"这是谁"，到现在每天都有居民找我寻求帮助，我也渐渐融入了这片六盘山下的土地。这里，是我们共同的家园。

92. "娃娃脸"办事"杠杠的"

讲述：宁夏银川市金凤区综合执法局派驻金凤区黄河东路街道魏家桥村第一书记　陈祥贺

▲ 陈祥贺（右）走访残疾低保户

"陈书记，刚带着两个孩子从医院回来，大夫说康复情况越来越好了，上次您送的书包这俩喜欢得很。"前不久去入户走访，远远便看到村民闫蓉带着两个孩子，激动地冲我打招呼。思绪不禁又飘回了第一次去她家入户时。

2021年7月,我到银川市金凤区黄河东路街道魏家桥村担任第一书记。刚来村里时,因为娃娃脸、个头小、年龄也小,一时风言四起。"一个娃娃,咋能当得了书记!""嘴上没毛,办事不牢!"……村民都不太相信这么个"娃娃脸"书记能把老百姓的事情干好。我心里明白,要改变这种情况,必须干出点实事。

刚到村上,走访冯虎家时,两口子都不在家,年过七旬的老母亲迎我进屋,我见家里收拾得干净整齐,客厅里两个可爱的小男孩戴着"耳机"玩手机,第一感觉就是这家子肯定条件不错。"咱们家收拾得很温馨啊!""唉,小姑娘,也不怕你笑话,这是租的房子,想着不能把人家的房子弄脏嘛!前两年,为了给俩娃娃看病,自家那套房子早就卖掉了,就这都还不够呢。"我头一偏看向两个孩子,不由得心里一紧,那哪是耳机,分明是助听器!

原来,冯虎的两个孩子都是先天重度残疾,老母亲也是体弱多病,冯虎开小货车维持家里的生活开支,照顾一家人的重担全落在媳妇闫蓉身上,高昂的治疗费用让这个本就不富裕的家庭雪上加霜。回去当晚,我就逐一查阅了相关社会救助政策,又电话咨询了自治区民政厅、金凤区总工会等部门,多方寻求政策、资金帮助,在各方的共同努力下,为两个孩子成功申请到了低保金。"陈书记,太谢谢你了,让我们家享受到这么好的政策。"闫蓉说这话的时候,"嘴上没毛"的小姑娘真正成了"办事很牢"的陈书记。

魏家桥村不少居民属于外来搬迁户,在适龄儿童入学教育和心理辅导方面存在薄弱点,家庭对儿童的成长关怀也不够。"能不能为孩子们做点什么？"在详细梳理辖区适龄儿童台账资料后，对照问题，我向金凤区区委组织部人才办申请了10万元导师帮带项目资金，组建了一支少年儿童关怀志愿服务团队，定期走访了解情况，帮助解决儿童学习教育、课后心理辅导等问题，守护少年儿童健康成长。

两年来，我与村"两委"班子多次上门走访困难户、边缘户等低收入群体，帮助500余位村民解决实际困难，并自费购买米面油等生活物资慰问辖区困难党员群众80余户。在大量的走访调研中，一个个具体目标和帮扶举措在我心里清晰起来。

针对基础设施的短板，我配合村"两委"积极争取专项资金20万元，对辖区24至27号居民楼220米长主干道近1500平方米进行了翻修，居民出行安全感和获得感有了极大提升。得知村里缺少健身器材，我主动发挥驻村干部桥梁纽带作用，协调派出单位金凤区综合执法局为魏家桥村增设11件健身器材、3台室外乒乓球桌、4把休闲座椅。辖区居民休闲娱乐有了好去处，幸福指数也大大提升了。

魏家桥村是一个"搬迁上楼村"，整村的基础条件、集体经济发展都相当好，但是一直以来，党建载体缺失、组织生活"宽散软"等问题也较为突出，身为第一书记，抓党建责无旁贷。

我紧密结合魏家桥村发展实际，起草了《关于金凤区黄河东路街道魏家桥村党建引领村级集体经济发展的调研报告》等多个文件，并以"五个家园"品牌创建为契机，打造"红服务·悦生活"红色物业，完善"红色议事厅"，畅通党员群众服务"最后一米"，同时策划开展了一系列党建活动，通过夯实党建基础，建强村党组织，补齐发展短板，全面抓好基层党建提升和党员队伍教育管理。现在的魏家桥村是五星级党组织，荣获"2022—2024自治区文明村"、银川市"健康村"、金凤区"一抓两整"示范村，真正激活了基层组织建设"一池春水"。

　　两年的驻村相处，对于魏家桥村的每一户居民，我们已然处成了一家人。"'娃娃脸书记'看着小小的，办事可是杠杠的！"这是我第一次如此贴近老百姓，在选择响应号召扎根一线的那一刻起，理想抱负便厚植于基层的广袤土壤，有幸见证和参与乡村全面振兴，这段美好的驻村经历将成为我人生中最难忘的回忆。

93. 红沟梁村"圈粉"了

讲述：宁夏日报报业集团派驻吴忠市盐池县花马池镇红沟梁村第一书记
　　　唐鑫

▲ 唐鑫（左）帮助行动不便的村民进行养老认证

2021年，我带领驻村工作队员从六盘山下的脱贫攻坚主战场，转战吴忠市盐池县花马池镇红沟梁村，踏上乡村振兴新征程。

盐池县地处宁夏中部干旱带，红沟梁村又是一个典型的盐池小村庄，年降雨量少，自然资源相对匮乏，产业基础薄弱，用当地老乡的话说："除了养羊和外出务工，不知道还有什么来钱的路数。"于是，我第一个思考的问题就是，如何在红沟梁村找到产业发展的抓手。

入村第一件事就是走访了解，走到看到，心里才有底。一个月里，我走遍了村里所有的常住户，跑遍了全村的每一个角落。站在长城边的土坎子上，看着身边的明长城遗址，我像发现了至宝般激动："这么好的资源，不发展旅游真是浪费。"摄影记者出身的我，对自然景观有着职业的敏感，明隋两道长城穿村而过，居然还有一条千百年来冲刷而出的红砂岩土层山沟，这就是徒步爱好者的圣地。"县上前两年也在长城边修了木栈道，想发展旅游业，但是游客从哪来、具体怎么干，我们也是一筹莫展。"红沟梁村党支部书记冯明海接过话。

此刻我的脑海里，打造红沟梁村旅游品牌，逐渐浮现出一条路线图。我迈出的第一步，让很多村里人大吃一惊。2021年8月，一个抖音账号"见证红沟梁"出现在很多人的视野。既然要发展旅游，咱就先把红沟梁的知名度打出去。很快，一个个短视频作品上传，围绕红沟梁村自然地貌、历史人文和民风民俗，"见证红沟梁"以朴实的视角、有趣的讲述，很快吸引来一群粉丝，越来越多人在网上看到了红沟梁。一个媒体同行笑称："我是没想到，一个村子的抖音账号在短短一个月就有2000多粉丝。"县文旅局有人告诉我:"红沟梁村过去十年在网上的关注度恐怕都没这么高,你这是要把红沟梁炒成网红村的节奏。"

说实话,我也没想到能有这么高的关注度,而且其中一条短视频浏览量达到5.3万,评论388条、点赞3438个,有当地老乡留言"原来我的家乡这么漂亮",外地网友留言"我一定要去转转"。更让我开心的是,一些旅游业界和相关部门的朋友关注到这个账号,都很肯定这种宣传和发展乡村旅游的想法、做法,这也给我和村"两委"带来更多信心。

得到肯定,鼓足信心,我们迈出了第二步。2021年的夏秋,我频繁带人往返于村里的长城和红沟,我也是摸着石头过河,依靠身边的人脉资源邀请各界朋友来红沟梁出谋划策。旅游界一个朋友告诉我,发现旅游资源和整合旅游资源是两回事,接下来需要做的就是如何挖掘当地长城和红沟旅游资源的产品属性,也就是人们到红沟梁参观长城主要看什么、怎么看,徒步红沟怎么走、线路怎么规划,只有形成产品属性,才能吸引来旅游和相关产业的投资商。

连续跑了一个月长城和红沟后,我总结出红沟梁村发展旅游产业的两大卖点、一个特色,围绕长城旅游资源,红沟梁村要着重打造网红打卡和观光旅游为主线的模式。站在长城木栈道上,看着一望无际的戈壁和草原,我们要的就是这样的苍茫感,每一个站在这儿的人都有拿出手机拍照打卡的冲动;围绕红沟和戈壁最适合打造徒步露营为主题的旅游模式,当我们漫步在全长5公里的红沟内,徒步爱好者们会瞬间有种身临新疆红山谷的感觉。这两种旅游模式也是当下西部旅游最受热捧的旅游产品类型。于是，一份《红沟梁村旅游产业可行性调研报告》于当年 8 月底送到了镇政府主管领导的案头，红沟梁村正式迈出了发展旅游产业的关键一步。

正如"见证红沟梁"能引来如此高的关注度，我也没有料到红沟梁村的旅游发展蓝图居然引来了央企关注，一家央企背景的公司正有投资乡村振兴相关产业的意向。公司负责人告诉我们，第一次到红沟渠村调研，就发现当地旅游资源和特色农产品融合发展有很好的基础，通俗讲就是，"游客来到红沟梁，不仅能够大块吃肉，还能大饱眼福"。

经过多轮调研规划，红沟梁村旅游产业发展规划路线图逐渐清晰，围绕长城和红沟戈壁旅游资源，打造集观光休闲民宿、滩羊数字化养殖销售于一体的产业融合发展模式，为当地农村发展、农民增收开辟了新路径。

94. 把移民村的故事讲给世界听

讲述：宁夏银川市西夏区机关事务服务中心派驻西夏区镇北堡镇昊苑村
　　　第一书记　者秀军

▲ 者秀军（前排）给新闻专业大学生讲述昊苑村生态修复治理情况

2021年7月,我有幸成为昊苑村的驻村第一书记。清楚地记得,7月8日那天,我第一次走进昊苑村,便被一幅美好恬静的乡村画卷吸引:远处的贺兰山万壑千岩、积雪如银,一片片葡萄园静卧在山脚下,青山绿水间掩映着各具特色的酒庄和民宿,村道干净整洁,路边的葡萄酒文化长廊、乡村振兴文化墙透着浓浓的文化气息……我一下子就喜欢上了这里。

见到昊苑村党支部书记曹东旭后,我迫不及待地吐露内心的雀跃:"曹书记,没想到在贺兰山下还有如此美丽的村庄,相信今后在大家共同努力下,昊苑村会更加亮丽。"曹书记告诉我,现在看昊苑村绿树成荫、瓜果飘香,可20多年前这里还是一片荒无人烟的戈壁滩……

打开了话匣子,曹书记将昊苑村的前世今生娓娓道来。曾经的昊苑村"风吹石头跑、遍地不长草",到处是砂石开采后遗留的大坑。论种庄稼,这里是个"农业禁区"。直到20世纪90年代,来自甘肃、陕西、安徽等8省17县的自主移民来到这里,大家不断垦荒种树、平整土地种粮,硬是在戈壁荒滩上扎了根。后来,村民们不断发扬这种开拓精神,借着宁夏贺兰山东麓发展酿酒葡萄产业的"紫色风",种植酿酒葡萄,还建起了自己的酒庄,打造属于自己的生态家园,实现了致富梦。现在,昊苑村有19家酒庄,种植葡萄1.8万亩,这里生产的葡萄酒在全球各类葡萄酒大赛中斩获了200多项大奖,仅2022年一年就获得大金奖、金奖27项。酒旅融合还带动了民宿经济、乡村旅游,全村一年的产值就过亿元,村上70%的村民在家门口就业,村民人均纯收入超过2万元。

当天,我和曹书记足足聊了3个多小时,我深感昊苑村有许多感人的故事。之前，我在县广播站当过记者，在文化馆当过创作员，在宣传部当过新闻干事，我想，要发挥自身优势，当好村子的宣讲员，把昊苑村群众"知党恩、感党恩、跟党走"、实现从戈壁滩到花果园华丽蜕变的故事讲出去。

在干好村里工作的同时，我经常走村入户挖故事。在村民何万林家中，我们一聊就是5个小时。何万林告诉我，刚来到昊苑村时翻整土地，1亩地能刨出十多车大石头，手磨破了就拿土搓一搓继续干，就这样才在戈壁滩上开垦出千亩良田。在村民高永义家，我被他爱树如命、绿化家园的精神所感动。高永义是昊苑村里的北京人，年轻时在贺兰山下当兵，转业回京后成了北京市人社局一名干部。1993年，提前退休的高永义和妻子一起来到昊苑村垦荒植树，尝遍了风沙、吃尽了苦头，30年来开发荒沙滩300多亩、植树3万多棵。现年70岁的村民赵萍英，从陕北举家搬迁到昊苑村已有30年，她带着全家一锹一锹翻地平地，把原本的黄沙滩变成了菜园、果园、树林，又养鸡养羊，日子多了前所未有的甜味。她常说，共产党的政策好，我们才搬得来、留得住，有了如今的幸福生活。

....

在昊苑村，我每天都被村民的故事感动着，感受昊苑村蜕变的同时，也被村民们善良淳朴、不屈不挠的品质所折服。他们的扎根梦、绿色梦、致富梦，就是"社会主义是干出来的"生动脚注。

为了讲好昊苑村的故事，我和村上的选调生杨文霞跑遍了村上的19座酒庄、10家民宿，设计制作了《昊苑村宣传册》，印制了3000本，给前来参观学习的人免费发放。仅2022年，市级以上媒体宣传报道昊苑村的各类稿件70多篇，昊苑村也成了远近闻名的"网红村"，年接待游客50万人次，旅游收入超过500万元。

未来，我和我的村还有许多动人的故事，我将继续当好"宣传员"，把昊苑村的故事讲得更好、传得更远，顺着贺兰山东麓的葡萄酒，香飘全世界。

95. 我教村民念"牛"经

讲述：宁夏吴忠市同心县农业农村局派驻同心县石狮开发区沙嘴城村
第一书记 白淑花

▲ 白淑花（左二）与驻村工作队员走访慰问困难群众

"最近卖了一头牛,纯利润 3000 元,牛之所以养得好,跟白书记的技术指导分不开……"听到沙嘴城村脱贫户马贵有面对镜头向媒体记者说的这番话,我感到有些意外,又有些欣慰。

我是一名畜牧专业技术人员,高级畜牧师,驻村前一直从事养殖技术推广服务工作,养殖技术培训指导是我的专长。马贵有是村上的脱贫户,3 年前在村委会帮助下发展起了养殖业,最初没有养殖经验,牛病多发,养殖基本没有多少效益。我走访时,他沮丧地说了最近的揪心事,说"不想搞养殖了"。通过交谈和实地查看,我找到了问题的症结,原来是饲草料单一、圈舍湿度大、不经常消毒等原因造成的。

在我耐心专业指导下,他改掉了以往粗放的饲养方式,看到牛一天天变得肯吃上膘,也不得病了,他的心里特别高兴,打消了顾虑,坚定了继续养殖的想法。短短两年,他从原先的 5 头牛发展到了现在的 17 头繁殖母牛,一年下来仅靠养殖一项收入就有 5 万多元,2022 年还给儿子娶了媳妇。经常有村里的养殖户到他家来取经,他都会热心给予指点,还打算再盖些牛棚,扩大养殖规模,示范带动周围更多的农户当"牛"官、念"牛"经。

我走遍了村里的养殖户发现,马贵有的养殖问题也是沙嘴城村养殖户存在的共性问题。为了尽快扭转饲养管理不科学的局面,我决定在村上搞养殖培训,通过技术帮扶,提升养殖水平,促进农民收入。我先后举办了 4 期养殖实用技术培训班,采取理论讲解和现场操作相结合,面对面示范,手把手指导,推广普及科学养殖实用技术,达到节本、提质、增效的目标,为沙嘴城村的养殖产业按下了快进键。

在我的指导帮助下，全村的养殖户都在科学饲养上有了进步。致富能手杨生义、马春贵在养殖园区党小组会上分享养殖信息，交流养殖经验，发挥起党员的引领带动作用。目前，全村的牛存栏1035头，羊存栏12000只，较以前增加了20%。

驻村近两年，我也总结出了驻村的三字经："知农情、贴农心、干农活。"要时刻将群众的需求牢记于心，盯着问题一件一件解决。

马彦花是一位精神病患者，在刚驻村走访入户时，就给我留下了深刻印象。2021年9月的一天，我无意间在微信朋友圈里看到了一则启事，仔细一看照片是沙嘴城村的马彦花。我第一时间拨通了上面留下的联络电话，叫上刚下班的老公，开车赶到现场。当得知马彦花走失两天还没吃饭，就去餐厅买了盒饭并将她安全送回家，找到家的马彦花脸上露出了憨憨的笑容。

逢年过节，我和驻村工作队员陈淑萍争取共建单位县动物卫生监督所支持的同时，还挤出钱为重病患者、残疾人、孤儿等困难群体送去米面油、营养品、药品等生活用品。当我们将米面油及慰问品送到困难群众手里时，听到更多的是他们发自内心对党和政府的感激之情；当我们把一件件矛盾纠纷有效化解在最基层时，看到的是他们对驻村干部由衷的敬佩与信赖。这一幕幕温暖又感动的画面，让我更加懂得了只有主动走到群众中去，驻村驻心，千方百计为群众做实事，才能得到群众的信赖，从"局外人"变成群众的"贴心人"。

接下来，我将继续为村里争项目、想对策、办实事，在产业发展、乡村治理、农民增收上再创业绩，为建设宜居宜业和美乡村擦亮底色。

96. 我把微信名改成"六盘情"

讲述：中共宁夏区委党校派驻固原市隆德县奠安乡张田村第一书记
  皮俊华

▲ 皮俊华和村里的小朋友们聊梦想

2019年5月,我主动向组织申请,打起行囊来到了距银川400公里外的六盘山脚下,开始了驻村生活。驻村之初,我便将微信名改为"六盘情"。

张田村是个偏远的小山村,位于隆德县最南端,与甘肃省庄浪县、静宁县接壤。这里山大沟深、交通不便,村民大多常年在外务工,虽然大家务工增收了,但随之而来的是留守老人和儿童问题。每当看见体弱多病的老人和无人照料的孩子,我心里很不是滋味。

2020年8月,我在入户走访时了解到,70多岁的老人王志义因白内障双眼失明,生活基本不能自理。由于无人照护,他的眼疾一直拖着没治疗,我二话没说主动与固原市一家眼科医院联系,陪老王去医院做了手术,还在医院陪护3天。手术后老王眼睛恢复很好,重见了光明。

"这是一辈子吃过最好的早餐。"刚做过眼部手术第二天,我在街上给老王买了牛奶、鸡蛋和小笼包,吃过早餐,老王说了这句话,我的眼睛一下就湿润了。

我想起了一辈子含辛茹苦抚育我成长的父亲。因当时脱贫攻坚任务重,直到父亲弥留之际,家人才通知我赶回湖南老家见他最后一面,连给父亲买次早餐的机会也没留下,想起这些愧疚万分。村上像王志义这样的老人很多,怎么让他们的家人既留在村又能增收致富?几天彻夜思考,我想还是要发展好乡村产业。经过多方沟通,我们计划在村上建起蔬菜大棚,让户户有产业、人人能增收。

2020年9月,我开始了动员工作,刚开始大家对种植大棚蔬菜顾虑很多，经过多次入户彻谈，几户脱贫户动摇了，但他们还是感觉投资太大，万一销路不好，到后来"竹篮打水一场空"。为了打消他们的顾虑，我向帮扶单位领导详细汇报，计划投入5万元初步建设5座蔬菜大棚免费给5户脱贫户种植，并将张田村作为自治区党校的绿色蔬菜供应基地，解决农产品销售难的问题，同时通过线上线下销售农特产品解决群众后顾之忧。2021年4月，我提前预订了各类蔬菜苗，并分发给种植户，不到一个月的时间，大棚里长满了各种蔬菜。当年10月蔬菜大丰收，在农民丰收节上，大家纷纷展销自家种植的蔬菜，脸上露出了喜悦。同时我联系专车将蔬菜供给银川的批发商，经过半个月的紧张配送，蔬菜很快销售一空，每座大棚增收2万元左右。看到蔬菜种植户尝到了甜头，大家闻讯而来，都想发展设施农业。随后我与相关单位多次协商，经过一年多的时间，村上种植大棚规模达300多座，预计人均增收3000元。

为有效解决村上弱劳动力就业难题，经过充分调研，六盘山蜜源丰富，适合中蜂养殖。2022年7月，我指导张田村10户弱劳动力脱贫户发展中蜂养殖，为每户购买中华蜜蜂6箱，并跟进技术指导，确保蜂农掌握养殖技术，当年实现户均增收5000元。2023年，我们加大了中蜂养殖力度，为更多的弱劳动力户提供增收致富渠道。

通过接续努力，乡村发展势头越来越好，返乡创业成了群众茶前饭后谈论的焦点。但如何让产业长久持续发展，带动更多人回乡创业呢？我觉得建好基层党组织是关键，同时必须形成产业发展机制。经过一周走访调研，我们开拓党建引领产业发展方式，把党员学习课堂搬到田间地头，定期召开产业发展"小诸葛会"，还成立产业发展、综合治理、为民服务、社会事务、流动党员5个功能型党小组，积极探索"党建+"模式，推行"中蜂养殖+党小组""生猪养殖+党小组""党支部+合作社+农户"等发展模式，深入开展党员"挂联诺"活动。年初为党员列出详细清单，每季度对党员承诺事项进行跟踪检查，年底进行验收评比，形成"晒比促"良好氛围。先后帮助培养致富带头人12名，村党组织带头人3名、后备干部3名，发展年轻党员3名，党支部由原来的二星级党组织晋升为四星级党组织。

只有心中始终想着群众，群众才把我们放在心里。张田村早已成了我的第二故乡，我也成了大山的孩子，"六盘情"永将延续。

97. 销路畅了，底气足了

讲述：宁夏吴忠市盐池县科技局派驻盐池县高沙窝镇长流墩村第一书记
　　　呼延钦

▲ 呼延钦（右）给村上的科技特派员送来农业新技术应用手册

　　盐池县高沙窝镇长流墩村因光伏发电企业在这里建了大型光伏电站而远近闻名。为了方便企业和当地群众，政府给长流墩村开了小灶，各类基础设施建设一应俱全，就连污水集中处理厂也建成了。

如此完善的村级建设，驻村工作队来了能干什么？除了村上日常工作，其实对于细心的人和勤快的人来说，只要想干，满眼都是活儿。在长流墩，村集体经济发展、农民务工增收、环境整治、矛盾调解等都是我们驻村工作队的分内事，除此以外，我更关注农民的土特产销售。

长流墩村有丰富的滩羊、滩鸡、土鸡蛋、土猪肉等优质土特产，这是很多城里人追求的美味，但问题是想吃却买不到，农民想卖又没有销路，买卖双方中间差个牵线人。于是我和两个驻村队员商量，一方面自己灶上吃的、家里吃的都不在别处买，尽量从本村买，另一方面发动脱贫户的帮扶人、同事、亲戚等身边人做宣传员，帮助拓展销路。

在我们的努力下，土特产销量有了明显的改善，监测户帮扶人李凤玲和同事们每次来村上都拎个装牛奶的空纸箱，她们顺手买走帮扶户的土鸡蛋，我也经常购买脱贫户的滩羊。我们有个队员更是发动了银川的亲戚组团来长流墩村购买羊肉，自从销路打开后，村民们变了脸色，活泼了起来。

有一次，村民顾宗一次性销出6只羊，他非常高兴，当客户问价格是否可以再优惠，他说："我的羊品质非常好，我有信心，所以不讲价！"我当时吓了一跳，心想，不是说好给优惠的吗？能卖出去就不错了，能优惠就优惠一点儿不好吗？结果买羊的人笑呵呵地说："就冲你这自信，我买了。"这句自信的推介，不仅给自己做了广告，也让远道而来的买家放心。

村民赵更的养殖场位于村后的敞滩，散养着一大群滩鸡。有次去买鸡，他说："看上哪个自己挑……看那个大红公鸡，精神不错，就看你能选上不？""你是行家，你介绍的肯定没错！"买完后总感觉哪里不对劲，我记得原来去他家买鸡时，都是他亲自跳进去，左挑右拣好一会儿选出最好的拿给我们，现在怎么"怠慢"了？后来才了解到，不是他"变"了，而是扩大养殖规模后，他忙得顾不上了。

村民石文香就更活泼了，有一次给石文香打电话订滩鸡，她在电话那头声音很冲："一只200元，看你要不要！"我听后吓了一跳，从来没听过她用这种口气说话，而且这个要价也远高于市场行情。正当我纳闷的时候，电话那头传来了她"咯咯咯"的笑声，原来她家这一批滩鸡已经售罄，没货了！她这是跟我开玩笑呢！"那你生意不错啊！"我说。"还不是你给我们这些养殖户帮了大忙。"她在电话那头笑着说。

陈安海家的猪该出栏了，我早早给他打电话下了订单，而且隔两天就问他啥时候能买，每次他都说"再等等"。后来一连几天没见到他的面，等再见的时候，他说："呼书记，真是对不住，原本杀了一头猪，准备打电话让你来拿，结果被你们同事全抢完了，连我给亲戚答应的也没轮上。你们同事说来一次不容易，驻村工作队成天在村上，让你们再想办法去！"我听了真是哭笑不得。

有人问，驻村工作该怎么干？该怎么找到方向和出路？其实方向就在老百姓的困难中，出路就是实实在在解决好老百姓的每一件小事，在解决问题的过程中不知不觉就能看到他们脸上的笑容、感受到他们的心理变化。

98. "老班长"的冲锋路

讲述：宁夏吴忠市信访局派驻吴忠市盐池县高沙窝镇李庄子村第一书记 樊会民

▲ 樊会民（左）帮助脱贫户剪山羊绒

2021年7月，组织选派我到盐池县高沙窝镇李庄子村担任第一书记。初到村上，我一头雾水，虽然明白驻村的目标是振兴乡村，但如何更好地解决群众的难题、"驻"到百姓心里，我打了个大大的问号。面对诸多困难，我没有退缩，作为一名退伍老兵，曾经的老班长,不怕困难、勇于冲锋是军人的本色。我带领吴永昱、孙德天两名驻村工作队员虚心向镇政府、包村领导和村"两委"班子请教,同时发挥自己和群众扯磨、话家常的强项,走家串户迅速摸清村情民意。

群众的需求,你见或者不见,它就在那里。我和工作队员对所辖5个自然村的577户村民进行了多轮入户走访,逐渐就成了老熟人。每次进村民家,大家都热情相待:"樊书记,快进来喝杯茶。""老樊,今天家里炒的密齿羔,嫩着呢,你留下吃饭。"……一句句朴实的话,让我深切感受到了家人般的温暖,深感肩负的责任更重了。

2022年8月的一天中午,我和队员孙德天到各村组入户排查完村民暴雨受灾情况,吃完午饭就躺在床上休息。突然被一阵急促的电话铃声惊醒:"樊书记,我家房子被雨水淹了,房前还有一个10多米的水井被泡塌了,你能不能来帮忙处理一下?"打来电话的是黄记场组70多岁的陈勤大婶,她是村里纳入的监测户,老伴已经离世,属独居老人家庭。房屋被大量积水包围,水窖被冲毁,如果不及时排除险情,将给陈大婶和周边群众的出行及生产生活带来极大安全隐患。我和孙德天赶紧开车前往现场,在确认险情的严重程度后,第一时间通知村主任,协调铲车经过4个多小时抢修填埋,及时排除了隐患。

走近问题,才能走进群众的心坎里。禹记圈自然村李荣老人因年迈体弱多病,常年卧床行动不便,老伴也患有慢性病,照顾老人的担子全落在大儿子身上,看病吃药经济负担很重,尤其一些特效药很难买到,致使病情不能及时得到治疗。我入户走访中了解到这一情况后，便多方联系，积极协调村医务室与县医院，为其解决了日常用药所需以及就医看病的问题。老人拉着我的手哽咽说："樊书记，你们驻村工作队真是像我的家人一般亲，谢谢你们！"

2022年初，我在一次入户走访中，得知田新庄自然村的文化活动室空有其表，里面连桌椅都没有，开展活动时，不管老人还是孩子都是站着。我不由得一阵心酸，当即就许下承诺，一定给他们解决一套长条桌椅。经过与单位积极协调，派出单位吴忠市信访局也大力支持，及时为田新庄自然村配置了价值1万元的桌椅。后来，在刘范坡自然村文化活动室建成后，又协调资金1万元，解决了群众活动无处坐的难题。

在工作中，我严格落实驻村工作四项职责，与村"两委"班子默契配合，积极做好巩固拓展脱贫攻坚成果同乡村振兴有效衔接各项工作。经过近两年的拼搏努力和艰辛付出，驻村工作取得了一定成效。2022年李庄子村集体经济收入30余万元，全村577户1578人的年收入大幅提高，2022年人均收入15267.18元，较2021年提升了21.7%。

曾经，穿上军装，我是保家卫国的战士；如今，脱下军装，我依然奋战在乡村振兴的战场上。我要永葆军人本色，退伍不褪色，用钉钉子精神做实做细基层农村工作，充分发扬"离军不离党、建功新时代"的老兵精神，用心用情当好人民群众的服务员。

99. 帮移民讨薪

讲述：宁夏党委外事办公室派驻银川市灵武市城区街道办西湖社区
　　　工作队员　杨学海

▲ 杨学海（右）耐心听移民诉说其被欠薪细节，并解答法律问题

2021年7月，在中卫市沙坡头区香山乡黄泉村驻村8个月的我，顺利完成脱贫攻坚任务，按照单位的安排又到灵武市西湖社区开展乡村振兴驻村工作。

西湖社区有294户1201名从泾源县搬迁而来的"十二五"移民，主要靠务工为生，移民就业率达87%，几乎家家都有务工人员。但在入户过程中，我也渐渐发现了一个较为突出的问题：因法律意识较为淡薄，移民务工时与用人单位签订书面劳务合同的并不多，也不注重定期结算工资、留存工资账目资料等，甚至只知道老板的外号或者只以"××哥"称呼，这给后续讨薪造成很大麻烦。

在后期入户过程中，我把开展相关法律知识宣传作为重要内容。慢慢地，移民在这方面有所改变，我是律师的事也在移民中传播开，找我免费咨询工伤、交通事故、讨薪等法律问题的移民多了起来。有时候我也带着移民去劳动监察大队、欠薪老板家中协调解决欠薪问题。

2022年8月的一天，社区移民杨某治满脸疲惫地来到办公室，说起了他这几年艰难讨薪的经历，说着说着眼眶就湿润了。"我前前后后跟他干了5年的活儿，只给了1万多元的工资，剩余的让我先等等再给，最近直接不承认了，要不到工钱，老婆和我离婚了，孩子的心脏病也没钱看。这事我找律师咨询过，人家说光律师费就得好几千元，况且证据不多，还不一定能打赢官司。"听罢，我问了一些案件相关问题，并认真查看了他手上仅有的两份证据材料后，便电话联系用人单位负责人曹某了解情况，向其讲明了国家根治拖欠农民工工资的规定，劝说其尽快付清拖欠的工资。经多次交涉无果后，看着满脸绝望的杨某治，我想到了《民事诉讼法》的相关规定，决定亲自无偿代理，通过法律的渠道帮他维权，并把这一想法与社区"两委"和工作队进行商议。

在征得各方意见后，我开始着手收集证据，准备起诉材料。经过详细了解发现，曹某之所以不再承认拖欠工钱，是因为其手中有一张"王牌"——哄骗杨某治为其出具的"已结清所有工钱的证明"，而杨某治手中没有能证明曹某拖欠其工钱的结算单和其他证明材料，甚至连一起干活的同伴因与曹某有其他经济利益，也不愿出庭做证。经查询得知，曹某已经是欠薪老赖，几乎不给对方留下对自己不利的证据。因代理过多起类似案件，凭着这些经验，我多方走访了解，并到劳动监察大队调取资料以及反复推敲二人微信聊天记录等，最终收集补强证据后，向法院提起了诉讼。

2023年1月案件顺利开庭。法庭上，在大量事实证据和严谨的逻辑推理下，对方律师渐渐没有了开庭陈述时"已经全部付清所有工资欠款"之类的立场。2月6日，拿到判决书的杨某治怀着无比激动的心情，将一面印有"心系群众勇担当 依法维权暖民心"的锦旗送到我手中："感谢你们工作队，感谢杨律师，要不是你们的热心帮助，估计我一分钱都要不回来了，这次法院给我判了59000多元，真是太高兴了。"

两年多来，我有幸参与了脱贫攻坚的后半程，又参与了乡村振兴的前半段，始终以"功成不必在我，功成必定有我"的担当，将移民群众的烦心事、忧心事，一件件记下来，一条条去落实。两年多的驻村工作，是一份使命，寄托着组织和群众的无限期望；也是一种历练，我从中学到了很多、收获了很多，这是一份值得永久珍藏的回忆。

100. 在乡村这块"磨刀石"上打磨自己

讲述：宁夏石嘴山市粮食和物资储备局派驻惠农区红果子镇宝马村
　　　第一书记　任天科

▲ 任天科（中）和村干部在车间查看牧草长势

刚到宝马村时，有的群众质疑驻村工作队下来就是走个过场。我想，我要充分发挥长期从事农业农村工作的优势，潜下心来为村民干点实事。这既是我对群众的承诺,也是我和宝马村的约定。

刚到村里,我就入户了解民情民声民意。经过调研,我就群众反映的改厕、天然气、灌溉、农民增收等七大类问题进行梳理,确定了"争政策、争项目、争资金、争荣誉,扎实为民办事服务"的思路,力争工作项目化、项目清单化、清单责任化。我们编制了宝马村项目库,纳入项目40个,每年确定一批重点发展项目,全力争取各方支持予以解决。

2022年10月20日上午,媒体记者来宝马村采访,村民刘占文说的第一句话是:"我们马上也可以实现在家里就能上厕所的愿望了,再也不用担心老人孩子上厕所不安全了。"老刘的话让我心里一热。

说起宝马村四队的管网建设,大家都觉得这是件棘手事。走访时,不少群众反映冬季到户外上厕所容易感冒而且还不安全。村党支部书记彭学芳说:"四队改厕难度大,村民反映强烈,也是我们村党支部的一块心病。"原来,宝马村四队是个老村庄点,户与户之间布局狭窄,室内户用厕所改造难度大,长期以来,由于没有改厕,群众只能到户外上厕所。长期污水随意倾倒的习惯也造成人居环境大打折扣,如果有了污水管网,就能彻底解决这个问题。了解情况后,我将建设污水管网项目的想法主动向市级包抓领导汇报,得到了各级领导和相关部门的重视,但由于宝马村距离城区主管网较远,建设投资大,项目建设一度陷入僵局。那段时间,我和村"两委"每天坐在一起想办法、提建议,积极寻求上级部门的大力支持。经过积极争取,投资350万元污水管网和户用厕所改造项目终于落地并建成使用。

壮大农村集体经济是促进农民增收致富的重要途径，也是我驻村以来关注的重点。刚到村上时，我了解到宝马村集体经济收入存在依赖性、增收渠道不宽、发展陷入瓶颈期的问题。2021年8月初，我们多方考察决定发挥村上奶牛养殖优势，建设集优质牧草种植、加工、调制、配送和粮食晾晒于一体的饲草储存配送中心项目。一个月后，一期项目开工，当年建成并投入使用，为村集体增收4万元。2022年，我们外出考察学习中，又看上了智慧牧草项目，于是决定在饲草储存中心建设智慧牧草工厂。这个项目立足立体化车间，可以实现多种优质牧草的自动化规模生产，不使用农药化肥、不占用耕地，用水也少，特别适合绿色无公害的养殖，市场前景好。我们积极争取扶持资金250万元，于10月份建成了智慧牧草工厂项目，年底村集体增收达到55万元。2022年11月17日上午，我在智慧牧草工厂里查看长势情况，当听到技术人员说"温度、光照适宜，自动运转设备没有异常；牧草生长良好，全面种植没有大问题"时，长时间悬着的心终于放下来了，宝马村集体终于有了可靠产业，一年多来的努力终于见到成效。

　　驻村以来，我在基层这块磨刀石上不断打磨自己，努力为群众办实事办好事。共组织实施各类发展项目21个，争取各类扶持资金1444万元，完成投资5350万元，村容村貌提升、污水管网、宝马东渠改造、壮大村集体经济等一批民生实事好事落地，330余户1200余人受益。宝马村荣获"全国一村一品示范村""石嘴山市五星级党组织""石嘴山市乡村文化振兴培育示范点"等荣誉称号。一组组数据见证了宝马村的振兴，也在点滴之中兑现着我和宝马村的约定。

101. 后庄村成了"后花园"

讲述：宁夏固原市隆德县委组织部派驻隆德县观庄乡后庄村第一书记
　　　张鹏程

▲ 张鹏程（右）春节前夕为脱贫户送来米面油等生活物资

后庄村是隆德县观庄乡的一个小村庄，东靠六盘主山脉，东西以山沟相贯通，南北被后背梁和崖背梁夹道。

刚驻村时，听到村主任感叹："咱这后庄村受地理位置限制，道路不畅、举步维艰，老百姓在这山沟沟里受尽了苦。"修好村上生活生产道路成了我的第一目标。后庄村有一条生产路，被雨水冲得沟沟壑壑，坡下的小桥早已被冲毁。山坡上有好几户脱贫户的养殖场，这条路承载着他们养殖业发展的希冀。我想，必须想办法把这条路硬化了，让大家在坡上集中联户发展养殖业。

想法挺好，但回到宿舍，我却彻夜难眠。钱从哪里来？怎么建？第二天早上，我与村"两委"共同商议了这个计划，我们不仅要修缮好这条道路，同时还附带将一段村道和养殖道路一并硬化。随后我便挨个找部门申请项目，经过多次沟通协商，项目终于批下来了，我们申请到32万元的项目资金。大家齐心协力、加紧工期，不到一个月项目就完工了。我们动员养殖户王军明将新补栏的母猪迁到了坡上的养殖场，便于集群发展。

三分修，七分养。部分农户将牛粪等杂物堆得满路都是，我们挨家挨户动员，协调全村党员群众定期联合对村生产道路水渠淤泥进行清理、路面进行修缮。经过大家的接续努力，后庄村主要生产道路硬化率达到100%，路的修缮养护也很到位，群众再也不为路难走发愁了。

2022年5月，我入户的时候专门看了脱贫户武尚科家的牛棚，牛棚面积挺大，养十几头牛没问题，但他只养了3头。于是我就问"草料够不够"，老武支支吾吾地说："算够吧……"我转身就去看草料垛，明显不够嘛！武尚科年过六旬，家里有一个多病的老伴和一个孙女。为解决老武燃眉之急，我联系帮扶单位给他捐了 2 吨饲草料，同时协调申请了公益性岗位和救助金，并动员老武流转土地 10 余亩。不到半年时间，老武家新增了 2 头基础母牛，他家的年人均收入达到 1 万多元。老武喜笑颜开，腼腆地摸着后脑勺说："政策这么好，我肯定好好干。"为了让家家户户产业旺起来，2022 年我联系帮扶单位为所有监测户都帮扶了 2 吨饲草，引导脱贫人口就业 100 余人，流转土地 200 余亩，联农带农 52 户、增收 12 万元，协调贷款 38 户 186 万元，直接与农户对接销售蜂蜜、马铃薯、粉条、胡麻油等农产品 5 万余元，帮农户销售青贮玉米 450 吨 18 万元……2022 年人均收入增速超过 10%。

乡村振兴，不仅要抓产业，还要建设文明乡村。这些年，村上整体风气很好，但一些小的矛盾纠纷也时有发生。2022 年 6 月，脱贫户张志军与自来水管道改造工程施工人员发生摩擦，老张认为工程队施工导致他家房屋出现裂痕，要求工程队赔偿自家房屋损失，这一争执影响了整村自来水网改造进程。得知此事，我立刻赶往现场，当时周围站了好多村民，施工负责人非常恼火，张志军情绪也很激动，就是不让机械开动。我让争执双方冷静下来，详细询问施工过程及方式，当我问"老张你家房子啥时修的，啥时粉刷的内墙面"，老张说"时间长了"，我又问："那你看这个原本白色的粉刷内墙裂痕是不是有好几年烟熏痕迹了？内墙裂痕对应的外墙却没有任何裂痕，说明裂痕不是这次施工造成的，老张您看是这样吗？"老张摸着头说："道理上好像是这样，但张书记不管咋样，他今天放下了狠话，我不行！"我这才明白老张原来是和施工方发生口角而气不过。经过对双方耐心劝解，气氛平和了许多。施工方老板为一时冲动道了歉，说："眼看这两天快下雨了，我尽快完工，不影响老张您家水路和出行。"老张也默许了。

这件事让我认识到，在基层矛盾化解中，要耐心寻找问题症结，找到解决问题的平衡点，同时给群众普及一些法律知识，让他们从内心接受。这也是我们拓展党建引领基层治理"1+1+3"机制方式，引导基层矛盾化解的基础。

如今，后庄村呈现出产业兴旺、乡风文明、生态优美、生活富裕的新图景。盛夏时节，遍野的油菜花、荞花，金灿灿的小麦，绿油油的玉米和马铃薯，被旅游环线带入层层山峦……群众都夸后庄村成了"后花园"。

102. "老黑书记"的电动自行车

讲述：宁夏石嘴山市纪委监委派驻石嘴山市大武口区长胜街道潮湖村
第一书记 苏长林

▲ 苏长林（右）在村民家蔬菜大棚讲解蔬菜常见病防治常识

2021年7月，我来到潮湖村担任第一书记。驻村后，为摸清底数情况，我和另外两名驻村工作队员挨家挨户上门走访，一辆"其貌不扬"的电动车成了每日出行的标配，陪着我走街串户、挨家寻访，不到两年就跑坏了两个蓄电池。

"苏书记，快进屋喝杯热茶。"远远看见我骑着电动车，经营马记羊羔肉餐厅的村民马金才迎了出去，热情地招呼我进店。一杯热茶上桌，伴着茶杯里缓缓升起的热气，我俩聊起了家常。

这是一家街边小店，店主马金才夫妇用心经营了十几年，红火的生意让两人干劲十足。近几个月，店里用上了自来水，经营更方便了，马金才打心眼里高兴。"做餐饮用水多，这几年店里泡茶、做饭、洗刷用水全靠我用三轮车到外面拉，几个大塑料桶全装满也刚够用一天，四处找水的日子着实不好过，多亏苏书记帮我们解决了大难题！"马金才说。

原来，潮湖村的管道网修建于30年前，因管道老化，年久失修导致管内渍污沉积管径变窄，水压减小，而增压又会致使管壁破裂。因管道线路复杂冗长，维修经费成本高，村级财务保障难度大，几年前故障后一直未得到有效解决，100多户500多名居民吃水都要到村外两三公里的地方拉运，村民吃水用水难就成了当前紧要的问题。了解到情况后，我当即查询了解政策，多次与有关部门对接。得知大武口区政府部门因经费有限不能一次性解决，便与石嘴山市双包双联单位领导对接，如实反映现实问题，并邀请单位领导到村里实地考察调研……前期一系列对接协调完成后，施工开始了。改造建设工作需要群众团结共建，我与村书记一起携手协调，做好群众工作。历时两个多月，在上级领导的鼎力支持和全体村民的配合努力下，人饮水管网改造顺利完工。

管网接通，村民结束了5年来吃水靠拉的历史，长期接水拉水的愁怨被通水的喜悦取代，心中更是充满了感激。

潮湖村的地域面积较大，又处于城乡接合部，10个生产队1400多户居民居住于潮湖雅苑和上中下庄子，一户两宅是最普遍现象。村中的两个市场一条街是该村主要产业，但又因地理位置特殊，形成了本村居民与外地商户杂居的现状。活跃的市场贸易刺激了潮湖村的经济发展，但也给潮湖村的环境治理带来了新的课题和难题。驻村后，我与村书记商议后主动揽下环境治理工作。我骑着电动车走村串巷，每天四五十公里的行程，转遍每个村落，带着6名保洁人员对村域内卫生进行清扫，组织运输车辆进行清运，全村29个临时垃圾点每月清理的垃圾就有两三千方。

刮风下雨无阻，阳光烈日无惧。驻村没几天，我就晒黑晒脱了皮，保洁人员打趣我是"老黑书记"。起初，村民们不知晓我是驻村书记，看着我开拖拉机清运垃圾、开扫地机清扫路面、拿着铁锹平整路面，把我当成公岗人员中的保洁队长，总是"队长、队长"地称呼。风里来、雨里去，我把村子当成自己的家，村民的事就是自己的事，全情投入工作，换来的是日益向好的农村人居环境。

驻村工作近两年，我带着驻村工作队员和村"两委"一起，排查问题、化解矛盾，回复各类信访百十余件；协助解决居民饮用水问题，帮助村民协调办理孩子入学就读问题，对接有关部门整治辖区路段两侧车辆乱停放问题，帮助村子协调免费办理取水证……两年来，我渐渐认识到，要想做好驻村工作，就得俯下身、沉下心、抬起头。驻村工作直面群众，得放下机关干部的身架，问计于民、问需于民，以此推动各项工作开展。身上的担子很重，面对的事情纷繁复杂，要有足够的耐心沉着应对，脚踏实地走好每一步。无论遇到什么困难，都要坚定信心，勇于迎接挑战，在不断磨炼中自我成长、助村发展。

103. 南台"说法"

讲述：宁夏回族自治区党委网信办派驻固原市西吉县什字乡南台村
　　　工作队员　田媛媛

▲ 田媛媛（左）在村民家走访了解情况

2021年6月,我主动申请驻村。车子跑了300多公里的高速路,又走了60多公里的"S"形山路,绕过一重又一重的山,经过了"叠叠沟",黄昏时分,我来到了南台村。

在入户走访中我了解到,农民土地确权证书上的面积和实际种的面积并不一致,互相租用和借用的情况非常普遍,租金和权属有关的纠纷矛盾偶有发生。我心想:我是法学专业毕业,又是公职律师,可以派上用场,有机会给大家讲讲其中的注意事项和法律规定。

一天早晨,我们在户外挂横幅,村干部之间聊天说起昨晚某某因为什么事情把自家媳妇"收拾了一顿"之类的话,那人不以为意,且神气地说:"今天早晨我也没搭理她,我就过来了。"其他人在旁边起哄逗笑。我意识到一个问题:家暴在村里习以为常,大家不觉得实施家暴的人是错的。面对这种别人非常习惯的事情,我只能先温和地说:"不管怎样你打老婆是不对的。"他在一旁继续拴绳子,淡然的表情仿佛说"这种事都习惯了,不是个啥事"。我看他没有很排斥又继续温和地说:"说严重呢,你这是违法行为,这是有法律规定的,你有没有听过一部法叫《反家庭暴力法》?"他眉目间轻描淡写、不屑一顾,嘴角一咧、牙缝一吸用典型的方言腔说:"切……一点儿家务事嘛,还有法律规定呢啊?"其他人哄地大笑。有人说,最难的有两件事,一是把人家的钱装进自己的口袋,二是把自己的思想装进人家的脑袋,我体会到这第二件事更困难。

日子一天天过去,在与村民交往的点点滴滴和拉话中,我了解到,村里老百姓接受普法教育的机会不多,但是对法律知识的需求很大。我开始注意平时收集村民关心的法律话题、日常生产生活中最想了解的法律内容。

一天在村部，村组长马思东问我："别人借了我的钱不还，要了很多遍也不还，咋办呢，我要收拾一顿。"我问："你有没有借条或者催他还钱的聊天记录？这些都保存好，万一有必要还得起诉，可不能采取不理智的做法，到头来得不偿失。"他的问题让我意识到，借贷纠纷是农村很普遍的问题之一。

接着我的大脑反射出关于借债的一系列问题：借条字据怎么规范书写，必须包含哪些要素，哪些写法是错误的，到法庭上不能产生证据效力，借了钱要定期催要，催还证据要留好，催要不能使用非法手段等等，这些都要讲清楚。我还跟村干部和村民征集意见，问他们最想了解什么，慢慢地我整理出了一些比较普遍的问题，又在网上查了很多判例，搜集了大量实例，认认真真备了讲稿。

确定了要做普法宣传和咨询这件事，但是怎么开展、什么时候开展又成了一个问题。村民一年到头忙，平时让农民党员到场学习全勤都挺难，春天忙播种、夏天忙除草抗旱、秋天忙收割，只有冬天能消停一点。但是南部山区天寒地冻，村民都窝在暖和的炕头不愿出门，村部唯一一个比较大的会议室还在阴面，进去跟地窖一样冷，架炉子都暖不过来，让村民进去坐半天再冻感冒可不行。

我决定把法律知识宣传分成两部分做：一是在平常入户中、在田间地头、在聊天中做法律知识分享、交流和答疑；二是见缝插针办讲座。2022年冬天的一次养牛技术指导会上，来了很多村民,我感觉这是一次好机会,临时决定开始现场分享。"乡亲们,你们觉得婚前的彩礼能退不?""有人借了钱不给你还,你把他锁在家里不让出去能行不?"……接连提了几个问题,村民的眼里聚了光,全神贯注开始听我讲,我主打接地气和生动有趣,内容涉及民间借贷、电信网络诈骗、义务教育、土地纠纷、婚姻家庭、征地拆迁、上学就医、劳动保障、妇女权益保护等方面。我边讲边有村民提问:"我的老婆子住院花的钱能不能报销?""我们打工的钱要不回来咋办?"我详细询问了事情的原委,当场进行了细致解答。一边讲一边互动,村民们听得很认真,讲完还给我鼓掌说多谢,一个个兴致盎然,说"以后有事就找小田了"。

从那之后,走在路上或入户中,村民经常有事找我咨询。有人打电话让我帮着写诉状,有人遇到事情想起诉问法律规定和胜算有多大,有人问打官司需要准备哪些证据材料等等,我都会细致耐心地讲解。

法治是乡村治理的前提和保障,驻村期间能够帮助村民学法、知法、守法,引导村民以理性合法的方式表达利益诉求、维护自身权益,用自己所学为村民解忧纾困是我的荣幸。

两年时间里,当半夜着凉胃疼、水土不服浑身起荨麻疹、雨雪天气摔破膝盖、因不认识荨麻草两手被蜇得生疼难忍……我曾无助过,又转念一想,人生路上没有什么是一帆风顺的,凡事都会经历从不知所措到峰回路转,其中的心路历程和故事将成为我人生中一笔宝贵的财富,一直滋养着我的精神世界。

104. "摄影书记"定格乡村美好

讲述：宁夏西部创业实业股份有限公司派驻银川市兴庆区月牙湖乡滨河家园三村第一书记　高海燕

▲ 高海燕（右）给村民送来拍好的照片

"高书记，你给我们家拍的这个照片，攒劲得很！上次照相是在 20 年前，儿孙们都在外面务工，难得这次全家人都到齐……"91岁的张佐堂老人指着全家福激动地说。

"用拍全家福的方式喜迎新的一年,感觉很温馨,拍好的照片还会送到我们手上,非常有意义。我们从彭阳搬迁到黄河岸边,从老家的窑洞搬进了漂亮的砖瓦房,自来水通了,娃娃上学方便,好得很啊!"村民张文俊说。

月牙湖乡滨河家园三村有803户3850人,都是2013年从宁夏固原市彭阳县的大山沟里搬来的,现有村级经济合作社3个,村民收入主要依靠奶牛托管、土地流转、外出务工等。

我爱好摄影,在西海固农村拍照10多年来,亲身体会到了乡亲们生活翻天覆地的变化。过去拍摄的老照片,农家的土坯房破破烂烂,照片里的小孩衣服破旧,怯生生地望着镜头。从脱贫攻坚到乡村振兴,移民的生活发生了翻天覆地的变化,条条油路,家家小车,还有漂亮的二层楼。今天的滨河家园三村,小学就近上,小病不出村,住房有保障,就业有门路,困难有帮扶,老人有赡养……一切都在变化,一切都是幸福的开始。

我用镜头记录这些变化,从一张张全家福、一张张笑脸、老乡的穿着打扮、言谈举止上,都能感觉到搬出来的幸福、奋斗出来的美好。

张正选老人是50年党龄的老党员,我们给拍照的当天,他特意戴上了"光荣在党50年"纪念章,穿上了新棉衣,他老伴儿拿上了吉祥的"福"字,留下了难得的瞬间。

在拍摄的过程中,我们扶着老爷爷老奶奶,领着小朋友。很多村民没怎么拍过合影,这种年味浓浓的全家福更是极其稀少,有的上一张全家福还是十几年前拍摄的。摆好姿势,扬起最美好的笑容，咔嚓一声，村民脸上的笑意、小朋友对相机的好奇、全家团聚的喜悦都记录在了一张全家福上。

我们经过精心选编、联系制作，免费为村民们制作成照片。将一幅幅照片送给村民时，他们小心翼翼地将照片摆在屋子里最显眼的地方，只要家里来了客人就先给看看。无论是老爷爷老奶奶，还是小孩子都对这份礼物倍感珍惜。老乡们说了，全家福来了，福就到了，新的一年日子能越来越红火。我也是想通过这种方式，给大家送去精神上的鼓舞，帮助父老乡亲记住光阴、守住幸福，提振精气神，助力乡村振兴。

看到乡亲们脸上露出的笑容，我们感受到了实实在在的幸福，也感受到驻村工作队肩上沉甸甸的责任。派出单位支持20万元壮大村集体产业，成立党建引领产业发展示范基地。我们切实发挥基层党组织在农村产业中的带动作用，不断增强组织力，提高村级发展能力和促进农民增收致富水平，现在村里就有52名致富带头人。

驻村两年来，我们充分发挥自己的资源优势，四处跑项目、争取资金，从助学助残到生活补贴，从产业壮大发展到为民办事服务，为村里补上了一块又一块短板。我们先后争取助学金6.4万元，争取社会爱心力量中秋、春节慰问老乡5.2万元。疫情期间，联系爱心物资1.8万元，为村里小孩联系书包文具235份，申请设立了残疾人服务站，为村上16名一级残疾人、74名二级残疾人，进行辅具和生活用品的支持，为村里6位小朋友争取微心愿活动……

时间为梦想积累了分量，岁月为生命沉淀了品质，驻村日志的本子上，写满了家家的情况，盘算着美好的希望。

105. 认真答好每一道难题

讲述：宁夏财政厅派驻固原市原州区官厅镇薛庄村第一书记　付永

▲ 付永（右）在温室大棚里查看香菇菌棒长势出菇情况

从2020年4月的张易镇大店村驻村工队队员,到2021年7月"接棒"成为官厅镇薛庄村驻村第一书记,再到如今,我在固原市原州区驻村帮扶已满三个年头。3年里,我把驻村帮扶工作当成一张考验本领、磨砺品格的答卷来做,认真答好每一道难题。

2022年5月,我协调资金50余万元,实施"两小园"观摩示范村创建活动,推进村庄主次干道、沟渠两侧美化绿化,提升薛庄村人居环境整治,为整洁美丽的村庄增添了几分生机活力。这些年,自治区财政厅派驻工作队到薛庄村开展帮扶工作,经过多年培育,村集体经济目前形成了红梅杏、林下乌鸡、鸡蛋、香菇、手工醋、冷库六大产业,并成立股份经济合作社,采取"土地+资金"的股金结构,做到村民"人人持股、户户收益"。合作社积极探索"党支部+合作社+企业+农户+互联网"产业发展模式,全力打造百姓的"增收链""致富链"。

尽管薛庄村集体经济有了一定的基础,但因农副产品定位不准、生产规模效益不稳、市场难打开等因素,村集体经济长期处于亏损边缘。

红梅杏是薛庄村的特色种植业,然而,一场"倒春寒"就能让杏树大幅减产,甚至绝收。受产业波动影响,薛庄村300多亩红梅杏树长势喜人,但村民每年得到的实惠很有限。

红梅杏"十年九冻"的难题该怎么解决,红梅杏树能不能像果蔬一样种在棚里躲避冻害?经过试验后,我们发现这个路径可行。2023年4月,我们争取项目,在薛庄村搭建红梅杏大棚6座,为村集体的1500多棵红梅杏阻风挡寒。2023年初春,固原市"倒春寒"严重,而村集体大棚里的红梅杏能保住70%左右的果子,丰收在望。

乡村产业不仅要产得出，还要卖得好。

薛庄村村集体经济的农产品品质好，但是销路窄、包装简单。村民种植的冷凉蔬菜因缺乏冷藏设施等原因，长期被菜贩子"卡脖子"。村集体林下散养鸡产蛋量高、品质好，传统纯手工醋绿色健康、零添加，但都因产品定位低，没什么市场。为促进农副产品提档升级、增加附加值，我带领队员多次走访各大商超、农产品加工厂取经，我们注册了商标、设计了logo，形成质检报告，尝试设计定做礼盒包装，让农产品变商品，让产品有了公认的"身份证"，还建设冷库拉长产品保质期，为薛庄村农产品"走出去"做足了功课。

2022年，我们推动薛庄村村集体经济的林下散养鸡、鸡蛋、醋等入选自治区区直机关工委"机关消费扶贫，助力乡村振兴"消费目录，入选自治区和原州区《消费扶贫产品名录》。重点协调产业发展建设资金394万元，用于恒温日光温棚、500吨冷库建设，采购菌棒生产线设备，以及香菇分拣存储、加工包装等。

打开销路不能仅靠"一阵风"，关键在于"建机制"。我和驻村队员通过多方努力，与宁夏邮政公司签订长期供应农副产品合作协议，合作社也成了宁夏邮政公司重点打造的中邮惠农示范合作社。2022年端午节和中秋节前夕，仅借助邮政平台，我们销售端午礼盒1000余盒，销售蔬菜礼盒2000多箱20余吨，林下散养乌鸡800多只，乌鸡蛋3多万枚，销售额近35万元。2023年春节前夕，我积极协调与邮政深度合作，还主动联系政府部门、银行、企业的工会，帮助薛庄村销售蔬菜礼盒2400多箱、月仔鸡900多只、乌鸡蛋10多万枚、手工醋1000余瓶，总销售额超过50万元。

2022年，薛庄村股份经济合作社农副产品销售额达80多万元，纯利润30多万元，发放老百姓家门口务工工资10万余元，村党支部由三星级升为四星级。

我们不仅努力壮大村集体经济，还积极带动村民致富。2022年底，我协调企业、街道社区、客商购买滞销的冷凉蔬菜60余吨。养鸡户张万发的6000多枚鸡蛋滞销，急得彻夜睡不着觉，经过我的牵线搭桥，仅3天就清空了滞销鸡蛋，拿到鸡蛋款时，张万发激动地说："我们不怕吃苦，就怕白受苦。这次第一书记真是帮了俺大忙啦！"

既要"富口袋"，也要"富脑袋"。薛庄村文化氛围浓厚，村民多年前就自发组织了秦腔、秧歌等文艺队，但因没场地，村民只能挤在一间不足20平方米的民房里排练节目。2023年初，在自治区财政厅的大力支持下，我积极协调，申请专项资金80多万元，用于建设200多平方米的现代化文化活动中心，预计6月初投入使用。村里文艺带头人张万里说，等文化活动中心建好后，我们一定拿出看家本领，好好热闹一下。

这两年，薛庄村村集体经济日益壮大，老百姓的获得感不断增强。脱贫户张万才这两年盖了4间新房，还买了一辆越野车。这些都得益于村里产业的迅速发展。

从脱贫攻坚到乡村振兴，不同的阶段驻村第一书记的使命不同，但不变的是，我们一任接着一任干，攻坚克难，不断把工作推向深入，发挥"桥梁纽带""领头羊"作用，让村庄更美丽、让村民得实惠，在乡村振兴的赶考路上接续奋进。